MA VIE DE PINGOUIN

DU MÊME AUTEUR

Romans

Le Mec de la tombe d'à côté, Gaïa, 2006, 2010 ; Babel n° 951.

Les Larmes de Tarzan, Gaïa, 2007 ; Babel n° 986.

Entre Dieu et moi, c'est fini, Gaïa, 2007 ; Babel n° 1050.

Entre le chaperon rouge et le loup, c'est fini, Gaïa, 2008 ; Babel n° 1064.

La fin n'est que le début, Gaïa, 2009 ; Babel n° 1086.

Le Caveau de famille, Gaïa, 2011 ; Babel n° 1137.

Mon doudou divin, Gaïa, 2012 ; Babel n° 1178.

Le Viking qui voulait épouser la fille de soie, Gaïa, 2014 ; Babel n° 1353.

Ma vie de pingouin, Gaïa, 2015.

Petites histoires pour futurs et ex-divorcés, Gaïa, 2017.

Jeunesse – série "Les Cousins Karlsson"

Espions et fantômes, Gaïa / Thierry Magnier, 2013.

Sauvages et wombats, Gaïa / Thierry Magnier, 2013.

Vikings et vampires, Gaïa / Thierry Magnier, 2014.

Monstres et mystères, Gaïa / Thierry Magnier, 2014.

Vaisseau fantôme et ombre noire, Gaïa / Thierry Magnier, 2015.

Papa et pirates, Gaïa / Thierry Magnier, 2016.

Carte au trésor et code secret, Gaïa / Thierry Magnier, 2017.

Titre original :
Mitt liv som pingvin
Éditeur original :
Alfabeta Bokförlag, Stockholm
© Katarina Mazetti, 2008

© Gaïa Éditions, 2015
pour la traduction française
ISBN 978-2-330-07048-9

KATARINA MAZETTI

MA VIE
DE PINGOUIN

roman traduit du suédois
par Lena Grumbach

BABEL

PRÉFACE

Tous les personnages de ce roman ont été tirés d'un compost d'observations diverses, de fabulations et de fragments de souvenirs qui a mûri dans la tête de l'auteur durant un laps de temps indéfini. AUCUN n'est une personne réelle de la vraie vie, que mes chers compagnons de voyage à bord du M/V *Professor Multanovskiy* se rassurent. Les seuls à être décrits à partir de modèles vivants sont les éléphants de mer, les albatros, les pétrels, les orques et un très grand nombre de manchots.

Ce livre peut se lire de façon linéaire ou transversale, au choix. Les adeptes de l'ordre, qui préfèrent un récit rectiligne, s'en tiendront au sillon principal : les chapitres de Wilma, Tomas et Alba. Ceux qui ont envie d'en savoir plus jetteront un coup d'œil dans les cabines 502, 311 et 412 (chapitres en italique, environ un dixième du texte). Je trouve intéressant que nous évoluions tous dans des vies parallèles, en ayant seulement une connaissance superficielle de la réalité d'autrui, et j'ai toujours eu du mal à entrer dans le rôle du narrateur omniscient. C'est pourquoi je préfère aborder l'histoire à travers des regards croisés (pas cinquante non plus, comme le nombre de passagers à bord – il faut savoir se modérer). Mais ceux qui trouvent ce procédé trop chaotique peuvent escamoter les passages en italique, la conscience en paix. Personnellement quand je lis, je saute volontiers les descriptions de la nature ou de bagarres qui n'en finissent pas.

Un grand merci à Olle C. qui m'a fourni les données scientifiques, la phraséologie et l'inspiration.

PERSONNAGES PRINCIPAUX

Alba, 72 ans. Comme l'albatros, elle mène une vie internationale trépidante.
Tomas, 34 ans. Pauvre maréchal découragé qui vient de comprendre que la cavalerie ne va pas du tout venir en renfort.
Wilma, 32 ans. Garçon manqué optimiste et prognathe.

VOIX DANS DIFFÉRENTES CABINES

Cabine 502 : Lennart (dit Lelle) Jansson – Brittmari Jansson
Brittmari est ouverte à toute proposition. Lelle trouve que ça suffit comme ça, les propositions.
Cabine 311 : Ulla Båvén – Margareta Knutsson
Deux dames 59 + cherchent veufs bien conservés ayant besoin d'une main ferme.
Cabine 412 : Mona Alvenberg – Göran Alvenberg
Göran sait ce qu'il veut. Mona aussi sait ce qu'il veut.

D'AUTRES PERSONNAGES SECONDAIRES

Sven, le médecin à bord ; Carola Spanderman, particulièrement douée pour les campagnes publicitaires ; Peter, ornithologue et courtisan de Carola ; Linda Borkmeyer, 49 ans, détestable sœur aînée de l'inquiète Lisa, 42 ans ; les accompagnateurs Bengt, Magnus et Mirja ; Captain Grigorij ; Bill, barman des îles Malouines ; des « assiettes décoratives en porcelaine » munies de jumelles ; des fonctionnaires britanniques ainsi qu'une foule d'oiseaux, de poissons, de baleines, de dauphins, de phoques et pas loin d'un million de manchots en tous genres.

WILMA

C'est à peu près ainsi que je me représente l'enfer.

Je suis plantée le nez appuyé contre une paroi de verre et de l'autre côté se trouve la porte d'embarquement numéro 26, où je *devrais* me trouver. Depuis plus d'une heure ! Je toque désespérément sur la vitre. Apparemment, pas le moindre passage en vue. Et je peux voir loin, loin, dans les interminables couloirs de cet étrange bâtiment qui fait de son mieux pour ressembler à un vaisseau spatial. Corps fuselé, salles de verre et d'acier, on s'attend à tout moment à voir Sigourney Weaver débouler en trombe, un alien à ses trousses.

Personne ne réagit à mes coups, même pas les hommes renfrognés en uniforme qui passent de temps en temps, plus ou moins lourdement armés. Contrairement à moi, ils parlent tous français. Qui plus est, ils ne parlent *que* français. Les questions en anglais les irritent, ils font des gestes menaçants vers leur holster et me font monter par un des nombreux escaliers roulants. Arrivée en haut, d'autres hommes en uniforme me font redescendre. J'ai traversé au galop des halls voûtés comme des coupoles où se croisent des escalators dans des tubes en verre, j'ai pris des bus qui n'étaient pas les bons et qui longeaient des bâtisses pourvues de renfoncements ovales, on aurait dit les couveuses des aliens, et de temps à autre, saisie de panique, j'ai étouffé un sanglot en articulant des mots suédois tout haut. Certes, j'ai croisé des panneaux d'information, mais très peu, tous en français et qui ont plutôt brouillé mes repères. Par exemple, c'est indiqué « bagages » avec une flèche à droite et une autre à gauche. Sur le même panneau ! J'ai un faible pour les Français, mais Charles-de-Gaulle est un concentré de leurs pires défauts.

J'ai l'impression d'errer ici depuis des heures. C'est allé de travers depuis le début : j'ai d'abord atterri à un autre aéroport, puis j'ai pris un taxi pour Roissy qui m'a coûté une fortune, tout ce que j'avais économisé en choisissant un vol low-cost pour Paris y est passé. Et je n'ai pas su m'orienter dans l'aérogare. Une grossière erreur, j'aurais dû me faire accompagner par un guide local. Ou par un aide-soignant.

Je me suis trémoussée de nervosité devant un comptoir d'information, j'ai dû donner l'impression de souffrir d'une cystite aiguë. Les autres personnes dans la queue me sont passées devant avec un aplomb tranquille, comme si j'étais un plot au milieu de la route à l'heure de pointe. Je ne sais pas faire la queue à la mode internationale, je me retrouvais sans arrêt avec quatre, cinq personnes devant moi sans jamais arriver au comptoir. Derrière lequel étaient assises trois Fabuleuses Françaises. L'une très engagée dans une discussion avec un géant américain équipé d'un sac à dos. Ils paraissaient très proches, ils étaient peut-être amants, que sais-je. En tout cas, ils ne se sont pas lâchés du regard pendant la demi-heure que j'ai poireauté là, et ils se passaient tendrement des papiers et des billets dans un sens, puis dans l'autre. Une autre des trois Grâces rédigeait de toute évidence son autobiographie. Elle écrivait assidûment, puis, le regard dans le vague et l'air songeur, s'arrêtait et mordillait son stylo. La troisième semblait avoir une fonction de videur ; dans un français bruyant et avec force gestes de la main, elle tentait de faire peur aux gens pour qu'ils aillent faire la queue devant d'autres guichets.

J'ai compris que ce n'étaient pas elles qui allaient me renseigner. Mon vol de Suède avait eu deux heures de retard et j'allais probablement rater ma correspondance pour Santiago. L'avion était sûrement en train de rallier la piste de décollage en ce moment même. Avec mes bagages dans la soute. J'avais réussi à les faire enregistrer avant de me précipiter vers le mauvais terminal, je pouvais sans doute leur dire adieu.

J'étais tétanisée rien que d'y penser, c'était tellement énorme. D'habitude les seuls problèmes de circulation que je rencontre, c'est le train de banlieue qui est en retard, m'obligeant à courir pour rattraper le bus. Et maintenant j'aurais donc franchi tous ces portiques stridents en vain ? Affronté des gardes aux yeux inquisiteurs qui pointaient un doigt accusateur sur ma bouteille d'eau – pas de liquide ! – et extirpaient ma pince à épiler de ma trousse de maquillage ? Qu'est-ce qu'ils imaginaient ? Que j'allais détourner l'avion en menaçant de pincer le pilote ?

Ce qui est sûr, c'est qu'ils m'ont donné mauvaise conscience. J'excelle en mauvaise conscience. Je m'y entraîne depuis ma plus tendre enfance et aujourd'hui, dès que j'aperçois une voiture de police ou un panneau d'avertissement, je baisse la tête et commence à formuler des aveux à moi-même. D'où vient-il donc, cet éternel sentiment de honte, l'idée que tout est en réalité ma faute et que je peux être démasquée à tout moment ? Est-il inscrit dans mon ADN ?

Je me souviens très bien de la première fois où, remplie de honte, j'ai eu peur qu'on me découvre. Je n'avais que cinq ans, j'attendais devant l'hôpital où maman était en train de mourir. On avait dit que j'étais trop petite pour entrer, il fallait que je reste sagement assise là sur un banc. Des couvre-lits avaient été mis à aérer sur la balustrade d'un balcon quelques étages plus haut. Je les regardais tout en essayant de deviner derrière quelle fenêtre se trouvait ma maman. Subitement le vent avait happé et emporté les couvre-lits et ils ont atterri par terre. J'ai eu la frayeur de ma vie. Ils seraient tachés et tout le monde allait se fâcher ! Ils comprendraient que c'était ma faute, puisqu'il n'y avait que moi ici…

Comment ai-je pu avoir une telle idée ? J'ai eu si peur d'être découverte que je suis partie en courant et quand ils ont fini par me retrouver, recroquevillée et tremblante, dans un abribus, ils étaient furieux d'avoir eu à me chercher partout, alors que ma mère était grièvement blessée et tout et tout ! J'ai eu encore plus honte, je me rappelle que j'avais un sourire figé sur la figure tout au long de l'engueulade, pour tenter de les amadouer. Alors tante

Elisabeth avait crié : « Non mais je rêve, la gamine est en train de rigoler, en plus ! » C'est sans doute à ce moment-là que j'ai imaginé que j'étais responsable de la mort de maman.

Je le fais encore aujourd'hui, de temps en temps, je souris et essaie d'être sympa envers des gens qui m'attaquent. Pour m'excuser, en quelque sorte.

Serais-je obligée maintenant d'aller trouver Scandinavian Airlines, de poser ma tête sur leur comptoir et de pleurer pour obtenir un frustrant billet retour après avoir loupé le voyage de ma vie ?

Ce serait vraiment rageant. Ce n'est pas du tout ce que j'imaginais à cinq heures ce matin lorsque, tremblante d'excitation, je me suis engouffrée dans un taxi glacial. Qui m'a conduite à un train qui m'a conduite à un bus qui m'a conduite à un aéroport d'où ne partait aucun de mes compagnons de voyage. J'allais les retrouver à Paris. D'ailleurs, ce sont peut-être eux que je vois là-bas de l'autre côté de la baie vitrée ? J'aperçois des sacs à dos munis de petits drapeaux suédois ! Je cours le long de la séparation en verre tout en frappant sur la vitre.

C'est alors que je découvre une porte dans la cloison. On me lance quelques mots français, mais je baisse la tête tel un taureau et fonce vers la porte 26A, mon ridicule sac à roulettes à la traîne, en faisant semblant de ne pas entendre. Le sac a la forme d'un pingouin en plastique. Quand on appuie sur son bec, il piaille. C'est un cadeau de mes collègues à l'école, pour mon voyage en Antarctique. Ils étaient très contents d'eux et ont ri de bon cœur quand j'ai ouvert le paquet. Ce n'étaient pas eux qui allaient se

trimballer un tel bagage à main devant des co-voya-
geurs encore inconnus. J'ai affiché un pâle sourire,
mais je l'ai évidemment adopté. Je suis comme ça.

J'ai piqué un sprint vers la porte d'embarquement où les derniers passagers étaient en train de
disparaître en direction d'un bus. Était-ce possible ?
Allais-je avoir le temps de monter à bord de l'avion ?
J'ai balancé mon passeport et ma carte d'embarquement sous le nez d'encore une nouvelle hôtesse
encore derrière un comptoir. Une voix aimable m'a
dit en suédois :

— Wilma ? Enchantée ! Alors nous voilà au complet. Tout va bien, le vol pour Santiago a du retard.
Tu peux respirer, je vois que tu trembles de tout
ton corps !

La voix appartenait à une jeune femme en gilet
de sport très pro avec plein de poches et le logo de
l'agence de voyages sur la poitrine. Elle m'a prise
par le coude et m'a guidée vers la sortie. Emportée
par mon élan, j'ai continué à courir, et en voulant
monter dans la navette, j'ai trébuché sur le marche-
pied et me suis étalée de tout mon long sur mon
sac pingouin. Le bec de l'oiseau a gaiement piaillé
quand j'ai essayé de me relever. Un tas de visages
se sont tournés vers moi.

L'un d'eux s'est détaché de la masse et s'est penché sur moi. Deux longs bras dans un pull islandais
ont agrippé mes mains et m'ont hissée sur un siège,
puis ont lancé le pingouin sur le porte-bagages au-
dessus. J'ai affronté les regards des gens en essayant
de faire comme si de rien n'était, comme si mon
arrivée en fanfare dans le bus n'avait été qu'un petit

exercice de gymnastique tout à fait délibéré. Ensuite j'ai observé la personne à qui appartenaient les bras.

Un homme grand aux cheveux bruns. Son visage était expressif et triste, avec d'épais sourcils et un nez busqué. Il ressemblait un peu à un rapace à qui on n'avait pas encore apporté son dîner, ou peut-être à un maréchal qui venait de comprendre que la cavalerie n'allait finalement pas venir en renfort. Mais qu'importe, il était celui qui s'était précipité pour m'aider, c'est ça que je devais garder en tête.

Ça commençait bien… Moi qui avais espéré pouvoir dissimuler mon manque de souplesse et d'équilibre aussi longtemps que possible. Avec un peu de chance, ils se contenteraient de penser que j'étais ivre…

L'avion était gigantesque, mais pas tout à fait rempli. On a descendu l'une des allées dans l'océan de sièges, le maréchal et moi, et on a découvert qu'on était placés dans la même rangée, séparés par quelques sièges vides. Après avoir enfoui mon pingouin dans le compartiment à bagages, il s'est laissé tomber juste à côté de moi, m'a royalement tendu une grosse pogne et a dit : « Tomas ! » Un peu comme si c'était la main qui s'appelait ainsi, et qu'il me la donnait pour inspection. Comment dire ? Il paraissait fractionné en quelque sorte, pas complètement en phase avec lui-même, semblait tout le temps penser intensément à autre chose qu'à ce qu'il avait devant les yeux. Peut-être avait-il une vie intérieure riche ? Peut-être était-il un poète, un professeur distrait ou un candidat au suicide ayant l'intention de plonger de l'avion droit dans l'Atlantique ?

En tout cas, nous avons parlé un petit moment pendant qu'on nous a servi notre ration dans une petite auge en plastique. Il était journaliste – ex-journaliste, a-t-il ajouté, le front plissé. Comment ça, ex ? Avait-il été exclu de la fédération des journalistes ?

Il m'a demandé si j'avais une famille.

— Non, ai-je répondu. Ma famille est morte au printemps dernier. Enfin, mon père est mort, c'est la seule famille qui me restait. Et toi ?

— Moi aussi. Je veux dire, moi non plus je n'ai plus de famille. Je suis un ex-père.

Ça m'a paru tellement affreux que je n'ai pas osé poser d'autres questions. Avaient-ils succombé tous en même temps, l'épouse et les enfants ? Apparemment il a compris de lui-même qu'il n'avait pas été très clair et il a ajouté, la bouche remplie de mâchouille de poulet :

— Tiborché !

Je pense qu'il voulait dire « divorcé ».

À force de rester assise immobile, j'avais mal partout et j'ai été obligée d'aller faire un tour dans l'allée. Tomas aussi se promenait, apparemment on ne tenait pas en place, ni l'un ni l'autre. Les autres passagers passaient leur temps à se bousculer devant les toilettes ou à somnoler sur leur siège.

Après avoir mangé, puis réussi à regarder jusqu'au bout une comédie romantique sirupeuse sur le minuscule écran télé, Tomas a relevé tous les accoudoirs de notre rangée et s'est allongé sur plusieurs sièges pour dormir. Quant à moi, je suis restée assise droite comme un I, pétrie d'inquiétude.

— Mais… à ton avis, ils ne sont attribués à personne, ces sièges ? ai-je dit, bêtement.

J'ai plus l'habitude du train.

Il a ouvert un œil et m'a souri pour la première fois.

— Tu penses à quelqu'un qui embarquerait en plein milieu de l'Atlantique ?

Vol Lan Chile de Paris CDG à Santiago,
escale à São Paulo, 28-29 octobre

TOMAS

J'ai d'abord cru que c'était un grand ado qui se rétamait à mes pieds dans la navette de l'aéroport. Il avait des cheveux blond-roux en mèches rebelles et un ridicule sac d'enfant en forme de pingouin. Mais quand j'ai vu les grands yeux gris malheureux et le tremblement de la lèvre inférieure, il n'y avait aucun doute que c'était une nana, et qu'elle était assez malheureuse et plutôt gênée. Je l'ai relevée et l'ai installée sur un siège, par pur réflexe, comme si c'était un de mes gamins qui était tombé.

Je vais peut-être me mettre à faire d'autres trucs de papa poule à tout bout de champ, sans qu'on me le demande ? Commencer à faire les lacets de mes compagnons de voyage et tendre un mouchoir à ceux qui ont le nez qui coule en disant « Souffle ! » ?

Juste parce que mes enfants me manquent tellement. Ils sont comme un vide, un grand creux à côté de moi désormais. Tellement pas là.

Je me suis soudain aperçu que le garçon manqué était le premier de mes compagnons pour l'Antarctique que j'ai réellement vu, bien que j'aie fait le trajet depuis Stockholm avec la plupart. La seule d'entre eux qui m'a un peu marqué est une dame aux cheveux blancs et aux yeux bleus acérés, habillée de façon pratique et décontractée, étonnamment élégante. Son petit sac à dos est usé, sans doute par de nombreux voyages. Elle m'est restée en tête surtout parce qu'elle n'a pas hésité à jouer à la marelle dans l'aéroport, sur un dessin du sol en marbre, sans se soucier le moins du monde du regard des gens.

Est-ce qu'ils ajustent la dimension des sièges à bord de ces avions à la petite taille des Sud-Américains ? Mes longues jambes et mes genoux scandinaves noueux souffraient le martyre dans l'espace chiche et je me suis mis à arpenter les allées d'un bon pas, tout en écoutant en douce la conversation des uns et des autres. C'est une déformation professionnelle, assez fréquente parmi les journalistes. Les Suédois s'étaient à peu près tous regroupés au milieu de l'avion.

— T'as vu ? a pouffé une petite blonde ébouriffée, en suivant du regard le steward aux yeux de velours qui venait de lui servir à boire.

Elle s'adressait à une tête aux rares cheveux couleur sable qui appartenait sans doute à son mari.

— T'as vu comme il m'a regardée, le steward ? Il est trop beau. Je suis sûre qu'il aime les filles scandinaves… Je me demande comment il s'appelle…

Se qualifier de « fille » était un peu abusif. Elle avait largement dépassé la quarantaine.

— Ils sont attentionnés avec tout le monde, c'est leur boulot ! a marmotté son partenaire. Et j'ai entendu dire que les stewards sont souvent pédés…

L'ébouriffée lui a distraitement tapoté la joue, sans le regarder.

J'ai poursuivi ma promenade. Deux dames aux cheveux teints au henné pointaient le nez par-dessus le dossier du siège devant elles en jetant des regards avides tout autour.

— Le grand aux cheveux gris, disait l'une. Celui qui a un chapeau avec des badges. Je crois qu'il voyage seul ! Y a quelque chose à tenter là !

— Mouais, mais tu ne crois pas que c'est un de ces fanas d'oiseaux ? objectait l'autre. Il y a des oiseaux sur les badges. D'ailleurs, il ressemble un peu à un oiseau lui-même, tu ne trouves pas ? Un vanneau huppé, ça existe, non ?

— Ne fais pas la fine bouche, Maggan ! répondait la première.

À mon avis, le vanneau huppé ferait mieux de se méfier pendant ce voyage.

Derrière elles, j'ai aperçu une femme et un homme portant le même polaire bleu ciel. Elle était à moitié debout dans une position inconfortable devant le hublot et se tortillait dans tous les sens pour parler avec les passagers devant et derrière. De temps en temps, elle jetait un regard malheureux sur le pull mâle qui bloquait ses tentatives de contact. Il avait posé un journal sur sa figure et dormait, ou faisait semblant.

Une queue s'était déjà formée devant les toilettes. La dame aux cheveux blancs était pliée en deux pour regarder par le hublot, l'air émerveillé. Nous avons échangé quelques mots et elle m'a raconté qu'elle avait toujours rêvé d'avoir son brevet de pilote. « Un jour je le passerai ! » a-t-elle dit.

Définitivement sénile. Elle doit friser les soixante-dix ans.

Sanna et moi, on voyageait beaucoup avant la naissance des enfants. On partait au moins un mois par an et pour ainsi dire jamais en voyage organisé. On a fait du trekking en Afrique – ça n'a pas vraiment été le voyage préféré de Sanna, trop peu de shopping – on a fait une grande randonnée dans le nord de l'Écosse (pareil) et on a loué une maison en Italie. Ce dernier séjour lui a bien plu et elle est rentrée en Suède la valise bourrée d'élégantes chaussures. Moi, je faisais des reportages sur les pays qu'on visitait. Dès que j'avais parqué Sanna sur un marché ou dans un centre commercial, je traçais avec mon magnéto. En rentrant le soir, on parlait des bonnes affaires qu'elle avait faites, jamais de mes reportages… Cela m'était égal. Je trouvais ça mignon.

Les voyages ont pris fin avec l'arrivée des enfants, d'abord Asta, puis Arvid. J'ai dû endosser le rôle de père de famille pour de vrai et la rémunération des piges ne permettait pas de partir à l'étranger avec toute une famille. Ça a été des années heureuses, même si j'étais souvent absent de la villa mitoyenne que nous avions réussi à acheter avec nos maigres économies. Chaque fois que je rentrais d'un reportage un peu long, Sanna avait repeint une pièce, changé les meubles de place ou en avait acheté de nouveaux. Si j'arrivais tard la nuit, je peinais à retrouver mon lit, et ma femme aussi d'ailleurs – elle avait en général changé de coiffure, de style ou de couleur de cheveux.

Sanna… Ma petite fée aux cheveux multicolores. Des mèches, ça s'appelait. Elle avait un boulot vraiment crétin quand on s'est mariés après un coup de foudre réciproque. Sculptrice sur ongles. Elle passait ses journées à coller des perles et de petits oiseaux sur les ongles des femmes! Elle en avait plus qu'assez et songeait à se reconvertir en décoratrice d'intérieur. C'était toujours sympa quand je revenais à la maison, les enfants me grimpaient dessus et cherchaient des cadeaux dans mes poches et Sanna montrait fièrement comment elle avait réaménagé le salon. Puis je faisais un tour au terrain de jeux avec les enfants pendant que Sanna préparait un somptueux dîner pour fêter mon retour, et le soir quand ils s'étaient endormis…

Je me demande ce qu'ils font en ce moment précis? Il doit y avoir un décalage horaire d'environ sept heures avec la côte ouest américaine, les enfants sont probablement en route pour l'école dans une voiture avec chauffeur. Musclor est plein aux as. Lui et Sanna s'attardent au petit-déjeuner, avec un peu de vie conjugale intime au passage… devant la piscine… Merde, pourquoi faut-il toujours que je me vautre dans ces fantasmes?

Énervé, je commence à m'étendre sur plusieurs sièges pour pouvoir allonger les jambes. La rouquine rougit jusque dans le cou par plaques entières et s'inquiète de faire quelque chose d'interdit. Elle souffre sans doute de déformation professionnelle, elle aussi, en tant que prof elle se doit d'avoir tout le monde à l'œil. Mais là, on est dans un Airbus à moitié plein, et on a une rangée centrale de six sièges rien que pour nous deux! Pour finir, elle s'allonge comme moi sur trois sièges, avec un profond soupir de soulagement. Elle aussi a de longues jambes suédoises.

On s'est couchés la tête au centre de la rangée et les jambes vers l'extérieur et on a mis le masque que le steward avait distribué. Quand je me suis réveillé, nos têtes avaient d'une façon ou d'une autre glissé et se retrouvaient sur le même siège, joue contre joue. Je suis resté sans bouger un long moment, en pensant que j'étais vraiment en manque de cette intimité, la respiration de quelqu'un d'autre tout près de soi quand on dort.

ALBA

Les deux autres passagères de ma rangée ne me semblent pas prometteuses pour ce qui est de faire la conversation. Elles vont participer au même voyage en Antarctique que moi, je l'ai vu sur les étiquettes de leurs bagages. L'une doit avoir une dizaine d'années de plus que l'autre et elle oblige tout le temps la plus jeune à lui commander des cocktails qu'elle écluse aussi sec. J'ai compris qu'elles sont sœurs, elles parlent de « maman » comme si elles l'avaient en commun, et apparemment c'est l'aînée qui a offert le voyage à la plus jeune. Elle n'arrête pas de le répéter. Elle est tellement impcccable et pomponnée qu'à distance, elle paraît plus jeune que sa sœur, mais de près on ne peut pas se tromper. Grande sœur est liftée et enjolivée, peroxydée et brushée. Petite sœur a l'air d'une scoute soumise, sans maquillage, mais avec des tresses. Au fil des cocktails, l'aînée est devenue plus bruyante, tandis que la jeune essaie en vain de la faire parler moins fort.

— Je n'ai pas payé pour écouter ton point de vue ! a aboyé l'aînée sur un ton irrité.

Désagréable personnage, à éviter. Il y en a toujours un ou deux dans tous les voyages. J'ai vérifié sur la liste des passagers. Linda Borkmeyer et Lisa Johansson. Linda est l'aînée.

Il a commencé à se faire tard, selon notre fuseau horaire. Ils ont éteint la lumière, le personnel de cabine est passé à pas feutrés distribuer couvertures et masques, les gens ont cherché la position la moins inconfortable en calant leur tête avec des coussins.

J'ai bâillé. Au lieu de compter des moutons, je ferme en général les yeux et déambule mentalement dans les pièces et les maisons de mon passé, dans des chalets, des cabanes et des chambres meublées, chez des amis et des amants partout dans le monde. Je peux aussi me promener sur des places de marché que j'ai visitées, ou bien essayer de me rappeler une ville, rue après rue.

J'ai fermé les paupières. Voyons voir, quels endroits seraient suffisamment neutres pour y flâner, afin de m'endormir malgré les bas de contention qui me serrent ?

Les aéroports ! Tout à fait propices à sillonner pour vous mener dans les bras de Morphée.

Roissy-Charles-de-Gaulle, avec son étrange architecture d'astronef. En fait, pas du tout parmi mes préférés, mais il était pire avant. Ils ont fait quelques efforts par-ci, par-là pour guider les passagers dans la bonne direction.

Stanstead en Angleterre, j'y ai atterri pour la première fois en 1964. C'était alors un petit hangar qui avait servi d'aéroport militaire pendant la guerre, aucun endroit où s'asseoir, pas le moindre distributeur de boissons. Et quand j'y ai atterri l'année dernière – une construction gigantesque avec de nombreux halls, parcouruc par des centaines de milliers de passagers en rangs serrés, des comptoirs d'enregistrement à perte de vue.

Parfois je me dis que j'ai vécu une longue vie.

L'aéroport de Mourmansk, avec les sévères policiers aux frontières. J'y suis arrivée à bord d'un petit coucou à hélice en provenance de Finlande. Les bagages étaient fourrés devant le pilote dans le cône avant de l'avion, qui n'était pas plus grand que le coffre d'une voiture. Le pilote les réarrangeait plusieurs fois, pour la stabilité… allions-nous nous écraser si une valise se trouvait trop à droite?

Thiruvananthapuram dans le Kerala. Lors de ma dernière escale, tous les passagers se sont vus accompagner par une petite dame en sari, un bloc-notes à la main, qui nous guidait entre les différentes étapes à franchir. Montrer son passeport. Montrer son billet. Enregistrer son bagage. Sortir sur le tarmac et repérer le bagage qu'on venait d'enregistrer, le montrer et obtenir un tampon. Montrer son bagage à main, le faire inspecter et valider avec du scotch rouge. Montrer son passeport à nouveau. Passer toutes les portes. Remplir des documents. Et ainsi de suite, il y a eu quatorze arrêts en tout et la petite dame a noté l'heure de chacun.

Pékin, avec toutes les boutiques hors taxe où des devises étrangères étaient imprimées sur de grands drapeaux en soie, mal traduites à partir de dictionnaires anglais – qu'est-ce qu'ils entendaient par exemple par «All Commodities Send Their Regards»? Toutes les commodités vous envoient le bonjour? Et un fourmillement de petits employés, hommes et femmes, en uniforme bleu ciel.

L'immense Schiphol d'Amsterdam très bien organisé, et le chaotique Kennedy Airport à New York, où on s'étonne des petites dimensions du hall d'arrivée jusqu'à ce qu'on réalise qu'il y a huit autres terminaux.

L'aéroport Nyerere à Dar es-Salaam, ça doit bien faire dix ans que je n'y suis pas allée. La chaleur, les odeurs.

Dubaï International, du luxe, du marbre et de l'or, une pièce réservée à la prière, des hommes en longues tuniques blanches, des femmes intégralement couvertes de noir.

La courte et dangereuse piste d'atterrissage sur un pic de montagne à Madère.

Je me suis endormie à peu près là et ne me suis réveillée que lors de l'escale à São Paulo. Mes souvenirs de cette ville sont moins agréables, j'y suis allée dans les années 1950 quand j'étais femme de chambre à bord d'un bananier. Je n'avais que dix-huit ans, mais en paraissais plus, un faussaire finlandais sympa que j'avais croisé à Stockholm m'avait apporté son aide de professionnel pour changer l'année de naissance sur mon passeport. J'en avais bien besoin, je m'étais sauvée de chez mes parents à l'âge de quinze ans et, à l'époque, on n'était majeur qu'à vingt et un.

D'après ce passeport-là, j'aurais eu soixante-dix-sept ans aujourd'hui. D'après mon passeport actuel, authentique, j'en ai soixante-douze.

Mais comme tous ceux qui ont eu une longue vie, j'ai en moi un âge qui me correspond. Trente-six ans, voilà mon âge. Ça m'énerve toujours quand les gens me traitent comme une personne âgée, ça me déconcerte. Ce n'est pas parce que c'est effectivement mon âge qu'ils ont le droit de faire ça !

Une vieille connaissance à moi se trouve à bord de cet avion, ça va être un vrai plaisir de renouer les liens. Nous avons eu une aventure très confortable et divertissante dans les années 1970, quand il était médecin de bord sur l'un des navires sur lesquels je travaillais, de la ligne de Hurtigruten qui dessert la côte norvégienne. C'était un amant tendre et très prévenant, je m'en souviens. Nous avons passé quelques nuits inoubliables parmi les bandages et les bouteilles d'oxygène de son cabinet médical ; les passagers de ce bateau étaient particulièrement bien portants…

Pour finir, il a quitté son service à Bergen et pour autant que je sache, il est retourné dans sa famille à Uppsala, nous étions d'accord, c'était elle qui avait le plus besoin de lui. J'ai pleuré, mais je savais qu'il aurait été très malheureux s'il avait abandonné sa femme et ses enfants. Nous ne nous étions pas revus depuis. À la réflexion, j'avais précisément trente-six ans à l'époque de notre idylle. Il avait huit ans de moins que moi et il était déjà père. Il s'appelle Sven, il a pris une retraite anticipée et passe quelques années en mer avant de devenir un retraité à temps plein. Il sera notre médecin à bord. Il a eu le temps de me raconter tout cela lorsque nous sommes tombés dans les bras l'un de l'autre à l'aéroport d'Arlanda.

Je vois sa tête quelques rangées devant moi, blanche et chauve en haut du crâne, là où autrefois se dressait son épi têtu d'un blond chaud. Sven…

WILMA

Pourquoi est-ce qu'on s'attache à certaines personnes et pas à d'autres ? C'est un mystère que je n'ai jamais réussi à percer.

Pourquoi est-ce que je me sens déjà à l'aise avec le maréchal bien qu'on soit si différents ? Il n'y a personne parmi mes connaissances qui lui ressemble un tant soit peu.

Moi, j'ai plutôt le comportement d'un chiot, bruyamment gai et joyeux, je veux contenter tout le monde et je veux qu'on me flatte et qu'on me câline. C'est en tout cas ce que m'a dit un jour un collègue qui avait trop bu pendant une fête à l'école. Je me couche en quelque sorte sur le dos pour qu'on me gratte le ventre, oui, bon, pas littéralement, ce n'est pas mon truc – mais si on me jette un petit bâton, je le rapporte volontiers en remuant la queue, pour jouer et faire ami-ami.

Tomas est sombre et fermé, difficile à comprendre. Non, fermé n'est pas le mot qui convient, je ne peux pas dire ça d'un inconnu qui m'a adressé la parole par intermittence pendant qu'on survolait deux continents et un océan… mais je me cogne le nez sur la cloison de verre chaque fois que je pose une question personnelle, une sorte de retour à Charles-de-Gaulle, pour ainsi dire. Il n'est que cloisons de verre et culs-de-sac insaisissables et panneaux qui indiquent deux directions à la fois.

Par exemple, cette histoire avec ses enfants. On était en train de regarder les pages jouets de la brochure des articles qu'on peut acheter à bord. Tomas m'a raconté qu'il a une fille de huit ans, et il s'est enthousiasmé sur les souvenirs qu'il lui a achetés au cours de ses voyages, mais subitement il s'est tu, puis il a murmuré qu'il fallait qu'il dorme un peu plus et il m'a tourné le dos, dans la mesure où on peut tourner le dos à quelqu'un dans un fauteuil d'avion.

Peu après, il était soudain réveillé, ils ont servi le petit-déjeuner et Wilma la godiche en a évidemment renversé la moitié sur elle-même, je fais toujours ça dans les avions. Il s'est aussitôt penché vers moi avec sa serviette et a essuyé le yaourt de mon pull, comme un gentil papa dévoué, tout en faisant claquer sa langue de mécontentement. Puis il a pris ma serviette, l'a glissée dans mon col et l'a étalée comme un bavoir… J'étais bouche bée, je n'ai fait que le regarder, puis on s'est mis à rire tous les deux. Il a invoqué le décalage horaire, la tête en compote, pour justifier ce retour dans son ancien rôle de papa.

Mais quand on se met bavarder de choses et d'autres, on est comme deux vieux comiques dans un film muet, l'Optimiste et le Pessimiste.

— Oh, quel magnifique lever de soleil ! dis-je sur un ton rêveur en regardant par le hublot.

— D'autant plus magnifique que la pollution de l'air est passée par là, réplique-t-il, bourru. J'ai lu quelque part qu'elle déclenche tout un tas de nuances de couleurs.

Un peu plus tard, je tente :

— Je me réjouis vraiment de voir l'Antarctique. Le continent blanc !

À m'entendre, on aurait dit le catalogue de l'agence de voyages.

— … avant qu'il ne soit entièrement fondu. Ça peut aller très vite, tu sais ! riposte-t-il.

C'est lourd, comme de gravir tout le temps une côte par vent contraire. Jusqu'au moment où il oublie d'être morne pendant un court instant pour n'être que sympa et divertissant et raconter de folles aventures de sa période de journaliste d'investigation. Et juste quand on est en train de rire d'une histoire à dormir debout qu'un chauffeur de taxi turc a essayé de lui faire avaler, c'est comme si la lumière dans ses yeux s'éteignait. Il attrape brusquement la fiche plastifiée de consigne de sécurité dans la poche devant lui, et l'étudie minutieusement, le front plissé.

Je ne dis rien pendant un long moment, et lui non plus. Il fixe obstinément les images de masques à oxygène qui vont tomber du plafond, de lignes vertes qui vont s'éclairer sur le sol et de gilets de sauvetage avec sifflet incorporé, qui se gonfleront en tirant sur une petite ficelle, mais il est impératif de ne pas le faire avant d'avoir quitté l'avion. Moi aussi, je l'ai lue, cette plaquette, c'est la première chose que j'ai faite, et j'étais probablement la seule qui suivait attentivement du regard l'hôtesse de l'air pendant la démonstration de sécurité.

Je trouve finalement le silence pénible, le chiot voudrait qu'on lui lance un petit bâton ! Je lui montre une image sur la fiche.

— Tu t'es assis à une place terriblement dangereuse. À côté de moi, je veux dire. Si le commandant nous demande de nous mettre en position de sécurité, je vais immédiatement me lever, crier et hurler, et appuyer sur le bouton d'appel de l'hôtesse, et le bouton de la lumière et de la radio tant qu'à faire, et je vais semer la panique autour de moi. Quand les masques à oxygène vont tomber, je vais crier encore un peu et tirer dessus, sur le tien aussi, et ils vont se détacher tous les deux. Et ensuite quand tout le monde aura adopté la bonne position avec le front sur les genoux et qu'ils auront soigneusement bouclé leur ceinture, je vais bondir et sortir le gilet de sauvetage, puis je me vais me tenir là devant la sortie de secours et par mégarde j'aurai gonflé mon gilet et je bloquerai le chemin à tout le monde, et je soufflerai comme une folle dans le sifflet. Juste que tu le saches !

Je babille et blablate et me réjouis de voir un sourire démarrer comme un petit tremblement dans un coin de sa bouche et s'étendre lentement sur tout son visage bien qu'il résiste de toutes ses forces. Finalement, il rit.

— Tu ne feras rien de tout ça, je serai ultra rapide et je te clouerai le bec avec le masque à oxygène, dit-il. Et d'ailleurs, ça ne sert à rien de lire ce genre de consignes, c'est du pipeau pour que les gens se sentent un tout petit peu en sécurité et se tiennent tranquilles. Personne ne survit à un crash au-dessus de l'Atlantique !

Cette pensée semble le ragaillardir au point qu'il se met à subtiliser des mignonnettes de whisky sur le chariot de l'hôtesse quand elle passe et ensuite, à l'abri de nos couvertures, on boit en cachette en pouffant comme des gamins. Jusqu'à ce que quelque chose distraie sa pensée et qu'il retombe dans un lourd silence.

C'est comme de faire des tours de montagnes russes.

Au débarquement, on reste ensemble, il tire mon pingouin et il cherche un chariot pour nos bagages. La chaleur de Santiago nous frappe de plein fouet, nos accompagnateurs, Bengt et Mirja, nous pilotent habilement à bord du bus de l'hôtel en rassemblant notre troupeau comme des chiens de berger et en aboyant des instructions. Tomas nous trouve tout naturellement deux sièges côte à côte.

C'est peut-être parce qu'il a été marié pendant si longtemps, au moins neuf ans à en juger de l'âge de l'aînée. Ça vous rend sans doute un peu nerveux si vous n'avez plus à tous moments quelqu'un à vos côtés. J'ai des amis divorcés qui m'en ont parlé. Moi, je n'en sais rien, ma relation stable la plus longue a duré huit mois.

Mais il y a forcément plus que ça. Je sens *aussi* que c'est naturel qu'on marche l'un à côté de l'autre, et ça ne me ressemble pas, ou plutôt, je n'ai jamais fait ça auparavant. Même pas avec Stefan mon collègue de l'école qui me traîne à toutes sortes d'événements et essaie de faire de nous un couple. Je suis toujours aussi surprise quand je le découvre assis à côté de moi au cinéma.

Parfois je me dis qu'on a probablement conservé des gènes de singe et qu'on s'attache en inspirant l'odeur de l'autre et en étant physiquement proche. Comme Tomas et moi, quand on s'est réveillés joue contre joue sur le même siège. Bientôt je commencerai peut-être à lui gratter les cheveux pour l'épouiller comme un témoignage d'affection. Pauvre homme !

Santiago

TOMAS

J'ai pris un malin plaisir à me foutre complètement de la longue liste détaillée de conseils d'équipement à emporter. J'ai fourré dans mon sac quelques jeans et des pulls, un seul futal imperméable. Un bonnet. On vous fournit l'anorak et les bottes à bord. Pas de jumelles, pas de guides ornitho, pas de fiches d'histoire. Pas de crème solaire, pas de lunettes de soleil. Pas d'appareil photo. Tout est rentré dans le bagage à main.

Je ne vais pas dans l'Antarctique pour observer les oiseaux. Ni pour bronzer, ni pour m'instruire. Et pourquoi prendrais-je des photos? Il me suffit de voir les autres pauvres passagers ployer sous des objectifs gros comme des bazookas et essayer de faire passer en bagage à main des trépieds de plus d'un mètre de long. Une femme du groupe a fait toute une histoire à l'arrivée à Santiago parce que sa planche à repasser n'était pas là. *Sa planche à repasser?* Qui sont ces cinglés avec qui je voyage?

Ça n'a pas loupé, les trépieds des appareils photo et un certain nombre de valises s'étaient égarés en chemin. Et les propriétaires ne sont pas près de les revoir, parce que demain nous repartons pour les îles

Malouines où nous embarquerons sur le navire qui nous mènera en Antarctique. Même la compagnie aérienne la plus soucieuse de son image et du service fourni ne ferait pas suivre une planche à repasser en Antarctique.

J'ai eu un petit souci à Santiago, puisque je n'étais pas équipé pour la chaleur printanière et le soleil ardent. J'ai fait avec. Un jean et des tennis. Et le maigre jeune homme avec qui je partage la chambre d'hôtel s'habituera à me voir dormir en slip et à ne pas avoir d'autres affaires de toilette qu'une brosse à dents glissée dans la poche. Lui-même a une trousse de toilette grande comme une valise et Dieu sait ce qu'elle contient. Pour l'instant j'ai seulement vu le rasoir, la brosse à dents électrique, la lotion pour le corps et le shampooing antipelliculaire, des flacons de ginseng et de vitamines et une boîte géante de fil dentaire. Mais je ne pense pas en avoir vu ne serait-ce que la moitié, j'ai hâte de découvrir ce qu'il va en sortir d'autre. Un sèche-cheveux ? Des haltères ? Du matériel de plongée avec masque et tuba ? Il semble très pressé de faire de la plongée dans les eaux antarctiques et veut tout le temps me montrer des photos de plantes sous-marines.

J'envisage de le rembarrer une bonne fois pour toutes pour qu'il me laisse tranquille – genre « je suis en train de devenir aveugle, je ne pourrais malheureusement jamais vivre cela » – mais je n'en ai pas le cœur. Il a évidemment un matériel photo monstre, complet avec appareil étanche. Il s'appelle Peter, il est ornithologue. Il possède un guide malmené des oiseaux qu'il sort à tout propos pour vérifier un nom, même pendant les repas. Il y a peut-être dedans des photos de poulet grillé ?

Dans le bus qui nous transportait à l'hôtel, j'ai remarqué que j'ai commencé à me tenir près de Wilma comme si nous étions un couple. Ce n'est pas intentionnel, ça s'est fait tout seul. C'est une sensation agréable et familière d'avoir une femme à côté de moi, quelqu'un à choyer de temps en temps pour ensuite pouvoir me plonger dans mes propres réflexions.

Le fait est que Wilma est plus facile à côtoyer que ne l'était Sanna, qui parlait non-stop et me traînait tout le temps dans les magasins. Elle voulait aussi que j'exprime mon opinion sur tout ce qu'elle avait l'intention d'acheter.

Il fallait toujours écrire des cartes postales, et je devais au moins les signer et c'était quoi déjà, l'adresse de mes cousins et il faudrait peut-être qu'on change de l'argent et regarde là, la fille en bikini à paillettes et… Je n'avais pas un instant peinard avec moi-même.

Certes, elle a tendance à être un peu exubérante, Wilma, et sa conception de la vie est tellement radieuse que c'en est fatigant, mais elle n'est pas sentimentale, j'aurais pu me retrouver en pire compagnie pour voyager.

En tout cas, assis là dans le bus, je me suis dit que ça allait bientôt suffire, ce comportement de couple, une fois arrivés à Santiago, on ira chacun de son côté, sans regret.

Donc, après le déjeuner dans un restaurant avec vue sur la ville – j'admets que c'était un panorama magnifique, avec les montagnes enneigées tout autour – je suis parti tout seul pour découvrir la ville tandis que le groupe continuait la visite guidée dans le bus touristique. On m'a fait descendre près de l'hôtel et je me suis baladé un peu au hasard, plongé dans mes pensées pendant quelques heures. Ai-je bien colmaté toutes les brèches ? Ai-je involontairement laissé des pistes ? Il y a évidemment des personnes que j'aurais dû prévenir de mon départ, avec quelques mots d'esprit pour qu'ils se souviennent de moi, mais je me serais trahi, cela aurait pu mettre la puce à l'oreille de quelqu'un. Non. Je pense que presque toutes les mesures ont été prises.

Je n'ai pas une haute opinion de ma propre force d'attraction sur les femmes, et en me quittant, Sanna a emporté le peu de confiance que j'avais en moi. Mais je vais quand même veiller à ce que Wilma ne s'attache pas à moi, elle mérite mieux que ça. Elle semble d'ailleurs être très ouverte aux autres, parle avec les gens du groupe comme s'ils étaient de vieux camarades de classe, se lie avec tout le monde, on dirait qu'elle n'a rien à perdre. Mais merde, c'est pareil que de ne pas fermer sa porte à clé ! Tôt ou tard, quelqu'un va entrer foutre le bordel ou emporter de gros morceaux de vous. Mais si elle tient à vivre dangereusement, c'est son problème.

J'ai commencé à regretter de ne pas être resté pour le tour guidé, car j'avais repéré des bricoles qui malgré tout avaient piqué ma curiosité. Le vieux journaliste en moi n'était apparemment pas totalement mort.

Au cours de ma promenade sans but, je me suis retrouvé devant la porte du musée colonial, et j'ai décidé d'y consacrer une heure ou deux avant de m'installer dans un café pour lire. Et en moins de deux, le soir serait venu, puis de nouveau le matin, et ce serait le moment de partir aux îles Malouines et d'embarquer sur le navire pour l'Antarctique. Et je serais près du but.

Je suis entré dans le musée, passant devant des murs blancs et des boiseries lasurées, j'ai franchi des portes sculptées et vu des acacias en fleurs. J'ai pris mon ticket et j'ai commencé à déambuler dans les salles. Ils savaient construire de belles maisons et de magnifiques églises, les messieurs colonisateurs, et ils les remplissaient de meubles et d'œuvres d'art – ils ne se sont pas gênés pour puiser dans les trésors du pays. Je suis resté longuement à observer un mur entier couvert de vieilles clés et serrures en fer artistiquement forgé.

Quelqu'un a toussoté à côté de moi. C'était Wilma. Elle m'a souri.

Quelles sont les chances de croiser dans une ville de près de cinq millions d'habitants la seule personne qu'on a l'impression de connaître ?

Du coup, l'après-midi est devenu beaucoup plus agréable, on a visité un autre musée où était exposé l'art des autochtones d'origine, leurs poteries fantastiques d'ingéniosité, en forme d'animaux et d'êtres humains. Un chien qui fait pipi, une grenouille avec une anse. On s'est amusés à inventer un design de poterie *suédoise* aux fonctions diverses – genre cruche avec bec en forme de pilier de bar qui vomit – et on a beaucoup ri. Mais je ne suis pas venu ici pour m'amuser. Faut que je garde ça en tête.

Lan Chile, vol 27 de Punta Arenas
à Mount Pleasant, îles Malouines, 1ᵉʳ novembre

ALBA

Vol suivant, dans un avion considérablement plus petit. Vue d'en haut à travers la lumière brumeuse du soleil, la mer ressemblait à de la tôle martelée. On voyait deux formations de vagues, la houle comme de longs plis – et puis de petits traits perpendiculaires qui correspondaient aux vagues formées par le vent.

Si j'avais pu passer mon brevet de pilote, je pense que je n'aurais plus jamais mis les pieds sur le plancher des vaches à moins d'y être vraiment contrainte.

On nous a transportés en bus de l'aéroport à la capitale Port Stanley où nous avons passé la journée à marcher penchés en avant pour contrer le fort vent permanent. Toutes les portes ici ouvrent vers l'intérieur, celles du café et du pub, celle du magasin de souvenirs et même la lourde porte de l'église. Autrement, elles seraient arrachées de leurs gonds et partiraient tourbillonner par-dessus la mer.

Des rues bordées de petites villas pittoresques serpentent jusqu'au rivage de la baie. Le port est jonché d'épaves rouillées datant de différentes périodes et, sur les bords du chenal d'entrée, des marins ont formé à l'aide de pierres blanches le nom de leurs navires en lettres géantes. On peut y lire *Beagle*, le navire à bord duquel Darwin parcourait ces eaux. Charles Darwin, *L'origine des espèces*, mon préféré ! Je crois que je vais lui dédier mon nouveau carnet de notes. Si tout va bien, il prendra la forme d'un guide des différentes espèces de la faune humaine – je pourrais l'appeler *La ruine des espèces*. Nous les humains, nous sommes des bleus, des néophytes dans l'évolution, largement battus par les cloportes. Mais vu la vitesse avec laquelle nous exterminons les autres espèces, elles auraient mieux fait de prendre garde et de nous dévorer tout de suite quand nous sommes descendus des arbres.

Cela dit, nous sommes quand même intéressants aussi, de la même manière que les fauves le sont. Et les variétés sont nombreuses. Je compte faire bon nombre de nouvelles observations d'espèces humaines à bord de l'arche sur laquelle nous allons embarquer cet après-midi. Comme le font tous ces fanas d'oiseaux qui participent au voyage. Debout sur le quai, droits comme des cordes qui pleuvent, ils ont déjà commencé à espionner les pauvres créatures, tournant leurs jumelles tous azimuts. Il paraît que l'observation des oiseaux entraîne une forte dépendance.

Dans un petit bâtiment chaulé de blanc, au toit de tôle vert, est installée la rédaction du journal local, *The Penguin News*. Il raconte absolument tout ce que font les 3 000 habitants de l'île. Son Excellence le gouverneur envisage d'interdire de fumer dans les lieux publics. *Little Sheila dressed for Halloween*. John Harper mène paître ses moutons à mobylette. Bazars, anniversaires, concerts et ventes aux enchères de bétail. C'est un village paysan perdu dans la mer à 500 kilomètres du continent qui essaie de trouver à s'occuper et à occuper une bande de militaires qui y sont cantonnés.

Tout le monde sait tout sur tout le monde, se soucie les uns des autres et alimente les potins. Exactement le genre d'existence que j'ai fui quand j'étais jeune – et que parfois j'ai regrettée, alors que je sais très bien ce qu'elle coûte en termes d'ennui et de désespoir si on n'y trouve pas sa place. Moi par exemple, je suis née sans ailes. Certes, c'était le cas de tous dans mon village, mais j'étais la seule à ne pas l'accepter.

Au pub, les barreaux sont placés à *l'intérieur* des fenêtres, pas comme protection contre des cambrioleurs, mais pour protéger les carreaux quand les gens commencent à se battre et essaient de se balancer mutuellement par la fenêtre.

Au crépuscule, notre vaisseau accoste le quai et nous embarquons sur l'ancien navire scientifique russe *Orlovsky*, 65 mètres de long, deux moteurs diesel de 3 000 chevaux chacun, capable d'avancer à 10 nœuds dans des eaux dégagées, venant à bout de n'importe quelle glace. 50 passagers et 30 employés, de toute évidence mieux équipé que le vieux tas de planches de Noé. Et effectivement, ils montent à bord deux par deux aussi, mes compagnons de voyage. La plupart sont de vrais couples légitimes, d'autres probablement des faux.

Devant la passerelle d'embarquement est posté un jeune accompagnateur en vêtements de sport

coûteux, il nous adresse à tous un sourire professionnel. Il me tapote ostensiblement le bras quand je
passe, me voyant probablement comme une vieille
veuve inoffensive aux cheveux blancs, en goguette
avec l'héritage que m'a laissé mon bonhomme,
un petit tour avant de mourir.

L'innocent que voilà ! S'il me tapote encore une
fois le bras de cette façon-là, je le mords.

Devant moi marche un des faux couples. Lui a
environ trente-cinq ans, il est très grand, châtain et
poilu, le visage gondolé de plis de découragement.
Il aurait pu être franchement avenant s'il n'avait pas
tout le temps l'air d'attendre une pluie torrentielle.
Elle est un peu plus jeune, grande elle aussi, avec
une allure de garçon manqué – de loin on pourrait
la prendre pour un adolescent, elle a le langage corporel d'un soldat de plomb. Cheveux blond-roux
décoiffés, menton prognathe et de grosses incisives.
Maigre, plate comme une planche et des jambes
comme des poteaux. Des mouvements lents et
rigides, comme si elle avait les muscles douloureux
après une séance de sport intensive. En revanche,
pas de nuage de pluie au-dessus de sa tête – elle
scintille et gazouille et montre un enthousiasme
si débridé qu'on en vient à s'inquiéter pour elle,
qu'elle soit déçue du voyage, je veux dire.

J'étais à leur table hier, avant de quitter Santiago.
Il est journaliste, journaliste *qui creuse*, a-t-il ajouté
avec un sourire de guingois qui pouvait laisser
entendre qu'il faisait des piges comme fossoyeur
– et elle est professeur dans un institut protestant
de formation pour adultes. Tomas et Wilma. Ils ne

voyagent pas ensemble, ne se connaissaient même pas auparavant, c'est pour ça que je les appelle un faux couple. Mais ils semblent n'être jamais à plus d'un mètre l'un de l'autre, ils ont déjà établi une sorte de compagnonnage. Je ne pense pas qu'il s'agisse d'une amourette. Il est trop morne et elle trop – eh bien elle fait preuve de trop d'exaltation asexuée. Si quelqu'un se glissait près d'elle et l'entourait de son bras, elle s'écrierait sans doute : « Oh, mais comme tu as de jolis *bras* ! »

Ça, c'était méchant, Alba, et tu sais que ça n'est pas bon pour toi ! Des reflux acides de l'esprit.

J'ai trouvé la cabine que je vais partager avec Wilma, justement, puisque toutes les deux, nous voyageons seules. De l'acajou verni partout, des hublots de laiton et des meubles fixés au sol et aux murs. Autour du plateau du bureau, une barre anti-roulis. Des housses de couette blanches à l'aspect amidonné. Je me suis tout de suite sentie chez moi. Ça, c'est du bateau !

Wilma et moi avons réparti l'espace entre nous au moyen de petits hochements de tête polis. Je prends cette penderie, tu peux prendre l'autre. Est-ce que ça te va si j'utilise ces patères ?

Mais elle a fait un truc étrange – elle s'est octroyé la couchette inférieure sans même me consulter. On pourrait se dire qu'une femme de mon âge serait prioritaire pour l'avoir, qu'elle aurait dû me la proposer. Elle ne peut pas savoir que j'adore les couchettes supérieures, presque autant que les cabanes dans les arbres. J'y suis grimpée et j'ai tiré les rideaux bleu marine plissés pour sombrer un moment, assommée par le décalage horaire et les comprimés contre le mal de mer. Me suis réveillée au son beuglant du haut-parleur au-dessus du bureau. Exercice de radeaux de sauvetage sur le pont 5 ! Habillez-vous chaudement et enfilez vos gilets de sauvetage !

J'ai soupiré. À l'école lorsque j'étais enfant dans les années 1940, le son du haut-parleur signifiait que tout le monde devait se rassembler et faire quelque chose de barbant – écouter le discours du dirlo, chanter des hymnes, marcher en rang. Et le voilà sur la cloison de la cabine, comme si nous étions sous le commandement de Big Brother... Wilma et moi nous sommes extirpées de nos couchettes et avons enfilé tous les accessoires que nous avions essayés dans la salle commune au pont inférieur : bottes, parka orange et un immonde gilet de sauvetage orange. *Avanti* pour le pont 5 dans l'oblique lumière du crépuscule ! Les moteurs diesel venaient juste de démarrer et ça sentait la cuisine.

Je n'aime pas ces exercices. Penser qu'ils puissent éventuellement servir me dérange. Qu'on puisse se retrouver en péril sur la mer et avoir à choisir entre se noyer dans de l'eau glaciale et mourir de faim dans le piège en fibre de verre qu'est le radeau de survie. Les patrouilles du sauvetage en mer ne sillonnent pas souvent ces eaux australes.

Non, je n'ai pas spécialement peur de la mort. Je ne l'aime pas, c'est tout. J'ai l'intention de rejoindre le club très fermé des doyens de l'humanité en vivant jusqu'à cent vingt ans.

À notre retour dans la cabine après un délicieux dîner avec entrée, plat et dessert dans la salle à manger au pont 3, je sors le carnet que j'ai acheté dans un petit bureau de tabac de Santiago. Une couverture de papier marbré à l'ancienne, ornée d'une étiquette, des pages ivoire lignées. Il est temps de commencer ma thèse :

La ruine des espèces

Introduction :

Depuis longtemps, j'ai la conviction que lorsque nous, les humains, nous nous comparons aux animaux, nous le faisons de façon totalement erronée. Regardez ! Voilà le comportement des animaux, voilà la loi de la nature ! Donc, les femmes doivent rester au foyer/l'homosexualité doit être interdite/les mâles forts doivent mener la meute, et ainsi de suite. Évidemment, on choisit judicieusement les comparaisons qu'on veut faire. Personne ne dit par exemple qu'il convient de garder les hommes soigneusement enchaînés, puisque ce sont avant tout les mâles qui se battent, ou bien que les femmes doivent expérimenter plusieurs partenaires, comme les femelles du règne animal. Ou que la femme peut se procurer un apport de protéines en mangeant son mari après l'accouplement, comme la tarentule femelle...

Certains affirment entre autres que c'est le lion mâle le plus fort qui « obtient » le plus de femelles. On pourrait tout aussi bien voir les choses sous un autre angle : puisqu'une lionne n'a nullement besoin d'un mâle personnel à sa charge (c'est elle qui chasse), elle en partage un avec les autres femelles quand elle a envie de s'accoupler. Et alors elle choisit volontiers le plus fort, pour que ses petits soient forts. Mais une fois l'accouplement terminé, elle se fiche complètement du mâle. De plus, la jalousie n'existe pas entre les lionnes. (C'est par ailleurs ainsi que j'ai toujours vécu.)

Dans ces notes, j'ai pensé prendre le chemin opposé, selon l'esprit de Darwin, et essayer d'observer des comportements animaux qui se sont développés au cours de milliers d'années, toujours pour une raison. Pourquoi les manchots ont-ils renoncé à la capacité de voler ? Comment l'éléphant de mer trouve-t-il son harem ? Ensuite je ferai mes comparaisons, dans le but de prouver que les humains sont des animaux. Ça nous fera du bien de ne pas nous prendre pour plus remarquables que nous sommes, ça nous donnera une image réaliste de la vie.

J'ai posé mon stylo et refermé le cahier, très satisfaite de moi. Voir les humains comme des animaux est un passe-temps agréable et instructif, ça nous rend tous un peu plus stupides, mais aussi plus émouvants. Et c'est un passe-temps bon marché – pas besoin d'équipement particulier ni de s'acquitter de cotisations hors de prix.

TOMAS

Sérieusement – j'ai cru que j'étais en train de devenir fou en le voyant dans le radeau de survie.

Bien sûr, ce n'était qu'un exercice et j'avais enfilé le gilet de sauvetage par acquit de conscience et grimpé dans l'encombrant monstre orange et blanc sur le pont 5. Il faisait un froid de canard et j'ai essayé de souffler dans mes mains pendant que l'accompagnateur nous expliquait sur un ton enjoué comment il fallait se comporter quand le signal retentirait. Alarme dans toutes les cabines, en vitesse vêtements chauds et gilet de sauvetage, puis rassemblement sur le bon pont et devant le bon radeau ! Il est assez rapidement apparu qu'on n'aurait aucune chance de survivre dans l'eau à trois degrés, et il n'y avait pas beaucoup d'autres navires pour nous sauver dans les mers où on allait naviguer. Les îles Malouines – Géorgie du Sud – Antarctique. Haute mer avec des bancs de glaces flottantes. Des tempêtes effroyables dans le passage de Drake. Et ainsi de suite. Je me suis dit oui, bon, tant pis pour nous si on coule. Une fois qu'on se retrouve dans l'eau glacée, ça va assez vite – cinq minutes tout au plus – et il paraît qu'on ne sent rien. Mon Dieu, comme j'ai hâte de ne plus rien sentir !

Ce que j'ai soudain senti, c'est quelqu'un qui tirait sur l'énorme parka orange que les accompagnateurs m'avaient attribuée, comme à tous les autres, pour être sûrs de nous retrouver quand nous nous égarerions sur les étendues de glace. J'ai baissé les yeux et j'ai vu – je le jure ! – une petite main, une main d'enfant sale aux ongles rongés. La main d'Arvid. Il était assis là et il avait l'air effrayé. Ses yeux mouchetés couleur herbe me fixaient d'un air angoissé.

— *Papa ? C'est dangereux, papa ? On va se noyer ?*

Ça n'a duré qu'une seconde. Mais la sueur froide a commencé à couler sous mes couches de pulls. Ça paraissait tellement réel.

Je ne reverrai plus Arvid, au train où vont les choses. Ni Asta. Je suppose que Sanna fera tout pour qu'ils m'oublient au plus vite et qu'ils deviennent les enfants de ce foutu Musclor qu'elle a épousé. À l'église – je rêve ! – et les mômes en robe de tulle et en costume miniature qui semaient des pétales de rose puisés dans un petit panier ridicule. J'ai vu la photo dans le journal, j'ai eu envie de dégueuler. Sanna et moi, on s'était mariés à la mairie, je me rappelle qu'on était pressés parce que je devais partir pour un boulot quelque part, je ne sais plus où. Ça l'avait mise en rogne, et elle a sans doute voulu se rattraper la deuxième fois. Mais tout de même, des pétales de rose !

Les autres ont tous l'air un peu inquiet et boivent avidement les paroles rassurantes du guide. Système de pompage, double coque, cloisons étanches, contact radio et blablabla. Je m'en fous complètement. Je n'ai même pas l'intention d'enfiler le gilet si l'alarme se déclenche.

Si Arvid et Asta avaient été ici et que cela eût été pour de vrai... J'aurais boutonné ma grosse parka autour de nous trois et je leur aurais raconté des histoires extraordinaires pour qu'ils ne se rendent pas compte de ce qui se passait. Et Asta m'aurait fait des grimaces avec sa bouche édentée.

Ça sent la nourriture. On peut choisir entre trois menus, il faut cocher dans la liste sur la porte de la salle à manger. Trois plats, viande ou poisson ou végétarien. Impressionnant !

Je me demande si Markus s'est demandé pourquoi je lui ai donné tant de missions avant de partir. Il a quand même dû se poser des questions, pourquoi ne me suis-je pas occupé moi-même de la vente de la maison et de la voiture, et du voilier qu'on avait utilisé trois, quatre fois avant que Sanna m'annonce qu'on allait divorcer. Un véritable scoop – j'étais le premier surpris... Markus a été mon conseiller financier pendant quinze ans et on peut dire qu'il est mon ami le plus proche, il pense probablement que je me suis tout simplement effondré et que je pars en voyage pour oublier. Je lui ai dit que j'allais passer un an chez des amis en Amérique du Sud et que, s'il m'arrivait quelque chose, il devait verser tout l'argent sur un compte dont les enfants pourraient disposer à leur majorité. Quoique, je ne devrais pas me faire de soucis. J'ai fait du mieux que j'ai pu. Annulé des abonnements de journaux, démissionné d'associations où j'étais membre et fait don de mes vêtements, et même, dans une enveloppe fermée jointe au testament, j'ai mandaté Markus pour faire transporter mon corps en Suède avec l'aide de SOS International, si jamais on me retrouve. Je n'ai pas indiqué où je voulais être enterré, ils peuvent me balancer où ils veulent, je m'en fous.

Ça y est, ils ont fini avec les consignes de sécurité, on va enfin pouvoir manger. Je vais essayer de trouver Wilma. Elle a quelque chose que je n'arrive pas à définir, je me sens détendu avec elle, bien qu'on ne se connaisse que depuis deux jours. Je suis plutôt un loup solitaire et un mauvais coucheur, Sanna me l'a souvent dit vers la fin. Mais avec Wilma, il n'y a en quelque sorte rien à perdre, on peut être amis sans une pensée pour l'avenir. Elle est si peu féminine que ça en est un véritable soulagement, c'est comme traîner un copain ado pendu à ses basques. Sans la compète de zigounettes au sauna et de bières à écluser. Et puis elle a une attitude tellement positive devant tout, c'est merveilleux et risible à la fois ! Si Wilma se retrouvait en enfer, elle déclarerait tout de suite qu'cllc adore les feux de camp et demanderait au diable s'il n'a pas quelques saucisses à griller…

Je fais ce que je peux pour casser son univers féerique, ça a un effet relaxant en quelque sorte. Ce n'est pas possible, ce comportement de scout, qui trouve le monde tellement formidable, enfin, grandis un peu ! Mais elle ne se fâche même pas, elle ne fait que rire.

C'est agréable comme sensation d'avoir une amie, je ne pense pas que ça me soit déjà arrivé, pas depuis l'adolescence. Il y avait Sanna, puis quelques collègues femmes qui n'arrêtaient pas de me répéter que j'étais cynique.

Les soi-disant histoires d'amour ou aventures d'un soir que j'ai pu avoir, ça a plutôt été comme un devoir, une conduite que les gens s'attendent à vous voir adopter.

Si Wilma et moi devions continuer à nous fréquenter, il ne serait de toute façon jamais question de soupirs langoureux ou de regards appuyés avec elle, pas de séances avec huile de massage et bougies allumées autour de la baignoire ou des palabres à l'infini pour savoir quel chemin notre relation est en train de prendre. Comment ça, quel chemin ? Pourquoi les relations doivent-elles toujours prendre un chemin ? Je voudrais que tout soit comme avant, et que le temps s'arrête, que les enfants ne deviennent jamais adultes et que mes tempes ne se dégarnissent pas.

Mais c'est mal barré, d'après Wilma.

WILMA

Je n'étais pas très fière de moi de prendre la couchette inférieure comme ça, au nez et à la barbe d'une femme qui doit avoir plus de soixante-dix ans. On croit tout d'abord qu'elle a dix ans de moins, sa peau est lisse et son corps droit et musclé, mais ses cheveux blancs et les taches de vieillesse sur ses mains révèlent son âge véritable.

C'est que je n'ai pas le choix. J'aurais du mal à monter dans la couchette supérieure et à en descendre, et je ne veux pas qu'on remarque mon état. Si bien que j'ai tout bonnement posé ma valise sur la couchette d'en bas et elle n'a rien dit, elle a simplement grimpé en haut comme un écureuil et s'est tout de suite endormie. Ensuite il y a eu l'exercice du radeau de sauvetage, au début j'étais stressée, j'ai tourné comme une godiche dans la cabine, je n'arrivais pas à boucler le gilet de sauvetage, puis je me suis dit bon sang de quoi ai-je peur, il y a pire comme endroit pour mourir ! Nous étions toujours à quai, et dehors il faisait un temps magnifique. Le soleil n'était pas encore couché, il posait une brume dorée sur les îles Malouines.

Ceci va être l'aventure de ma vie. Et mes compagnons de voyage semblent suffisamment hétérogènes pour me plaire. Celle qui partage ma cabine s'appelle Alba, je ne sais pas encore grand-chose sur elle, mais je dirais que c'est une dame qui trimballe des secrets. Elle a un sac magique, un petit sac à dos duquel elle tire une foule d'objets, les uns après les autres ; soit c'est de la prestidigitation, soit elle est une voyageuse professionnelle qui sait comment faire son sac. Elle n'a même pas de valise. J'ai demandé si ses bagages avaient été égarés à bord et elle m'a montré son petit sac à dos.

— Là-dedans, j'ai tout ce qu'il me faut ! Les organisateurs nous fournissent la grosse parka, ils veulent qu'on soit tous pareils pour nous repérer plus facilement. Ils nous prêtent des bottes, et j'ai sur moi tous les vêtements chauds dont j'ai besoin. Là, j'ai des sous-vêtements et une brosse à dents et un chemisier habillé, pour le verre du soir au bar. Un petit carnet de notes et l'appareil photo.

Elle avait soigneusement posé ces derniers de son côté du bureau.

J'ai jeté un regard gêné à ma valise qui m'a paru aussi grande qu'une cabane des bois à côté de son sac à dos, et dans laquelle j'avais mis tellement de vêtements qu'il ne restait même pas de place pour un polar. Je ne suis pas une grande voyageuse, elle est pleine de « ça peut servir » et de vêtements de rechange en quatre exemplaires. Comme si elle lisait dans mes pensées, Alba a dit :

— Ils ont un service de laverie à bord, ça ne coûte pas très cher.

Ah bon. J'aurais dû le lire dans tous les documents qu'ils m'ont envoyés. Au lieu de faire une razzia dans les magasins de sport, d'être incapable de me décider et de tout acheter. J'ai apporté trois bonnets et quatre foulards... Deux robes et des sous-vêtements techniques en microfibre et Dieu sait combien de pulls, légers et gros, des pyjamas et des chaussettes, mes bottes qui ne sont pas du tout nécessaires et des tenues de détente, crème solaire indice trente, un sèche-cheveux, des jumelles, appareil photo avec plusieurs objectifs, des chargeurs et des adaptateurs dont je n'ai pas besoin, un téléphone portable inutilisable ici et toute une pharmacie familiale alors qu'il y a un médecin à bord. J'ai même apporté une trousse de pédicure, comme si je devais à tout prix soigner mes pieds pendant ces semaines. Sans parler d'un tas de livres sur l'Antarctique, dont certains se trouvent déjà dans la bibliothèque au pont 3. C'est tout simplement grotesque.

— Une fois j'ai voyagé en Inde pendant trois mois avec trois kilos de bagages, a ajouté Alba d'un air satisfait. Dans un sac en bandoulière. Il contenait surtout mon passeport et les billets, des épingles à nourrice et des comprimés contre la tourista. Il suffit d'aller au marché acheter quelques vêtements pour pas cher et les laisser sur place en partant.

Elle a lorgné ma valise-cabane avant de préciser, comme pour me consoler :

— Mais ce système ne fonctionnerait évidemment pas ici, dans la boutique à bord ils ne vendent que des chemises souvenirs qui coûtent une fortune et des cravates avec des imprimés de pingouins.

On est sorties sur le pont. Le soleil était plus bas et il régnait une certaine agitation autour de nous. Les machines se sont mises en branle et l'*Orlovsky* s'est lentement éloigné du quai. Des marins en bonnet tricoté noir s'interpellaient en russe, ils avaient des mentons carrés et virils. Je me suis sentie parfaitement à ma place, en tout cas pour ce qui est du menton... Des oiseaux de mer tournoyaient au-dessus du navire en criant, et de quelque part me parvenait une odeur de viande grillée. C'était... merveilleux. Comme toujours je n'ai pas réussi à me taire et je l'ai annoncé à mon entourage, à droite, à gauche. Alba a hoché la tête avec gentillesse, les autres ne m'ont prêté aucune attention.

On est montés dans un radeau de sauvetage et j'ai jeté un regard sur Tomas. Il avait les yeux fixés sur quelque chose à côté de lui, je n'ai pas pu voir ce que c'était. Je crois que je vais lui réserver une place pour le dîner, on est en train de mener une drôle de conversation, ça dure depuis qu'on s'est retrouvés côte à côte dans l'avion. Il est – pas comme un frère, non, je ne le connais pas assez – mais comme un cousin peut-être, d'une autre région, un cousin lointain avec qui j'ai des traits communs.

Le dîner à bord de l'*Orlovsky* m'a totalement bluffée. Voilà encore une chose que je n'avais pas lue dans les brochures fournies avant le départ – on nous servirait des repas gastronomiques, trois menus différents au choix avec entrée, plat et dessert, midi et soir. De la soupe, qui pour l'instant se tenait tranquille dans la soupière. Du rôti de bœuf avec légumes et garnitures raffinés, et en dessert, de la crème glacée. Des serveuses russes potelées. Le barman passait à chaque table prendre les commandes de vin. Et moi qui avais cru qu'on allait vivre une rude vie de plein air ! À quoi m'étais-je attendue ? Que les marins se pencheraient par-dessus le bastingage pour pêcher quelques malheureux poissons qu'ils nous serviraient avec des biscuits marins moisis et de l'eau croupie ?

Alors qu'en fait, c'est une vie de luxe et j'en ai un peu honte. Dans ces contrées, où des explorateurs et des hommes courageux, la barbe figée par de la morve gelée, ont survécu en mangeant des pingouins crus, étendus sur des blocs de glace flottants…

Après le dîner, on s'est tous rendus au bar du pont intermédiaire, en se cramponnant aux mains courantes le long des cloisons. Il y avait un peu de roulis. Au bar, tout ce qui pouvait être vissé l'était, sauf le barman. Le commandant russe en surcharge pondérale rassurante et aux consonnes douces et chaudes comme de la bouillie d'avoine, nous a souhaité la bienvenue, nos guides nous ont été présentés et tout le monde a fraternisé autour de verres de gin tonic. À ma table, une blonde opulente avec la ceinture bien serrée autour de la taille n'arrêtait pas de reluquer le capitaine et son uniforme. De temps à autre, elle éclatait de rire et levait son verre dans sa direction en bafouillant un *skål* ! Elle était accompagnée de son mari, qui la regardait tout aussi intensément, les sourcils froncés. Ils s'appellent Brittmari et Lelle.

On est allées se coucher tôt, Alba et moi, et j'ai très bien dormi derrière mes petits rideaux bleus plissés. J'ai été doucement bercée, de la tête aux pieds, pas de gauche à droite.

Le buffet du petit-déjeuner était somptueux et ensuite l'heure fut venue de notre première visite à terre. Ce n'est pas la peine de le cacher – je me suis vraiment sentie bizarre quand j'ai enfilé mon pantalon imperméable, l'épaisse parka orange, puis le gilet de sauvetage et me suis tartinée d'indice trente. On nous a bien inculqué la procédure à suivre : pour commencer, on retourne son *tag*, c'est-à-dire qu'on va devant un tableau où sont suspendues de petites plaques métalliques rondes et numérotées, autant qu'il y a de personnes à bord, et on retourne la sienne côté blanc. Cela signifie qu'on a quitté le bateau. Et en revenant, il est terriblement important de retourner à nouveau sa plaque côté bleu, autrement l'équipage croit qu'on a été oublié à terre et envoie des patrouilles de sauvetage.

Ensuite tout le monde désinfecte ses bottes, on patauge dans une bassine remplie d'une solution biodégradable puis on fait la queue devant l'échelle. On ne doit laisser aucune trace sur le sol antarctique, on n'a même pas le droit de faire pipi sur les lieux qu'on visite pour ne pas déranger le biotope. Quelques messieurs d'un certain âge ont l'air perturbé par cette information.

C'est un art en soi de descendre dans les gros Zodiac noirs. Un robuste marin russe vous prend solidement par un bras, le pilote du Zodiac par l'autre. C'est cela qui m'a le plus inquiétée – je suis tellement malhabile. Ça n'a pas loupé, je me suis effondrée au fond du radeau et il a fallu m'aider à me relever. Je suis comme je suis, je n'ai pas d'équilibre. Pourvu que ça n'empire pas !

Puis on est partis dans le vacarme des gigantesques moteurs hors-bord. Les suggestions ont fusé de ce qu'il conviendrait de faire si le pilote tombait à l'eau, ils parlaient de coupe-circuit et de différents moyens de le remonter à bord et d'autres choses que je ne voulais pas entendre. Je regardais fixement notre destination, une île déserte des Malouines qui s'appelait l'île Barren. On a accosté dans une baie et tiré les Zodiac sur la grève, puis on s'est lancés à la queue leu leu sur la lande.

Et soudain, j'ai aperçu mon premier pingouin ! Il a envoyé valser toutes mes idées reçues. Parce qu'il ne se dandinait pas tout mignon vêtu d'un frac, il était couché dans un trou et me dévisageait d'un air furieux. Je ne voyais qu'une paire d'yeux ardents et un bec noir et massif et sur la photo que j'ai essayé de prendre, on ne distingue que le trou comme une tache sombre et floue. Bengt, notre guide, un gars bronzé avec une barbe hirsute et de nombreuses rides d'expression, s'est approché de moi et m'a expliqué que c'était un manchot de Magellan et que c'était dans sa nature de pondre ses œufs et de les couver dans un trou au sol. Puis il a poursuivi son chemin entouré de sa petite cour d'admiratrices. Il a beaucoup de succès auprès des touristes.

Je ne savais même pas qu'il existait différentes sortes de pingouins. Pour moi, un pingouin était un pingouin, point barre ! Mais là, j'ai compris qu'il me faudra dire manchot désormais parce que les pingouins vivent dans le Nord, on n'en trouve pas dans l'Antarctique !

Tout à coup j'ai entendu un son invraisemblable. Un rot sonore, suivi d'un beuglement et de quelque chose qui ressemblait bien à un pet colossal. J'ai eu une vision de hooligans quinquagénaires à une finale de championnat d'Europe, puis j'ai aperçu l'énorme éléphant de mer mâle qui se vautrait au bord de l'eau au milieu de son harem. Il mesurait facilement cinq, six mètres de long et devait peser plusieurs tonnes, il avait une sorte de trompe trapue, épaisse comme le bras d'un homme. Un tas de petites demoiselles d'à peine deux mètres de long se massaient autour de lui, les bébés aux mamelles. Il tenait une favorite entre ses grosses pattes et lui tapait dessus, elle m'a paru en danger de mort. Les petits caquetaient et criaient et le mâle pétait et éructait tristement, ils étaient en pleine effervescence. Un peu plus loin, une famille d'otaries agiles traversait les cailloux sur la grève en agitant les nageoires pour se jeter dans l'eau.

C'était totalement incroyable. Ça se passait ici et maintenant, et il n'y avait pas de clôture entre les animaux et moi, pas de pancarte avec leur nom en latin. Ils n'avaient même pas peur de nous, ils semblaient plutôt indifférents ou à la rigueur un peu irrités. Ça ne doit pas être inscrit dans leurs gènes qu'il vaut mieux éviter les humains – ils n'ont jamais eu de raison de le faire.

Je sais maintenant que j'ai eu raison de venir ici, malgré ce que ça m'a coûté. Et ce que ça va me coûter.

LENNART JANSSON – BRITTMARI JANSSON

Je le savais. Il n'a pas fallu longtemps à bord avant qu'elle commence à tourner autour d'un des passagers. C'était dans le bar au pont 4, pendant le petit discours de bienvenue du commandant russe. Elle aurait sans doute préféré tourner autour de lui, si elle avait pu l'atteindre. Il était exactement son genre, uniforme et tout, et ce petit accent russe troublant! Elle n'a pas arrêté de me rebattre les oreilles avec ce putain d'accent le soir dans notre cabine pendant qu'elle se frictionnait les rides de crème. Un peu comme si l'homme glissait sur les voyelles uniquement pour la draguer. Alors qu'elle était déjà pratiquement assise sur les genoux de l'ornithologue qui ressemble à un oiseau avec sa houppe sur la tête!

Mais l'oiseau ne paraissait pas spécialement ravi, elle lui cachait sans doute la vue sur la mer. Je l'ai aperçu sur le pont avec ses jumelles au coucher du soleil, sa tête tournait comme si elle était montée sur des roulements à billes. Elle l'a remarqué aussi, elle était absolument ravie. « Regarde, Lelle, je crois que c'est moi qu'il cherche, ce mec-là. » Elle pense toujours des choses comme ça.

Elle me rend fou. Et je sais que c'est pendant ce voyage que ça doit se régler. Demain je ferai une petite prospection. J'ai quinze jours devant moi. Au bas mot.

Je me suis senti, disons mal à l'aise quand on a laissé la dernière des îles Malouines derrière nous pour naviguer en haute mer. Quelque chose en moi protestait contre le tangage et il n'était pas facile de contrer les soudains coups de roulis quand de grosses vagues venaient heurter la coque du navire et lançaient des paquets d'eau contre le hublot de notre cabine. J'ai grimpé dans la couchette supérieure – elle s'était attribué celle du bas comme si c'était une évidence – et j'ai tiré les rideaux bleus. « N'oublie pas ton Mercalm ! a-t-elle dit. Tu sais ce que ça te fait quand ça tangue ! » Je n'ai pas répondu.

Comme si elle me laissait la moindre chance de l'oublier. Elle a amusé toute notre table pendant le dîner en racontant la maudite sortie de pêche qu'on avait faite un jour. Non, je ne me sentais pas bien, c'est vrai, mais c'était avant tout à cause de l'odeur de poisson ! Une véritable infection ! Combien de fois ne l'ai-je pas entendue raconter en long et en large toutes les nuances de mon visage quand le vent se levait ? « Au début il était seulement pâle, puis il est devenu gris, et ensuite je dirais gris-vert, un peu comme les fromages persillés, vous voyez ce que je veux dire ? Mais ensuite ! Comme les feuilles tendres du bouleau au printemps ! »

Les gens ont ri à en renverser leur soupe. Bill, le barman, avait généreusement rempli les verres de vin rouge.

Et là où je la hais le plus, c'est après, quand elle tend la main et me tapote vigoureusement la joue, tout en avançant le menton et en serrant ses lèvres minces en une grimace comique. Elle le fait chaque fois qu'elle vient de raconter cette histoire, et après d'autres histoires aussi. C'est en quelque sorte devenu notre signature. « Mais tu as d'autres qualités, mon petit Lelle ! Enfin, qualité, qualité... en tout cas tu me tiens compagnie ! » Les gens rient comme si on les avait chatouillés.

Le dessert ne m'a pas tenté et je suis sorti sur le pont. Je suis resté longtemps à fixer l'écume des vagues dans le noir. Les moteurs faisaient un de ces boucans, il y avait du vent, pas un chat en vue.

Le garde-corps du pont 5 n'est pas très haut. La distance jusqu'à l'eau est peut-être de dix, douze mètres. Ensuite j'imagine qu'on est happé par les hélices et haché menu, ou qu'on disparaît simplement dans le sillage du bateau.

Un corps ne serait probablement pas visible sur leur radar là-haut sur la passerelle. Dans ces eaux froides on survit au maximum cinq minutes, ils l'ont dit pendant l'exercice de sauvetage. Je pense que j'étais le seul à sourire.

ALBA

Wilma a eu l'air un peu surprise quand j'ai emporté en tout et pour tout mon carnet et mon stylo en partant à la découverte de l'île Barren ce matin. Elle-même s'est encombrée d'appareil photo, trépied, lunettes de soleil, un petit sac à dos contenant de la crème solaire, une bouteille d'eau, une poire, un livre sur la faune antarctique et des chaussettes de rechange. Avant de partir, elle a quand même reposé la poire sur le bureau avec un petit rire gêné en disant : « De toute façon, on n'a pas le droit de jeter le moindre petit trognon de poire, ni dans l'eau ni par terre. »

Sur la plage se prélassait une famille d'éléphants de mer avec un mâle gigantesque entouré d'une bande de petites femelles trapues, et de jeunes. Non loin de là, notre guide Bengt était en train de faire un exposé devant quelques admiratrices. Il ne s'est pas saisi d'une de ces femelles humaines pour commencer à se reproduire, mais il y avait des ressemblances intéressantes.

Peu après est arrivée Mirja, une jeune et joyeuse biologiste qui nous nourrit tendrement de connaissances, tout comme les éléphants de mer femelles nourrissent leurs petits. Elles ont des muscles spéciaux dans les mamelles et elles font littéralement gicler le lait dans la bouche des petits, nous a raconté Mirja. Le lait est composé à trente pour cent de graisse qu'elles ont laborieusement accumulée pendant six mois en mer et qu'elles font maintenant jaillir jusqu'à en devenir maigres et misérables et être obligées de repartir au large pour faire le plein.

Les conditions de la maternité, qu'on soit éléphant de mer ou humain… Je n'ai jamais eu à les vivre, malgré l'enfant que j'ai eu.

Dans l'eau, on aperçoit la tête de jeunes phoques qui voudraient prendre la place du pacha ou au moins emprunter deux ou trois de ses femelles. La plupart des jeunes mâles ne trouvent jamais l'occasion de s'accoupler. Les guides nous ont raconté que les biologistes les appellent *sneaky fuckers*, ils restent à barboter dans l'eau, pleins d'espoir, furtifs ça oui, attendant que le vieux détourne le regard. Je n'ai pas encore réussi à détecter leur semblable parmi les messieurs à bord, mais ça viendra.

Je suis sûre qu'elle a quelque chose, Wilma. Elle marchait devant moi quand nous sommes partis à la découverte de l'île en une longue file furieusement orange. De loin, nous pourrions très bien ressembler à une manifestation sagement groupée en route pour renverser le dictateur d'un pays de l'Est… Wilma bougeait comme une marionnette, des mouvements raides et saccadés, et avec un très mauvais équilibre. Soit elle n'a jamais fait de danse classique quand elle était enfant, soit elle souffre de quelque chose. Elle marche un peu penchée en avant aussi, comme si elle était enceinte de huit mois. Ce qui pourrait d'ailleurs parfaitement être le cas sans que ça se voie, si on considère les énormes pulls qu'elle enfile sous la parka géante obligatoire. J'espère que ce n'est pas un truc dont Sven aura à se charger, il passe le plus clair de son temps dans son cabinet médical à jouer au poker contre son ordinateur. Je l'ai vu quand j'y suis allée pour mendier des comprimés contre le mal de mer. Nous avons fait le tour de vieux souvenirs pendant un moment, chacun un sourire au coin de la bouche, mais il était trop tôt pour s'approcher davantage si bien qu'il s'est soudain transformé en hôte poli et s'est mis à me montrer tous les dispositifs de son petit centre médical. Son local déborde d'appareils astucieux pour des situations de détresse dans des contextes particulièrement difficiles, des civières pliables, des sacoches avec des pansements à attelle, un système de perfusion portable et *tutti quanti*, mais je suis presque sûre que si on venait le solliciter avec une jambe cassée, il soupirerait « et moi qui avais une quinte flush en main ! ».

Je l'aime bien quand même. Ses petits yeux rusés observent les gens tout comme je le fais, et je crois que je vais le laisser dans la catégorie des humains dans ma faune. On pourra peut-être comparer nos observations, comme le font les ornithologues ? Je suis plus intéressée par les humains que par les volatiles, tandis que Sven est équipé de ses jumelles et de son guide des oiseaux dès qu'il met un pied dehors. Mais j'imagine qu'après une vie passée à soigner les humains, il doit avoir des tas de choses à dire sur cette espèce aussi…

Les deux sœurs viennent de passer. Linda, l'aînée, traite sa petite sœur comme une servante. Lisa prenait son petit-déjeuner à côté de moi ce matin et elle m'a raconté que Linda lui avait payé le voyage parce que « aucune de ses amies n'était disponible pour l'accompagner… ». Linda est la veuve d'un promoteur immobilier qui possédait la moitié de la ville, si j'ai bien compris, et Lisa travaille dans un jardin d'enfants. Cela dit, elle paie sa dette, comme bête de somme et dame de compagnie. Si Linda a réellement des amies, elles se sont probablement bien gardées de venir.

Elles cheminent là, sur les vastes landes des Malouines, l'aînée en jetant des regards distingués à droite et à gauche, tandis que Lisa la suit, hors d'haleine, chargée de leurs sacs à dos, les appareils photo, le trépied et les bouteilles d'eau. « Ben oui, moi, j'ai des problèmes de dos… » soupire Linda. Puis elle aperçoit une colonie d'otaries au bord de l'eau et pointe le doigt. « Là ! » ordonne-t-elle. Lisa ouvre immédiatement le trépied et règle l'appareil photo reflex. Une fois qu'elle a mitraillé les animaux, Linda sort un petit appareil compact en grognant d'impatience, pousse sa sœur et prend une autre photo elle-même. Puis elle poursuit sa balade, laissant Lisa rassembler tout le matériel.

Brittmari arrive aussi sur la lande, sur les talons du jeune guide qui s'appelle Magnus. Son mari décoche des regards qui brûlent le dos de leurs parkas orange. Hum.

Un des ornithologues parmi les plus zélés, équipé de jumelles Zeiss qui doivent valoir pas loin de

20 000 couronnes – il s'en est joyeusement vanté hier au bar – a réussi à fraterniser avec une bande de canards, des brassemers de Patagonie, à moins que ce ne soit des ouettes marines. Il fait des photos de groupe et des portraits sous tous les angles. Les canards ont l'air de s'ennuyer ferme.

Mirja m'injecte un peu de connaissances utiles. Les couples d'ouettes marines sont fidèles toute leur vie. Ils ne sont pas les seuls, nous en avons aussi pas mal à bord de notre navire, mais ce serait trop fatigant de me pencher sur eux, ils se ressemblent tous.

Je sors mon cahier tout neuf et je note :

La ruine des espèces

1) Le comportement des éléphants de mer mâles est intéressant, également quand il est observable parmi les humains. (Sur ces plages froides, on peut quotidiennement voir de la téléréalité se dérouler.) Pourquoi certains mâles estiment-ils qu'il leur faut un harem? Pas une, pas deux femelles – mais toutes les femelles qu'il aperçoit. Pourquoi les femelles sont-elles attirées par ces mâles?

Dans le cas des animaux, on peut le comprendre. Les femelles désirent s'accoupler avec le mâle le plus fort. Les mâles désirent répandre leurs gènes dans la plus grande progéniture possible.

Mais pourquoi les humains agissent-ils ainsi?

Remarquez que ceci n'est pas un discours moralisateur, prônant la monogamie comme idéal, seulement une discussion autour d'un phénomène.

2) Les bons guides de voyage ont une forte ressemblance avec les éléphants de mer femelles. Ils disposent

de muscles spécifiques pour injecter de la connaissance à haute valeur nutritive à leurs élèves.

Ceci est également valable pour les professeurs et, pourquoi pas, les parents humains.

Théorie : La maîtrise de ces muscles est probablement innée, mais tout le monde les a et ils peuvent être travaillés.

J'ai évidemment une page pour ma propre famille dans mes notes. Cela fait de nombreuses années que je sais à quelle espèce j'appartiens, et dès que je l'ai su, j'ai fait changer mon nom de baptême. Auparavant je m'appelais Alma Cecilia, aujourd'hui je m'appelle Alba.

Nous marchons dans l'eau pour rejoindre les Zodiac, trempés jusqu'à l'intérieur des bottes. Tomas aussi semble avoir remarqué la rigidité de Wilma et il l'aide à monter dans le canot en la poussant discrètement.

WILMA

Au retour, je tremblais de fatigue et de froid et j'étais plus raide que jamais, mais après une douche chaude et un dîner d'enfer, je suis redevenue opérationnelle. Quel luxe, pouvoir prendre une douche en plein Atlantique Sud pendant que l'*Orlovsky* avance parmi les glaçons flottants et que les pétrels tournoient devant le hublot de la cabine ! Alba m'a regardée bizarrement quand j'ai essayé d'ôter mon pantalon doudoune, j'ai perdu l'équilibre et me suis effondrée dans la couchette, mais elle n'a rien dit.

On est allés s'installer au bar, Tomas et moi, c'est un endroit agréable. Bill des Malouines est là parmi toutes ses bouteilles, il rigole et vous pousse à essayer différentes marques de bière, les gens se penchent ensemble sur leurs observations d'oiseaux, les comparent et cochent dans des listes, ou alors ils font défiler leurs photos numériques et se les montrent mutuellement. Ça roule un peu, de temps en temps le verre de gin tonic glisse vers le bord de la table et va heurter la baguette d'arrêt. Comme tout est fixé aux murs ou vissé au sol, on ne peut pas déplacer les meubles pour former des groupes plus grands, et c'est une bonne chose, comme ça les gens se réunissent en petit comité à chaque table. Autrement, c'est souvent les plus en vue qui se rapprochent et s'agglutinent et se marrent, et les timides et les invisibles restent tout seuls dans leur coin. Même si je n'ai pas beaucoup voyagé dans ma vie, je sais comment ça se passe dans les voyages organisés.

Les accompagnateurs arrivent au bar pour nous récapituler la journée. C'est-à-dire, ils racontent ce qu'on a fait, pour que personne ne l'oublie, et évoquent ce qui nous attend demain.

Puis la voix du commandant crépite dans le haut-parleur, apparemment on peut apercevoir une bande de rorquals à deux heures tribord, et ensuite le soleil se couche lentement dans la mer.

Aujourd'hui il y a eu une drôle de discussion pendant le déjeuner. Alba et le vieux médecin de bord, Sven, se sont installés à notre table. On a parlé de la menace écologique qui pèse sur l'Antarctique, toute la barrière de Ross est en train de se détacher et de disparaître dans la mer, le krill diminue à mesure que l'eau se réchauffe et comme ces mini-crustacés sont la base de toute la chaîne alimentaire, les phoques et les baleines ont de moins en moins de nourriture à leur disposition et doivent s'éloigner davantage, et ainsi de suite. Sven a navigué sur ces navires durant de nombreuses années pendant ses congés, et il remarque des changements.

— Dans quelques années, nous ne serons plus là, à bord de l'*Orlovsky* avec nos jumelles, a-t-il dit. Il n'y aura plus grand-chose à voir. Les baleines auront été exterminées et les manchots auront fait leur marche jusqu'au paradis des manchots et…

— Pfff! fit Alba à côté de lui. Dans quelques années, Sven, tu seras toi-même dans le paradis des médecins en train de boire un gin tonic! J'ai l'impression que tu te réjouis en quelque sorte. Toi et moi, on a eu ce qu'il y a de mieux, en tout, une situation financière confortable, un bon climat, une retraite complémentaire, des soins dentaires pour tous, un État-providence et désormais même des écrans plats et des voyages en Thaïlande! Mais les jeunes, eux, ils n'auront pas le droit de jouir de la vie, ils n'auront que des catastrophes, inondations ou sécheresse, pour tout horizon! Espèce de vieux rabat-joie!

Sven lui a adressé un sourire affectueux.

— Tu sais tout aussi bien que moi, Alba, qu'on n'a pas besoin d'écrans plats ou de kérosène illimité pour être heureux quand on est jeune! Il suffit de faire un tour à vélo à la campagne, la tente attachée sur le porte-bagages, et quelqu'un qu'on aime à la folie qui pédale à côté!

Alba a hoché la tête en lui rendant son sourire.

— Oui. On oublie facilement qu'encore récemment les Suédois n'avaient ni voitures, ni téléviseurs, ni argent, ni même des vacances, et c'est le cas encore aujourd'hui pour beaucoup de gens dans ce monde. Est-ce que ça rend la vie morne pour autant? Quand j'étais jeune, on dansait en brodequins dans la salle de sport en hiver et on partait pour de grandes randonnées à patins à glace, toute une bande, et en été c'étaient des bals musettes au bord de l'eau et des fêtes sans fin et pratiquement une fois par semaine on partait effectivement à vélo quelque part, on campait et on restait autour d'un feu de camp le soir à chanter et à poser des devinettes, oui, vous voyez. De temps en temps, pour se rattraper, on allait visiter une église ou voir une pierre runique…

— Et ensuite vous tombiez enceinte et vous vous faisiez avorter avec des aiguilles à tricoter et vous trouviez du boulot comme vendeuse dans une épicerie ou comme larbin pour un salaire de misère et vous deviez loger chez l'habitant avec des chiottes dans la cour et il fallait fendre du bois et repriser des chaussettes. Le beurre et le café étaient rationnés et ensuite vous êtes tous morts de la tuberculose ! a dit Tomas avec un sourire de guingois à Alba.

— Mais comment tu nous vois ? s'est exclamé Sven. Est-ce que j'ai l'air d'avoir cent deux ans ? Tout ça, c'était avant nous. La pénicilline et le BCG avaient été inventés, la guerre était finie et les roues tournaient, il y avait des allocations familiales, la retraite pour tous, les soins médicaux gratuits et des prêts pour les étudiants !

C'est ici que tante Wilma bondit dans la conversation pour prononcer son discours préféré. Chez moi, dans la salle des profs à Tallgärde, les gens fuient par les portes et les fenêtres quand je démarre :

— Mais la menace climatique à un côté *positif* ! C'est peut-être plus sympa de vivre en troupeau, de s'entraider et d'économiser les ressources plutôt que de s'étaler comme des rois ? Cinquante pour cent des gens sont célibataires de nos jours ! On est assis chacun devant sa télé à hésiter entre trente chaînes, puis on chatte un peu avec des pseudos qu'on n'a jamais rencontrés. À la rigueur, on invite quelques couples à dîner, les bandes de jeunes, eux, peuvent rester à se geler dehors…

Tomas a poussé un gémissement.

— Wilma, tu aurais dû naître trente ans plus tôt à l'époque du flower power ! Il n'y a que toi pour imaginer que la menace climatique va nous faire retourner à un état originel de bonheur où on batifolera dans l'herbe, où on ira main dans la main aux ateliers de travaux manuels, où on fera bombance avec des fraises sauvages fraîchement cueillies, où on jouera au pouilleux et aux petits chevaux le samedi soir dans la salle commune du collectif ! À ton avis, pourquoi les hippies ont disparu ? Tu ne lis jamais les blogs des jeunes ? J'aimerais bien te voir arracher un ado de son ordinateur avec la promesse de pédaler quelques dizaines de kilomètres pour visiter des églises !

— Si la fille qui l'intéresse propose qu'ils aillent camper ensuite, je pense que ce n'est pas irréaliste, ai-je dit, combative. Tu penses qu'on s'est éloignés tant que ça de nos origines ? *L'homme est la joie de l'homme*, c'est écrit dans l'Edda poétique, qui date du Xe siècle, s'il vous plaît, et si tu es trop blasé pour les petits chevaux, tu n'as qu'à jouer au strip-poker !

Alba a été d'accord avec moi.

— Je pense que tu ne comprends pas, Tomas, à quel point on s'amusait ! Tu n'as peut-être jamais joué ? *Homo Ludens*…

— C'est quoi ça ? Ça paraît un peu équivoque… a ri Tomas, lui qui ne rit pratiquement jamais.

— *Homo Ludens*, c'est *L'homme qui joue*, dit Sven. Ces dames ont raison ! Les gens qui jouent ont une meilleure défense immunitaire que ceux qui téléchargent leurs divertissements, je l'affirme en tant que médecin. J'aimerais d'ailleurs jouer davantage ! De mon temps, j'adorais Action ou Vérité et la course en sac !

— Si j'étais prof, j'introduirais des jeux dans l'emploi du temps et au moins une excursion à vélo par semaine, avec pique-nique ! a déclaré Alba. C'est aux enfants d'aujourd'hui d'apprendre à trouver les divertissements qui n'exigent ni électronique ni kérosène à indice d'octane élevé !

J'ai jeté un regard sur Tomas juste quand elle a dit cela. Son sourire s'était éteint comme si on avait soufflé une bougie et il a eu l'air aussi triste que d'habitude. On aurait dit qu'il avait mal aussi, comme s'il sentait poindre une migraine.

Je crois que le mot déclencheur a été « enfants ».

TOMAS

On passe les soirées au bar, Wilma et moi, et les deux vieux à l'esprit vif, j'oublie alors presque pourquoi je suis ici, mais il ne faut pas grand-chose pour m'y ramener.

Les enfants. Asta avec ses cheveux de lin bouclés, qui sont humides de transpiration dans la nuque quand elle dort. Arvid si inquiet qui ne veut pas jouer au foot avec les autres parce qu'un jour, quelqu'un lui a fait un croche-patte. Comment seront-ils quand ils seront ados ? Est-ce qu'Arvid restera cloîtré dans sa chambre à tirer sur des personnages virtuels au physique japonais ruisselants de sang ? Est-ce qu'Asta va rêver d'une poitrine siliconée quand elle aura dix-sept ans ? Oh, je me rappelle une fois quand elle était petite, elle jouait avec un soutien-gorge de Sanna un matin, on était à peine réveillés. Elle est entrée dans notre chambre d'une démarche un peu chancelante, le soutien-gorge pendouillant autour de son petit corps. « Tu te mets à porter un soutien-gorge, Asta ? » ai-je dit dans mon demi-sommeil. « Mais non ! Je n'ai pas encore de poitrine ! » a-t-elle ri.

Les enfants. Je ne sais pas grand-chose sur leur vie depuis que Sanna est partie s'installer en Californie avec Musclor. Garde partagée, mon œil ! Bien sûr qu'on peut faire la navette, mais pas plus d'une fois tous les six mois. Musclor a pas mal d'argent, il bosse quelque part dans la Silicon Valley, et de mon côté, j'ai bien accumulé un petit capital à la force du poignet, mais pour moi il ne sera plus jamais question d'une vie au quotidien avec les enfants. Quand on a divorcé, je n'avais aucune possibilité de demander la garde, je travaillais quinze heures par jour et j'étais sans arrêt en voyage. Putain, ça paraît complètement fou, maintenant après coup ! On avait vraiment vécu la tête dans le guidon, avec nos plannings bien en main. Et Sanna m'avait prévenu, je dois l'avouer. Mais je croyais que ça allait pour eux, elle « restait à la maison s'occuper des enfants » parce qu'elle le voulait. Puis… l'histoire la plus banale au monde, ça arrive tous les jours. Ménagère morte d'ennui succombe à voisin dragueur. Ce *sneaky fucker*, pour parler comme les guides ici, avait attendu le bon moment, qui s'est produit quand j'étais en Corée du Sud pour le boulot pendant trois mois. C'est un crack de l'informatique, quoi de plus naturel qu'il propose son aide quand notre ADSL était tombé en panne.

S'ils avaient continué à vivre dans la villa voisine, je suppose que la vie aurait pu poursuivre son chemin cahin-caha. Mais Sanna tenait à s'éloigner de moi, jusqu'à l'autre bout du monde. Elle me manque rarement désormais, j'ai essayé d'arracher les sentiments avec les racines, comme les mauvaises herbes.

Le soir quand j'ai failli verser une larme dans la bière malouinienne, j'en ai un peu parlé à Wilma. Et il fallait aussitôt qu'elle voie les choses du Bon Côté.

— Tu as quand même de la chance d'avoir des enfants, d'avoir pu vivre avec des enfants ! Tu ne trouves pas ? Bien sûr que tu vas continuer à les voir. Tu pourrais peut-être te trouver un boulot dans la Silicon Valley, toi aussi ?

De la chance ? Moi qui ne comprends même pas pourquoi je devrais continuer à vivre, année après année. Tout resterait de toute façon la même vieille rengaine, seulement avec plus de rides et moins de cheveux.

Ma grand-mère me parlait parfois d'un livre qu'elle adorait quand elle était petite. Il s'appelait *Pollyanna*. Si j'ai bien compris, ça parlait d'une petite fille à vomir, dont les parents étaient missionnaires en Afrique. Quand il lui arrivait des misères, elle jouait toujours à un truc qu'elle appelait le « jeu du contentement », elle tentait de voir le bon côté des choses. En Afrique, ils subsistaient grâce aux dons des chrétiens dans leur patrie, et un jour quand elle avait souhaité une poupée, elle n'avait reçu qu'une jambe en bois dans le colis. Et elle était toute contente de se dire qu'elle-même n'avait certainement pas besoin d'une jambe en bois. Puis ses parents sont morts et elle a été recueillie par sa tante, et alors elle était vraiment heureuse de pouvoir visiter un autre pays et de vivre dans une si belle maison. Et quand elle est tombée du toit et s'est cassé la jambe, elle a remercié Dieu que ce ne fût pas la nuque.

Wilma est exactement comme ça.

Sauf qu'elle n'est pas à vomir. Elle est futée et drôle et un peu à part. Elle est comme les stands au parc d'attractions à Stockholm : « Ici on gagne à tous les coups. » Il faut tirer sur une ficelle et le lot à gagner est accroché à l'autre bout, gros ou petit – une bague ornée d'une tête de mort, un taille-crayon, dans le meilleur des cas une boîte de chocolats ou une peluche immonde. J'adorais ces stands quand j'étais petit, et Wilma m'y fait penser. Ça vaut toujours le détour de discuter un peu avec elle, on gagne à tous les coups, parfois le gros lot. Et on n'a jamais besoin de crâner pour essayer de l'impressionner, elle vous dégonfle gentiment. Parfois elle me cisaille juste au-dessus des chevilles, mais bizarrement je ne me sens jamais blessé, elle sait où se situent mes limites. Et quand j'entends son déferlement de phrases positives, c'est un peu comme dans la bénédiction – « Que Wilma tourne sa face vers nous et qu'elle nous donne la paix… »

Aujourd'hui en tout cas j'ai vécu un épisode troublant avec des phoques. Pour moi, les phoques ont toujours été d'adorables petites bêtes à la fourrure argentée, au museau aplati et avec d'énormes yeux noirs qui semblent constamment remplis de larmes. Ils sont à plaindre, on les tue à coups de gourdin, ils sont empoisonnés par nos pollutions et ils font fondre le cœur de tout le monde.

Mais les phoques que j'ai croisés cet après-midi ne m'ont pas fait fondre le cœur ! Ils auraient sûrement tenté de me l'arracher, s'ils avaient pu.

On venait de traverser un bout de l'Atlantique Sud et on avait jeté l'ancre face à la Géorgie du Sud. Le temps était splendide avec un grand soleil et un vent faible, un petit air de printemps, le printemps antarctique. Avec les Zodiac, on a rejoint un endroit qui s'appelle Elsehul où on a débarqué. Le guide a gazouillé qu'on avait vraiment de la chance, parce que les femelles venaient d'arriver pour mettre bas, dans quelques semaines il y aurait si peu de place ici qu'on ne pourrait même plus accoster.

Des femelles qui allaient mettre bas. Ça aussi, c'était mignon. Mais ces femelles et leurs mecs étaient d'énormes monstres brun sombre qui puaient, avec une fourrure terne et des museaux pointus, et de gigantesques nageoires avec lesquelles ils avançaient en godillant à tout berzingue. Ce ne sont pas véritablement des phoques, mais des otaries à fourrure, qui bougent à une vitesse incroyable ! On a commencé par grimper une petite colline couverte d'herbe à tussack, sur un sentier étroit et escarpé le long d'un précipice. Partout, sur toutes les surfaces plates, il y avait des otaries à fourrure qui nous regardaient avec méfiance, et tout à coup elles sont passées à l'attaque. Pour nous encourager, Sven a lancé que des morsures d'otarie infectées n'étaient pas à prendre à la légère. Notre guide, Magnus, a utilisé une rame pour taper sur un individu particulièrement teigneux, remarquez bien que c'est toujours lui qui dit qu'il ne faut pas déranger les animaux et toujours rester à au moins cinq mètres de distance ! C'est à ces bestiaux qu'il aurait dû le dire, cinq mètres de distance, vous entendez !

Mais elles cherchaient probablement avant tout à nous menacer, elles levaient le museau vers le ciel et meuglaient un peu avant de se retirer en marmonnant. J'avoue qu'à certains moments, j'aurais préféré me trouver dans le bar de l'*Orlovsky*. Je tiens à mourir, mais pas dans la gueule nauséabonde d'un phoque.

La vue d'en haut était absolument grandiose, naturellement. De l'eau turquoise, des cimes enneigées, des oiseaux de mer qui tournoyaient au-dessus et en dessous de nous ou qui atterrissaient dans l'herbe où ils avaient leur nid. Un photographe animalier du centre de la Suède était accroché par les orteils au bord du précipice, tout en jonglant comme un pro avec les objectifs. Bengt passait, entouré de son petit harem de dames qui avaient toutes des sacs à dos de chez Fjällräven et des écussons de voyagistes. Une otarie a tenté de charger le groupe, l'une des dames a saisi l'occasion de se réfugier dans les bras du guide en piaillant d'effroi. Il l'a déposée d'un air las, a chassé l'otarie et a commencé son exposé d'une belle voix grave. Je parie que son charme se sera un peu effiloché avant la fin du voyage.

On laisse toujours nos gilets de sauvetage en tas sur la plage où on débarque. C'est une mesure de sécurité – tant qu'il reste un gilet sur la plage, on ne quitte pas l'endroit, car ça veut dire que quelqu'un est resté à terre. Double sécurité donc, ceinture *et* bretelles, parce qu'on retourne aussi nos plaques de présence dès qu'on arrive à bord.

Bon, toujours est-il qu'en arrivant près des Zodiac, une otarie géante était couchée sur le tas de gilets de sauvetage et elle n'avait pas l'air de vouloir se déplacer. Quelle a été la réaction des gens ? Ils ont tous commencé à la prendre en photo, sous tous les angles possibles, évidemment ! Les flashes crépitaient comme sur le tapis rouge de la cérémonie des Oscars. Magnus se tenait prêt avec la rame de nouveau, mais Wilma nous a tous surpris, elle s'est approchée de l'otarie et l'a copieusement engueulée. La bête a meuglé un peu pour la forme, puis est partie sur la grève avec ses nageoires schlapp-schlapp-schlappant sur le gravier.

Elle en a plus dans le ventre que ce qu'on pourrait croire, Wilma.

ULLA BÅVÉN – MARGARETA KNUTSSON

Il fallait faire un choix entre ce voyage et une Volks-
wagen Passat. Je me suis décidée un soir au club
de bridge où on s'était attardées pour papoter. On
se demandait où étaient passés les hommes. Après
un certain âge, ils semblent disparaître, tout bonne-
ment. Ils sont là, font leurs parcours de golf, vous
aident à installer l'alarme à incendie et à changer
les bougies de la voiture, vous font faire quelques
tours sur la piste de danse pendant les fêtes d'an-
niversaire ou les mariages, vous tripotent les fesses
et rentrent ensuite avec leur épouse. Le lendemain
leur « chair trop solide a fondu, s'est dissoute et
perdue en rosée ». On ne peut pas miser sur ceux
qui n'ont jamais été mariés. Ceux-là, soit ils n'ont
pas encore fait leur coming-out, soit ils sont socia-
lement handicapés et restent à la maison à regar-
der de vieux films documentaires sur la Deuxième
Guerre mondiale, ou alors ils collectionnent les
timbres et se suffisent à eux-mêmes. Les femmes ne
sont jamais comme ça ! Nous, on est toujours là,
et on est toujours prêtes à nous occuper d'un veuf
en bon état qui peut nous accompagner à Chypre
en hiver ou fendre du bois ou venir avec nous à

un spectacle ou un concert. Regardez le public au théâtre ou dans les vernissages ! Quatre-vingt-dix pour cent sont des femmes, la plupart ayant dépassé la cinquantaine, les dix pour cent restants y ont été traînés par une femme. Interdisez l'accès aux femmes de plus de quarante-cinq ans et vous pouvez annuler toute vie culturelle suédoise ! Et beaucoup sont là pour « sortir un peu et peut-être rencontrer quelqu'un ». Où sont passés les hommes ? C'est la question qu'on s'est posée au club de bridge. Margareta était allée à une de ces rencontres entre célibataires seniors, Nouveaux Amis ou un truc comme ça. Elle ne savait pas s'il fallait rire ou pleurer. Tous ceux qui y étaient venus étaient des femmes. Et elles étaient toutes là pour trouver leur veuf. Il n'y en a pas beaucoup en circulation, ils fondent comme neige au soleil. Mon voisin a perdu sa femme il y a un an, j'ai pris du retard dans les starting-blocks et il m'est passé sous le nez, quelqu'un lui a mis le grappin dessus via Internet.

C'est alors que Birgit a dit :

— Il faut qu'on se paie un de ces voyages d'aventures au bout du monde ! C'est là qu'ils sont, vous comprenez. Un vrai voyage de machos avec des prouesses physiques pour réaliser ce qu'ils pensent être le rêve de leur vie ! Une croisière, c'est bien ! Ils ne peuvent pas s'en échapper et ils ne peuvent pas rester cloîtrés dans leur cabine jour et nuit.

J'ai donc laissé tomber la Passat, alors que j'en avais une pratiquement neuve sous la main et je me suis inscrite pour ce voyage. Et c'est vrai, il y a ici un certain nombre de messieurs célibataires dont on pourrait faire quelque chose. Mais ils ont tendance à rester entre eux à raconter de mauvaises blagues et à se vanter d'avoir été de bons patrons avant de prendre leur retraite. Quelques-uns n'ont jamais été mariés et collectionnent des oiseaux. Et ils préfèrent reluquer Mirja qui a trente ans de moins que le plus jeune d'entre eux, plutôt que de faire du charme à nous qui avons leur âge.

C'est comme dans les annonces de rencontres. J'ai cessé de les lire. Les hommes d'un certain âge « 59 + » (c'est-à-dire entre soixante-sept et la mort) cherchent toujours quelqu'un qui a entre cinq et vingt-cinq ans de moins qu'eux, belle, humble et compréhensive, pourquoi pas philippine ! (« Aimerais m'occuper de toi et te donner une vie agréable ! ») Ha ! Il n'y a jamais personne qui cherche une Suédoise de cinquante-neuf ans avec du cœur au ventre. Et pourtant c'est nous, le sel de la terre, dit souvent Margareta.

Parfois je me demande si les hommes savent ce qui est bon pour eux. C'est comme à la ferme autrefois, on avait un taureau dans l'enclos pour saillir les vaches. Il se serait tué à la tâche si on ne l'arrêtait pas. Il faut toujours que les hommes soient tellement hommes, même lorsqu'ils ont la testostérone au niveau des chevilles. Ce serait quand même rafraîchissant, un retraité qui vous dirait calmement qu'il aime cueillir des bleuets et qu'il met volontiers des sous-vêtements féminins... Les célibataires qui ont dépassé un certain âge se porteraient d'ailleurs mieux s'ils étaient guidés par une main ferme qui de plus sait faire de la pâtisserie. Mais ils ne le comprennent pas. Il faudra sans doute que j'aille avec Margareta à Chypre l'hiver prochain.

Je pense un peu au guide qui s'appelle Bengt. Je me sens vue, réellement vue, quand il me regarde et il se souvient du nom des gens et de ce qu'on a dit. Rien que ça, c'est unique! Bon, il a onze ans de moins que moi – j'ai vérifié –, mais quoi, l'homme 59 + des petites annonces n'aurait jamais considéré ça comme un obstacle. Et hier, Bengt m'a dit que la mer en Antarctique a exactement la même nuance bleu-vert que mes yeux… et il les a longuement regardés…

ALBA

Je me suis endormie aujourd'hui dans la salle de conférences, la pénombre y était si agréable. D'ailleurs, la pièce devait manquer d'oxygène, beaucoup se sont assoupis, la bouche ouverte. Magnus montrait des photos de plantes aquatiques et d'animaux de l'Antarctique, d'étoiles de mer et de poissons et de kelp et c'est là quelque part que je me suis assoupie. Le Mercalm a un effet soporifique, ça donne envie de dormir et j'ai forcé sur la dose, je n'aime pas avoir le mal de mer et ça bouge encore un peu.

Mais le harem de Bengt au premier rang ne s'est pas endormi. Ce sont elles qui m'ont réveillée quand elles l'ont assailli de questions sur ceci, sur cela et qu'il répandait ses grâces sur toutes. Magnus a pris un air maussade, après tout c'était lui qui avait fait l'exposé. Ces deux-là ont quelque chose de vieux mâle *vs* jeune coq et Magnus a commencé à distribuer des piques, sous-entendant en quelque sorte que Bengt a dépassé sa date limite de consommation.

« DE NOS JOURS » peut-il dire quand Bengt vient d'expliquer une théorie intéressante, « DE NOS JOURS on a plutôt tendance à penser que… » et ainsi de suite. Ou quand Bengt déconseille de passer trop près d'un iceberg parce qu'il leur arrive parfois de se retourner et qu'on est alors en mauvaise posture dans un Zodiac puisque les icebergs sont gigantesques sous la surface. Dans ce cas, Magnus se contente de pousser un petit rire méprisant en secouant légèrement la tête, puis il pilote le Zodiac aussi près de l'iceberg suivant qu'il le peut, pendant que le harem de Bengt piaille d'inquiétude. Il est aussi un peu *sneaky fucker* comme les jeunes éléphants de mer – deux, trois des femelles de Bengt sont assez jeunes et avenantes.

Subitement je me suis vue en grand sur l'écran dans la salle de conférence. C'est-à-dire, pas la petite dame que je suis, mais ma véritable nature, l'albatros hurleur, *Diomedea exulans*. Les ailes étendues en une envergure de trois mètres, j'ai piqué vers la surface de la mer, j'ai attrapé un courant d'air et suis remontée. Totalement heureuse. De là-haut, on peut observer les autres espèces, ça donne une liberté énorme. Personne ne peut vous atteindre, on n'a pas à se conformer aux ordres de quelqu'un et on peut s'appuyer sur les vents avec un simple battement d'ailes pendant des centaines de kilomètres. Se contenter de regarder, et sourire de ce qu'on voit. Les marins anglais pensaient que les albatros étaient les âmes des marins noyés, et ils avaient probablement raison. Je les sens parfois fourmiller en moi, toutes ces vies, leurs histoires et leurs pensées.

L'albatros ne vit pas en groupe et il n'est pas du genre fée du logis. Il mène d'abord sa propre vie pendant sept ans, ce qui est beaucoup dans l'avifaune, et ensuite la femelle pond un œuf unique. Exactement comme moi. Je savais dès le début que je ne resterais pas dans mon petit village du Hälsingland, si profondément niché dans la forêt de sapins que la seule vue qu'on avait était vers le ciel. On vivait comme au fond d'un puits, parmi des champs à l'abandon et des fermes désertées et tous ces grands arbres silencieux tout autour. Je suis partie une belle journée d'été une fois terminée l'école obligatoire et je n'ai probablement pas laissé un trop grand vide, car mes parents avaient onze enfants et du mal à boucler les fins de mois, papa travaillait à la scierie et maman était mère au foyer. L'un après l'autre, nous avons quitté le nid pour trouver du travail et pourvoir à nos besoins nous-mêmes. Si bien que lorsque j'ai disparu, je ne pense pas qu'ils y aient prêté attention. J'ai envoyé quelques cartes postales au début pour qu'ils n'aillent pas croire qu'il m'était arrivé malheur. Pendant de nombreuses années, jusqu'à leur mort en fait, notre seul contact a été les cartes que je leur envoyais de pays lointains. Je ne sais même pas s'ils les lisaient, je n'avais pas d'adresse où ils pouvaient m'écrire, mais une ou deux fois par an, j'appelais l'un de mes frères et sœurs pour savoir combien de la meute étaient encore en vie, bien qu'en réalité cela ne m'intéresse plus vraiment.

J'ai travaillé quelque temps dans un café à Stockholm, c'était dans les années 1950 et Stockholm était une ville joyeuse, mais très vite, elle aussi m'a paru étriquée, et j'ai entamé mes voyages. Les premiers en mer, comme femme de chambre. J'ai suivi des cours par correspondance dans ma cabine et passé mon bac en candidat libre, puis je me suis préparée au métier de radiotélégraphiste et j'ai passé quelques années à bord du *Gripsholm*. Ensuite – eh bien j'ai travaillé partout, depuis les trains de la Mitropa avec lesquels j'ai sillonné l'Europe comme serveuse jusqu'à un kolkhoz russe pendant un été. J'ai long-temps nourri le rêve d'apprendre à piloter un avion, j'ai économisé pour passer le certificat de pilote et j'ai lu tout ce que je trouvais sur ces aviatrices formidables, Harriet Quimby qui a eu la malchance d'établir un record incroyable juste au moment où le *Titanic* a sombré, Amy Johnson qui a été saluée par des foules immenses après son vol jusqu'en Australie, Jean Batten dans sa combinaison et son bonnet blancs, Amelia Earhart, Beryl Markham… Mais après la guerre, ça a été fichu pour les femmes. C'était devenu tellement cher d'apprendre à piloter que seuls les hommes dans l'armée pouvaient deve-nir aviateurs. Et bien que des femmes aient piloté des avions de chasse tout au long de la guerre, les hommes sont revenus et tous les boulots dispo-nibles étaient pour eux, et les seules choses que les femmes ont été autorisées à faire dans l'air étaient servir le café, veiller à ce que la couture de leurs bas soit droite et avoir l'air mignon. Je n'ai jamais eu envie de devenir hôtesse de l'air, si bien que j'ai poursuivi ma vie d'albatros au sol.

Une seule fois j'ai débarqué pour former une famille – j'ai été mariée à un Espagnol pendant quelques années, nous avons eu un fils ensemble. Nous vivions tout près de Malaga, avec sa mère. Elle n'était pas très commode et mon mari était son petit garçon, elle voyait notre fils plus comme son petit frère. Je crois que c'était le cas de mon mari aussi. Ils étaient aisés et religieux, naturellement des inconditionnels du *Generalísimo* Franco, je ne l'avais pas du tout compris au début. Mon rôle dans la petite famille est devenu de plus en plus flou, pour se réduire à néant. Je n'étais qu'une touriste suédoise bizarre qui avait atterri chez eux. C'était évidemment intenable et j'avais envie de m'en aller, je passais mes nuits à pleurer. Un jour, je suis tout bonnement descendue au port et me suis fait enrôler à nouveau comme radiotélégraphiste, le bébé était sevré et je savais que je ne manquerais à personne. J'ai évité de regarder derrière moi, même pas un coup d'œil par-dessus l'épaule quand nous sommes sortis du port de Malaga, c'était exactement comme lorsque j'avais pris l'autocar pour Stockholm tant d'années auparavant.

Le garçon doit avoir la quarantaine aujourd'hui, mon Dieu ! Nous l'avions baptisé Miguel, ma belle-mère prétendait que c'était la tradition dans leur famille pour le premier-né, et je n'avais évidemment pas mon mot à dire. Un jour, je le croiserai peut-être au cours d'un voyage, s'il a hérité de mon âme d'albatros. Mais je ne vais pas le reconnaître et Miguel est un prénom courant.

Je pense d'ailleurs que je suis encore formellement mariée à son père, qui était un catholique fervent. Cela ne m'a d'ailleurs jamais posé de problèmes.

Ensuite j'ai eu des boulots un peu mieux payés, je ne peux pas tous les énumérer, tant il y en a eu. J'ai toujours appris vite. J'ai passé quelques années

dans l'humanitaire pour un organisme gouverne-
mental, j'ai enseigné dans une école en Tanzanie et
j'ai organisé des syndicats en Colombie. Dans les
années 1970, je suis devenue riche, j'avais accom-
pagné pendant ses voyages un marchand libanais
fortuné qui était en train de devenir aveugle. Il
était évidemment aussi mon amant, très expert en
la matière d'ailleurs, des doigts boudinés et doux
comme de la soie. Il avait fait de moi sa seule héri-
tière, à part un foyer pour garçons aveugles à Bey-
routh. Si bien qu'après sa mort, je n'ai pas eu besoin
de travailler pour voyager. Mais je le fais quand
même quand j'en ai envie.

Ceci est le dernier continent que je conquiers
– et ensuite? Quand je vais approcher des cent
vingt ans?

Je serais très heureuse s'il s'avérait que les marins
anglais avaient raison et que mon âme se retrouve
dans un albatros.

À côté de moi il y a un couple qui, je crois, loge
dans la cabine juste sous la mienne. Ils s'appellent
Göran et Mona. Je les considère comme un couple
de manchots. Ils présentent un comportement miroir,
c'est-à-dire quand il fait quelque chose, elle le
regarde attentivement, puis elle fait pareil. Il a probablement exercé une profession intellectuelle, car
il n'arrête pas de semer des mots savants autour
de lui pendant les repas, et elle, je suppose qu'elle
est celle qui écoute. Parfois j'entends leurs conversations à travers le système de ventilation. Juste
quelques mots. La plupart du temps, il bourdonne
des propos dans un style pédagogique et elle répond

par monosyllabes. Les manchots restent fidèles à leur partenaire, tout comme les albatros, et comme tous les oiseaux qui vivent longtemps, d'ailleurs. Renouer avec un partenaire qu'on connaît bien, c'est rentable par rapport à la descendance, on gagne du temps, c'est ainsi que Darwin aurait expliqué le phénomène. De ce point de vue, je n'ai pas été un bon albatros. Sur ce navire, il semble y avoir pas mal de couples de manchots qui voient l'avantage d'un partenariat de longue durée. Je ne les envie pas, mais je ne le leur reproche pas non plus. Beaucoup ont l'air satisfaits et rassurés.

Il y a aussi quelques femmes d'un certain âge, des célibataires en chasse, je reconnais la technique. Cela me rend un brin mélancolique de les voir. Tels des reflets égarés, ces femmes en quête d'hommes semblent courir après quelqu'un qui pourra leur servir de miroir.

La Borkmeyer est d'une autre trempe. Je doute qu'elle se soit jamais souciée des besoins d'autrui. Elle pousse sans arrêt des soupirs en évoquant le pauvre homme dont elle est la veuve. « Oh, il a laissé un tel vide, mon Torsten ! Il était mon soutien… il me traitait comme une reine… » Elle jette un regard acéré sur Lisa qui vient de lui rendre un quelconque service, et dans une grande bulle au-dessus de sa tête, on peut lire « Alors qu'aujourd'hui, je dois me contenter de mon empotée de sœur… ». Lisa a l'air malheureux et s'éclipse pour une nouvelle mission.

Oh, c'est l'heure du déjeuner. J'ai coché le menu avec le velouté d'asperge, filet de veau et pêches à la crème d'Amaretto. Je suis un albatros qui ne se contente pas de krill…

La ruine des espèces

1) Poursuite de l'argumentation : Pourquoi un harem se forme-t-il autour d'un mâle particulier? Pourquoi certains deviennent-ils des *sneaky fuckers* qui ont seulement le droit de regarder? Est-ce uniquement une question d'avantages physiques chez les animaux : force, rapidité, bonne défense immunitaire? Ou bien les mâles chez les animaux peuvent-ils aussi avoir du « charme », une qualité indéfinissable qui n'a que partiellement à voir avec l'aspect physique et l'intelligence? Et le « charme » chez les humains, c'est quoi? S'agit-il d'un fort désir de convenir et ainsi d'être confirmé dans son existence? Ou bien certains mâles ont-ils compris l'intérêt de réellement voir — ou de faire semblant de voir — les femelles?

2) Certaines femmes font de bons albatros, à cause de leurs aspirations à la liberté et à l'aventure.

Les hommes peuvent nourrir les mêmes aspirations, et ils ont plus de possibilités de les réaliser dans les limites d'un comportement humain acceptable. Ils peuvent même obtenir les deux — la liberté de l'albatros ainsi qu'un nid douillet quelque part avec une volée fidèle qui les attend. Cela n'arrive jamais aux femmes.

Si une femme opte pour une vie d'albatros, c'est un choix sans réserve, et cela a un prix. Pour une femme qui choisit d'être uniquement un albatros, ce prix est parfois très élevé.

3) Les manchots sont fidèles à leur partenaire la plupart du temps et c'est un comportement qui semble bien adapté à l'espèce. Mais l'humain? La monogamie peut être à la fois enrichissante et restrictive. Chacun doit déterminer ce qui est prépondérant dans sa propre relation de couple, en tirer les conséquences et agir en en tenant compte.

Tous les couples de manchots ne sont probablement même pas heureux.

WILMA

Buffet du petit-déjeuner, déjeuner entrée-plat-dessert, goûter, dîner entrée-plat-dessert, digestif avec
grignotage au bar, jour après jour… Je vais finir gon-
flée comme un ballon, les bras et les jambes comme
de petits appendices grassouillets sur le corps. Car
je ne loupe aucun repas et je me régale de tout. De
la compagnie et du bavardage autour des tables, des
discussions avec Bill le barman souriant, qui suggère
différents vins, tout en lançant des plaisanteries en
cockney – et de la nourriture. Chez moi dans mon
petit appartement de célibataire, je me contente bien
trop souvent d'un yaourt avec du craque-pain. Qui
se donne la peine de préparer des terrines, des cro-
quettes et des croustades raffinées pour une seule
personne ?

Ensuite on sort sur le pont et on reste à grelotter
un petit moment dans un monde magique, avec ou
sans jumelles. Parfois on voit des manchots jouer
et sauter dans les tourbillons d'écume soulevés par
l'étrave, comme les oiseaux aquatiques qu'ils sont
en réalité. Des oiseaux nageurs, vifs et fusiformes.

J'adore l'aménagement intérieur du bateau, du
bois sombre et brillant, et du laiton partout. Ça me

donne l'impression de vivre dans une autre époque. Comme si en fait j'aurais dû emporter une robe de soirée décolletée, pour le dîner. Certes, les gens se changent, troquent leur polaire pour une chemise ou un chemisier le soir, mais ça ne va pas plus loin que ça. Et je devrais sans doute m'en féliciter, les robes décolletées ne me vont pas très bien.

La nuit venue, je dors comme si on m'avait assommée, ce sont peut-être les comprimés contre le mal de mer qui font ça. Je les prends par précaution, il n'y a pas eu de grosse mer encore, on a plutôt l'impression d'être doucement bercé par une maman géante. Ça aussi, j'adore.

Le soir, dans nos lits, on discute un peu, Alba et moi, et elle ne cesse de me surprendre. Comment peut-on avoir vécu autant de choses en une seule vie ? On dirait qu'elle est allée partout dans le monde et qu'elle a travaillé pratiquement dans tous les domaines imaginables. En général, ça lui échappe alors qu'on parle de tout autre chose, par exemple : « Les cuisines des trains russes transcontinentaux sont affreusement exiguës, on peut à peine se retourner. » « La dernière fois que j'ai travaillé à Jérusalem, j'ai remarqué que… » « Mon assistant en Colombie me disait… » et ainsi de suite. Elle ne se vante jamais et je ne crois pas qu'elle remarque elle-même l'effet de ses déclarations. Elle les dit avec la même aisance que j'aurais eue si je glissais qu'à mon école nous sommes passés au tri sélectif et qu'une de mes amies s'est mise au yoga, comme une information fortuite, dans un contexte complètement différent. Elle ne se vante pas non plus de connaître des vedettes. S'il apparaît qu'elle a rencontré quelqu'un de célèbre, elle essaie tout de suite de le minimiser, souligne que ce n'est arrivé qu'une fois et que c'était une rencontre très superficielle. « Un jour dans un hôtel, je me suis trompée de porte et j'ai pris les chaussures de Meryl Streep », peut-elle dire, « c'est une femme pas commode… ».

Quoique, à la réflexion, c'est justement comme ça qu'agissent les mythomanes, ça rend leurs affabulations d'autant plus crédibles. On avait un élève à l'école qui racontait les histoires les plus invraisemblables et tout le monde les gobait, précisément parce qu'il mentionnait les détails seulement en passant. « C'était avant que mon père soit élu conseiller municipal… » « Dans notre maison en Bretagne… » « Je ne peux pas, je suis hémophile, vous comprenez… », etc. Des mensonges, que des mensonges. Il ne mentait jamais pour obtenir quelque chose, de l'argent ou des privilèges, tout ce qu'il y gagnait était de l'attention. Et ça, c'est quelque chose qu'Alba ne cherche surtout pas, elle se suffit à elle-même, mais d'une façon positive. Elle est intègre. Nous, les personnalités canines serviles, on admire ça quand on le voit.

Non, je ne crois pas qu'Alba soit mythomane, mais si elle l'était, cela me serait égal. Ça ne la rend pas moins divertissante pour autant, et je n'ai pas à me positionner sur ce qu'elle raconte. Je l'aime déjà beaucoup, peu de gens sont aussi faciles à côtoyer. Elle rayonne de tolérance, elle adhère à tout ce qui est humain, et elle donne l'impression que tout est possible à condition d'oser. Si je lui disais que j'étais malheureusement une tueuse en série, elle me regarderait avec grand intérêt tout en se munissant calmement d'un objet lourd pour se défendre.

Que se serait-il passé si j'avais eu une telle personne pour père ? Papa était son exact contraire. Il mettait en doute tout ce qu'il n'avait pas vécu lui-même, et il considérait avec une grande méfiance ceux qui étaient étrangers à son monde, surtout les personnes d'autorité et celles venant de Stockholm. Il n'était pas hostile aux immigrés, les immigrés n'existaient tout simplement pas dans son univers.

Tomas aussi est très différent d'Alba, mais d'une autre manière. Il a très probablement rencontré un tas de célébrités et vécu des choses sensationnelles dont les gens ignorent en général absolument tout, il est lui-même un journaliste assez connu. Mais il ne veut jamais en parler.

— Ça aurait été mieux pour un tas de personnes si j'avais plutôt été, disons, chroniqueur ! a-t-il dit l'autre jour. Surtout pour moi-même. J'aurais été tranquillement installé chez moi dans un bureau agréable, un enfant sur chaque genou, à écrire de mignons petits papiers sur ma propre famille. Alors j'aurais peut-être encore une famille à l'heure qu'il est.

Ensuite il a tenu des propos très caustiques au sujet de sa femme, qui ont grincé dans mes oreilles comme une craie sur le tableau noir.

— Le sarcasme est la forme la plus vulgaire du trait d'esprit, ai-je murmuré.

— Ha ! Qu'est-ce que tu dis de ça alors ?

Il a contre-attaqué en alignant des bons mots sarcastiques légendaires jusqu'à ce que je sois pliée de rire.

— « Je n'oublie jamais un visage, mais pour vous je ferai une exception » – Groucho Marx. « Il n'avait pas d'ennemis, mais il était intensément détesté de ses amis » – Oscar Wilde. « Il était heureux en mariage – mais ce n'était pas le cas de son épouse » – Victor Borge ! Je les collectionnais quand j'étais jeune, a-t-il dit sur un ton triste.

— Alors tu as su très tôt que c'est chroniqueur que tu aurais dû être ? Je vais te donner mon sarcasme préféré. Quand on a annoncé à Dorothy Parker que le président était mort, elle a dit tranquillement : « Vraiment ? On s'en est aperçu comment ? »

Alors malgré lui, il a éclaté de rire. Je suis tellement fière quand j'arrive à lui arracher ce rire-là, celui qui commence par un tiraillement au coin de la bouche, suivi d'un soufflement du nez, puis qui retentit comme un gloussement cordial dans le gosier. C'est presque devenu un sport entre nous, il dit quelque chose d'amer et de cynique et moi je m'y engouffre avec mon nez rouge de clown pour le faire rire. Puis il me fait redescendre sur terre avec un nouveau sarcasme et on poursuit comme ça. Alba et moi, on en a parlé ce soir. Elle a écouté nos joutes plus d'une fois.

— Tu lui fais du bien, c'est comme du baume sur son âme, a-t-elle dit. Comme le bon vieux Mitosyl, si tu préfères… Il a quelque chose qui cloche, qui cloche sérieusement. Mais il l'oublie quand vous jouez ensemble.

J'ai ressenti une sorte de malaise.

— Comment ça, qui cloche? Tu veux dire qu'il peut se glisser derrière nous et nous balancer par-dessus bord?

— Pas du tout! Simplement, les gens déprimés sont imprévisibles.

— Déprimés? Oui, il ressasse peut-être un peu trop ses propres souffrances. Cela dit, il n'est pas le seul homme à avoir été abandonné.

Elle est restée silencieuse un long moment avant de répondre, tellement long que j'ai pensé qu'elle s'était endormie.

— J'ai compris que toi aussi, tu portes ta croix, a-t-elle dit tout à coup. Tu veux m'en parler?

Alors je lui en ai parlé.

TOMAS

Parfois Wilma essaie de me questionner sur ma vie de journaliste. Il lui arrive par exemple d'aller timidement à la pêche de mes impressions de telle ou telle célébrité qu'elle sait que j'ai interviewée. Elle m'a aussi vu dans quelques causeries matinales et débats à la télé et elle semble croire que la célébrité est contagieuse… Mais si je suis « journaliste people », c'est parce que je suis tombé par hasard sur quelques boulots intéressants et que je les ai faits du mieux que j'ai pu. Pas parce que j'ai *interviewé* quelques visages connus ! Pour qui elle me prend ?

Je marmonne des réponses du genre : « Bien sûr, Ingmar Bergman et moi, on est devenus comme des frères, il a dit que j'étais le seul journaliste qui l'a réellement *compris* ! »

Hier elle m'a posé des questions sur une star dont j'avais à peine entendu parler, mais qui apparemment avait participé à une émission en même temps que moi. Je me suis penché en avant et j'ai chuchoté : « Ne le dis à personne, mais elle est tellement liftée qu'elle a un tas de peau dans la nuque, elle peut s'en servir comme capuche… en réalité elle a quatre-vingt-seize ans… »

À la table voisine, la petite Brittmari en chaleur écoutait, les yeux écarquillés, elle a dit « Nooon ?! », mais Wilma a bien entendu compris que je la faisais marcher. Elle m'a lancé un rapide regard et n'a plus rien demandé.

Comme j'ai toujours recours à des sarcasmes protecteurs pour éviter de parler de mon boulot, elle essaie d'être futée et d'entamer subtilement le sujet par un biais. D'abord elle parle de sa vie de professeur de maths-physique à son école pour adultes par exemple, puis elle dit innocemment :

— C'est un milieu vraiment créatif. C'est comme ça sur ton lieu de travail aussi ?

— Bien sûr. Le secrétaire de rédaction nous réunit pour une prière tous les matins, puis on se prend tous dans les bras les uns les autres pour un grand câlin collectif…

Elle me balance un guide des oiseaux à la tête tandis que Brittmari gazouille :

— Comme ça doit être sympaaa !

— C'était quoi, le nom de ton village, Wilma ? je demande.

— Tallgärde.

— Je suis déjà allé à Tallgärde. À plein de Tallgärde. Des villas de briques jaunes avec de grands toits marron, des allées de jardin au cordeau, des terrasses avec barbecues. Sur la route principale, un arrêt de bus dans le vent cinglant, avec des affiches fanées annonçant des réunions à l'église évangélique et des promotions sur le bois de chauffage. Des grappes d'ados sur des mobs et un jeune de seize ans dans sa bagnole trafiquée, une vieille dame penchée sur son déambulateur, une antique Volvo rouillée. Je me trompe ?

Elle ne répond pas. Mais je sais.

Je ne suis évidemment pas allé dans son village précisément, mais tout est dans le nom – Tallgärde. Un trou paumé dans la forêt suédoise sans la moindre opportunité de travail, sans aucune chance d'attirer des familles avec enfants, même les touristes ne se laissent pas tenter, bien qu'une pierre runique illisible soit dressée devant l'église construite en 1892 qui, elle non plus, ne présente aucun intérêt. Sans le kiosque à hot dogs/location DVD qui est géré par l'Iranien Reza, on ne verrait aucune vie humaine dans le village après dix-huit heures.

Avant dix-huit heures, il y a un peu d'agitation autour de l'épicerie avec sa pompe à essence, quand arrivent les retraités pour faire le plein de bières et de sucres d'orge. J'en ai vu quantité de ces patelins, plus qu'on peut imaginer. J'en ai parlé dans un tas d'articles. Tous les jours, un pauvre vieillard se fait attaquer et voler dans une ferme isolée près d'un village de ce genre. Ou alors c'est le lieu de naissance du champion suédois de *varpa*, ce cousin de la pétanque, et on doit s'y rendre pour réaliser un reportage sur les débuts de sa brillante carrière…

Je pourrais faire un documentaire sur Tallgärde sans jamais y mettre les pieds. Avec une main attachée dans le dos.

À Tallgärde, Wilma travaille dans la seule activité tournée vers l'extérieur, à part le taxi d'Olson (il conduit les vieux à l'hôpital en ville et les mômes à l'école). Elle est prof de maths-physique à l'Institut protestant de formation pour adultes. Je visualise une maison grise à un étage, bardage à clin, longs couloirs garnis de patères et lino au sol, un directeur qui lit la prière du matin face à un parterre de professeurs à moitié endormis qui se sont retrouvés là sans jamais réussir à repartir, et de jeunes élèves qui font passer le temps en attendant la prison, et d'autres, frisant la trentaine, qui bûchent un bac tardif après s'être usé le dos dans les métiers de la santé.

Je disserte un peu là-dessus, dépeins ma version du lieu de travail de Wilma, et elle reste silencieuse en se tortillant sur sa chaise. Droit dans le mille?

— Et le directeur est aussi pasteur et il incline légèrement la tête quand il parle à ses Jeunes, il porte des tennis comme tout le monde…

Elle ne peut pas s'empêcher de rire un peu.

— Pas mal, dit-elle. Sauf que le directeur est une directrice. Et tu te trompes complètement sur les élèves. Je ne vais pas me donner la peine de te raconter que nos élèves sont formidables, très intéressants, ni te dire les trucs incroyables qui leur arrivent après quelques mois à l'école. Parce que tu es sûrement aussi bourré de préjugés sur la vie à la campagne que le publiciste que j'ai entendu à la radio récemment. Il s'extasiait de voir autant de talent et de créativité rassemblés autour de Stureplan à Stockholm! Stureplan, le quartier des branchés! J'en ai ri jusqu'aux larmes.

— Elle rit et elle pleure dans sa chaumière campagnarde, dis-je. Et qu'est-ce que vous avez que Stureplan n'a pas?

Elle sourit, et sa mâchoire inférieure se fait plus prognathe que jamais.

— Nous avons un parcours de santé avec éclairage nocturne ! Et le bibliobus deux fois par semaine ! Le kiosque à hot dogs sert le chorizo dans du pain fait maison ! Essaie de battre ça, espèce de snobinard de Stockholm !

Le haut-parleur du bar braille qu'il y a une baleine de Minke à neuf heures bâbord. Et hop ! Tous les ornithophiles se précipitent sur le pont, jumelles brandies à bout de bras. Ils bousculent le couple qui se tient toujours à l'écart, toujours entre eux, Mona et Göran. Lui est un m'as-tu-vu qui crache des affirmations péremptoires autour de lui les rares fois où il daigne parler à la plèbe. Il n'hésite pas à parsemer ses déclarations de citation en langues étrangères qu'il ne maîtrise pas vraiment. « *Biouti iss in di aïe of di bihaulder !* » dit-il d'un air satisfait, avec des *l* mouillés et un accent flagrant du Värmland.

Elle, en revanche, semble avide de contact humain, elle essaie de faire connaissance avec tout ce qui bouge à bord. Comme un chat d'été abandonné. Quand son mari en a marre de traîner au bar, il se lève, la regarde et fait un geste de la tête en direction de la porte. Engagée dans une discussion avec son voisin de table, elle se lève immédiatement et le suit humblement.

MONA ALVENBERG – GÖRAN ALVENBERG

*Il faut bien essayer de faire quelques connais-
sances pendant ce voyage, de préférence des gens
qui ne vivent pas trop loin de chez nous en Suède,
pour pouvoir les revoir. Je veux dire, on ne connaît
presque personne, Göran et moi, je vais devenir
folle si je dois continuer à juste rester à la maison et
graviter autour de lui à longueur de journée. « On
a la belle vie, tu ne trouves pas ? » dit Göran, et il
a tout à fait raison s'il entend par là qu'on a un toit
sur la tête, de quoi manger et s'habiller et qu'on
est en bonne santé. Un taux de cholestérol pas trop
élevé, une bonne assurance-vie pour la retraite, et
une villa pourvue de toutes les alarmes possibles et
imaginables... Même le chien vit bien, déparasité,
vacciné et passablement grassouillet.*

*Glenn. Je me demande comment ça va pour lui
à la pension pour chiens. Göran ne voulait pas l'y
laisser, mais on ne connaît personne chez qui déposer un vieux golden retriever qui sent mauvais, sa
sœur a quatre enfants et elle habite à 230 kilomètres. Göran tient à Glenn comme à la prunelle
de ses yeux, je pense qu'il se sent très viril quand
il enfile son anorak et se lance sur le parcours de*

santé, le gros toutou à ses côtés. Tandis que moi, je reste à la maison et m'escrime avec l'aspirateur pour essayer d'éliminer les poils de chien, Glenn se déplume tellement que ça m'étonne qu'il ne soit pas aussi dégarni que son maître.

Göran aurait plutôt dû emmener Glenn ici et me laisser dans une pension, je pense que ça m'aurait plu de rencontrer des gens nouveaux dans un cadre ordinaire, aux repas et dans les couloirs, bavarder avec eux dans une salle de détente, peut-être trouver quelqu'un avec qui j'ai des points communs... Je ne rencontre jamais personne dans mon travail non plus, nous ne sommes que deux employées et ma collègue Lillian est amoureuse d'Antti, le gardien, je ne la vois presque jamais. Les seules fois où elle entre dans mon bureau, c'est pour faire signer un document, alors qu'elle se précipite à tout bout de champ dans la loge d'Antti pour une ampoule à changer, un radiateur à purger et des trucs comme ça.

Comment on fait pour rencontrer des gens et se faire des amis, au fait ? Je ne me souviens pas que ça m'ait posé de problèmes autrefois. Quand j'étais jeune, j'avais une tripotée de copines, on se voyait et on se téléphonait des soirées entières. Mais ensuite, quand je me suis mariée et qu'on a déménagé dans une autre ville, qu'on s'est acheté une maison loin du centre et que Göran n'a pas voulu qu'on ait une voiture... Avec les copines, on s'est bien écrit pendant quelques années, ou une année peut-être, maintenant on s'envoie juste une carte pour Noël. J'ai essayé de faire connaissance avec *des gens dans cette ville, ma ville je veux dire. Il y a eu Lena, que j'ai rencontrée pendant le stage de poterie, Olof et Sara qui chantaient dans la même chorale que moi et deux ou trois autres. Mais Göran leur trouvait toujours des défauts. Lena était braillarde et catégorique, Olof avait un problème d'élocution que Göran singeait toujours une fois qu'ils étaient partis, du coup ça les rendait un peu ridicules, aussi bien Olof que Sara.*

Enfin, on connaît quand même quelques personnes, des voisins, des collègues de Göran, mais je les trouve assommants, tous autant qu'ils sont, je n'ai jamais envie de les inviter à la maison, même si on le fait de temps en temps. Parfois je m'en plains et je demande à Göran pourquoi on ne rencontre jamais du monde, alors il invite ceux qu'on connaît et voilà qu'il me faut préparer un truc sympa à manger pioché dans les émissions de télé et je dois mettre la table avec des serviettes assorties et faire le ménage dans toute la maison et mettre des savonnettes d'invités au lavabo des toilettes et acheter des fleurs. Et ensuite on est là à parler de fonds de pension et de modèles de voiture et de la véranda que quelqu'un va transformer en pièce à vivre et à se plaindre un peu des impôts. Et les autres parlent de leurs enfants et petits-enfants, mais pas nous, parce qu'on n'en a pas. Pas un seul. Quatre neveux et nièces de Göran, c'est tout, à 230 kilomètres de chez nous, je me souviens à peine de leur prénom, Göran non plus. Puis six mois plus tard, tout le monde rend l'invitation et c'est rebelote dans une autre maison, où quelqu'un d'autre a mis la table avec des serviettes assorties et a disposé les petits savons d'invités dans les toilettes.

La sœur de Göran dit que des gens, on en rencontre partout, dans des réunions de parents d'élèves, dans des goûters à la crèche et des kermesses d'école, les copains des mômes ont bien des parents qu'on finit par connaître et patati ! et patata ! Ah bon ?

On sort en général pour notre anniversaire de mariage. Toujours au même endroit, là où on est allés la première fois. Un restaurant de poisson sur le port.

En fait, ce voyage est un peu comme un séjour en pension de famille, on est groupés sur ce bateau, le premier soir quand on venait d'atterrir à Santiago, je trouvais ça merveilleux, même si j'étais tellement fatiguée par le décalage horaire que j'ai failli m'effondrer. On a mangé dans un restaurant avec vue sur la ville, on a bu du vin et tous nos voisins de table se sont présentés, il y avait un tas de gens sympathiques, j'aimerais faire leur connaissance, à tous. Sauf que...

On prend plusieurs repas par jour ensemble dans la salle à manger du pont 3, mais d'une étrange façon, on arrive toujours en retard, et les seules places qui restent sont celles à la table des accompagnateurs et ils sont toujours fourrés ensemble à parler de problèmes d'accompagnateur. Je n'arrête pas de dire à Göran de se dépêcher pour qu'on soit à l'heure, mais il fait tout le temps traîner les choses, il doit aller aux toilettes, il doit se changer, lire le bulletin météo et des trucs comme ça, et à *force je me dis qu'il le fait peut-être exprès, qu'il veut arriver en retard pour qu'on soit obligés de rester seul à seul, tous les deux.*

Je ne veux pas y penser. Göran est mon mari, la personne la plus proche que j'ai... Qu'est-ce que je ferais sans lui?

WILMA

Aujourd'hui j'ai fait quelque chose de vraiment stupide. Je ne sais pas d'où j'ai sorti ça, simplement je ne voulais pas que Tomas comprenne ce qui m'arrive, je vois bien qu'il commence à se poser des questions par rapport à ma maladresse, ma raideur et mes problèmes d'équilibre.

C'est facile de se casser la figure quand le bateau se met à tanguer, comme maintenant. Sur les ponts verglacés, même sur les sols à l'intérieur. Personne ne trouve ça bizarre. Par contre, de temps en temps j'ai du mal à me tenir droite quand je marche. Et ce matin après le petit-déjeuner, Tomas m'a trouvée allongée sur une banquette dans le bar, tremblante comme une feuille. J'y vais souvent pour m'étendre et aussi pour faire mes exercices de gym – en général il n'y a personne, Bill est sans doute occupé à ouvrir des bouteilles ailleurs, mais la porte est toujours ouverte.

Tomas est entré à la recherche d'une carte, il s'est assis à côté de moi, j'étais à moitié assoupie et il m'a demandé : « Tu as froid ? » J'ai compris qu'il avait vu. Je me suis aussitôt redressée, je me suis concentrée un max pour me contrôler et j'ai répondu :

— Ben oui ! On a le thermostat qui se dérègle un peu, tu comprends, quand on est enceinte !

Où ai-je été pêcher ça ? Et « le thermostat qui se dérègle » ? Ça n'a jamais été un symptôme de grossesse. Quoique, après tout, c'est peut-être le cas ? Mais ça ne l'a pas fait tiquer, il n'est sans doute pas expert en la matière, lui non plus. Il a seulement dit :

— Tu es enceinte ? C'est chouette ! Tu en as déjà, des enfants ? Ça alors, je ne te l'ai jamais demandé !

Non, c'était mon premier enfant. Non, le papa ne faisait plus partie de ma vie. Je me suis empêtrée dans des fadaises à propos de vivre ensemble ou ne pas vivre ensemble. Comme si j'en savais quelque chose !

Ça l'a remis sur la piste de sa propre situation familiale, ou la situation qu'il semble avoir connue jusqu'à il y a peu. Je n'arrive pas à savoir ce qu'il pense réellement de son ex-femme, parfois on dirait qu'il a eu *deux* épouses. Je l'ai d'ailleurs déjà remarqué : les gens qui viennent de divorcer ont un discours de bigame pendant qu'ils digèrent la séparation, ils ont eu un partenaire qui leur manque et un qu'ils haïssent. Tomas est capable de rabâcher des petits détails amoureusement observés – comment sa femme marchait et se tenait, comment elle s'habillait et la musique sur laquelle elle pouvait faire la folle. D'autres fois, il parle d'elle comme d'une bimbo qui l'a abandonné pour un richissime Américain, et là, il n'y a aucun doute qu'il est furieux contre elle.

— C'est une femme sage qui sait agir pour son propre bien ! peut-il pondre avec un sourire en coin.

Puis il évite ostensiblement de la mentionner pendant un moment et écluse des gin-tonics en papotant de choses et d'autres. Ensuite il y revient, comme sur une dent cariée qu'il ne peut pas s'empêcher de titiller.

— Elle est comme un poisson dans l'eau aux États-Unis, dit-il alors. Pas de sentimentalisme, pas de blabla fleur bleue. Si son capital affectif produit de piètres intérêts, elle va l'investir ailleurs, sans état d'âme. Et elle va élever nos enfants dans cet esprit-là. Ils vont réussir dans la vie, c'est sûr !

Ce matin il a frôlé une douloureuse autocritique.

— Je suppose que toute la charpente était pourrie, a-t-il soupiré. Mais avant, on avait été tellement amoureux, j'ai voulu faire une thérapie familiale dès que j'ai compris qu'on allait droit dans le mur. Tu sais ce qu'elle a dit alors, Sanna ? « *Elvis has left the building.* » C'est-à-dire, pas la peine d'attendre des miracles, il n'y a plus personne sur scène. Elle a déménagé le soir même.

— Vous vous êtes forcément dit autre chose, ai-je dit, et il a hoché la tête.

— Tu n'imagines même pas. Et j'ai pris quelques claques en pleine gueule. J'ai essayé de la faire revenir, mais elle disait que c'était *moi* qui l'avais quittée, *elle*, depuis des années. Quand je partais pour toutes mes pérégrinations en lui laissant les enfants, jusqu'à ce que je ne compte plus pour elle. Elle me voyait comme un étranger, presque comme un extraterrestre. Quelqu'un s'était introduit dans l'homme qu'elle avait aimé et l'avait vidé de sa substance. Je n'étais plus *moi*, son mari, même si je lui ressemblais comme un jumeau. Elle ne savait même pas à quel moment elle était devenue veuve, elle m'a dit ça une nuit dans une discussion qui avait duré cinq heures pendant que son Musclor l'appelait sans arrêt au téléphone. Pas vraiment une position de force ! Je me suis soûlé pendant plusieurs jours pour oublier ces mots-là !

Mais quand j'ai posé des questions plus détaillées sur leur fonctionnement dans la vie courante, il s'est fait plus flou. Il avait par exemple raté la naissance de ses deux enfants, parce qu'il se trouvait à l'étranger pour d'importantes missions journalistiques. J'ai plissé le front et me suis apprêtée à faire un commentaire lorsque Bosse, l'ornithologue le plus fanatique, est entré et nous a jeté un regard étonné.

— Qu'est-ce que vous faites là ? Alors qu'il y a des pétrels et des tailles-vents, des nuages entiers, autour du bateau ! Et des dauphins ! Vous n'allez pas… ?

Par acquit de conscience, on est allés dans nos cabines enfiler nos parkas orange, puis on est sortis sur le pont.

Le temps s'était amélioré, le soleil brillait et un tas d'oiseaux survolaient le bateau. Les yeux plissés, j'ai essayé en vain de les faire correspondre avec ceux de mon guide ornitho, mais le seul que j'ai reconnu, en hésitant, était un damier du Cap. Il a le dessous des ailes plein de taches, comme s'il était peint. Je me suis placée à l'avant et me suis appuyée, penchée un peu sur le côté, contre le pavois du navire. Je me sentais solidement ancrée comme ça. Tout autour je pouvais voir la côte et de la glace, des rochers et de la neige. Le haut-parleur a vomi une information et Tomas et mes camarades orange se sont précipités vers l'autre bord du bateau, prétendant par la suite avoir vu plusieurs orques. Ils étaient trop excités pour moi, se coupant tout le temps la parole, agitant les bras et pointant le doigt.

Au bout d'un long moment, j'ai fini par aller à tribord, moi aussi, mais j'avais évidemment tout loupé. Une mer unie n'indique certainement pas que des orques viennent d'y batifoler. Avec une pointe de mélancolie, j'ai regardé les glaçons flottants, dont un portait des traces de sang.

Je n'oublierai jamais l'après-midi qui a suivi. Le temps était magnifique, équipés de nos appareils photo on est descendus dans les Zodiac et on a atterri au paradis. Pas littéralement – il faisait froid, évidemment, il y avait du vent et une épouvantable puanteur due au guano noir-gris, les excréments des manchots, qui recouvrait toute la plage. C'était peut-être plutôt comme l'Éden du Fantôme de la bande dessinée – un endroit où différentes espèces vivaient côte à côte sans se laisser déranger par l'homme. Une colonne de manchots royaux avance dignement en file indienne parfaite, vers une destination inconnue. À tout moment, ils sont capables de faire demi-tour sur un mouchoir de poche et partir dans l'autre sens. Là, dans un petit ruisseau, un éléphant de mer mâle est vautré, seule sa trompe dépasse de l'eau. Tout à coup lui prend la fantaisie d'aller ailleurs et il commence à déplacer ses quatre tonnes de graisse sur le gravier comme un asticot de pêche, c'est-à-dire qu'il se contracte en un arc, puis il s'étire, ça va à toute allure. Une petite bande de manchots papous couronnés de lauriers de plumes blanches arrive en se dandinant comme des enfants de trois ans, ils gardent l'équilibre à l'aide de leurs nageoires, enfin, leurs ailes. Ils nous regardent – ah, voilà encore les manchots orange ! – puis ils continuent leur chemin, on ne les intéresse pas. Et je prends photo sur photo et sur la plupart on aperçoit un malencontreux dos orange au premier plan. Puis me vient l'idée lumineuse que les appareils photo peuvent aussi servir de magnétophone, si on fait une petite vidéo ! J'enregistre l'effroyable cacophonie de manchots royaux adultes qui braient à qui mieux mieux, de leurs poussins qui émettent un sifflement haut et net, de manchots papous qui crient comme des ânes et puis de phoques qui beuglent, couchés par bandes entières sur la plage. C'est un concert qui se déroule sans discontinuer, nous, on passe par là et on l'écoute un petit moment. Et quand on sera tous partis, il continuera sans nous.

Par une nuit d'hiver, je serai au fond de mon lit chaud et douillet chez moi, ou en train de me dorer sur une plage par une journée d'été brûlante et me dire qu'en ce même instant, ici à Gold Harbour, les manchots royaux se baladent en jabotant. Et au-dessus circulent différentes sortes de pétrels et plus loin sur la mer scintillante l'*Orlovsky* nous attend pour le dîner, suivi d'un petit verre.

J'ai eu raison de venir ici. En fait, je n'ai pas besoin de vivre beaucoup d'autres choses dans cette vie. Tomas arpente la plage d'une bonne foulée et semble se parler tout seul. Parfois il est totalement inaccessible.

Mais parfois pas. Alors je peux en quelque sorte entrer tout droit en lui avec mes gros sabots, même pas besoin de les déposer dans le vestibule.

Et d'autres fois je peux sentir à quel point il est triste.

— Tu as une vie émotionnelle riche ou tu es simplement lunatique? je demande alors pour le taquiner.

— Tais-toi, tous mes compteurs sont au rouge! répond-il à voix basse, et c'est une telle mise à nue de son âme que j'ai envie de me frapper.

D'autres fois je trouve sa façon de s'apitoyer sur son sort plus qu'insupportable. Il se contente de souffrir dans un silence ostensible, et ainsi son problème devient le mien. C'est pire que s'il avait hululé et s'était arraché les cheveux comme une pleureuse grecque.

Je cours l'attraper sur la plage et lui demande de nous filmer, moi et une longue file de petits amis manchots. On se dandine tranquillement, maintenant notre équilibre au moyen de nos bras et nos ailes tendus. Il le fait, puis il sourit un peu et pose pour la première fois son bras sur mon épaule. Nous faisons pratiquement la même taille.

La mer a forci quand le moment est venu de quitter Gold Harbour, et j'ai du mal à monter dans le Zodiac. Sven et Magnus me saisissent sous les bras et me déposent tel un dauphin glissant au fond du radeau. Sven m'aide gentiment à me relever et à m'asseoir sur le bord. Il est au courant de mon état de santé. C'est en accostant devant l'échelle de l'*Or-lovsky* pour monter à bord que se produit l'incident le plus gênant. La mer est devenue tellement grosse qu'il est difficile d'attraper le bras de l'homme d'équipage qui nous accueille sur la plate-forme, tout le monde le loupe coup sur coup, au gré de la houle, ils en rient, mais ils finissent quand même, l'un après l'autre, par y arriver et ils disparaissent à bord pour se réconforter avec une tasse de café. Je me rends invisible et attends d'être la dernière. Et je ne parviens pas à saisir le bras. Sven et Magnus sont de plus en plus embêtés. Pour finir, je dois me soumettre à l'ultime humiliation – être remontée à bord par le treuil du pont avant, encore assise dans le Zodiac. Deux des ornithologues dirigent leurs jumelles sur moi. Je suis contente de ne pas entendre ce qu'ils se disent.

TOMAS

Tout d'abord, c'était juste excitant. À l'avant de l'*Orlovsky*, nous étions en train de nous réchauffer le visage face au soleil, Wilma et moi, les yeux fermés, quand nous avons soudain entendu le haut-parleur vomir des flots de paroles et ceux qui n'étaient pas encore rentrés pour le déjeuner se sont dirigés à tribord, moi y compris.

J'ai regardé les plaques de glace qui flottaient dans l'eau. Sur l'une, un phoque se reposait au soleil, un phoque de Weddell si j'ai bien lu dans le livre. Pas de quoi faire tout ce tintouin. Des phoques, on en a vu des tonnes.

Tout à coup je me suis aperçu que le glaçon flottant bougeait plus que les autres tout autour. Nom de…

Et voilà qu'elle surgit. Une énorme tête blanche et noire, toute lisse, fend la surface de l'eau près du glaçon et le heurte violemment.

— Une orque ! a hurlé quelqu'un. C'est une orque ! Un épaulard ! Il essaie de faire chavirer la glace pour choper le phoque !

Mais il n'y est pas parvenu, bien qu'il ait retenté son coup plusieurs fois avant de disparaître. Je me suis apprêté à entrer pour déjeuner quand nous avons soudain aperçu *deux* épaulards! Des monstres gigantesques, pas loin de dix mètres de long et une nageoire dorsale qui mesurait peut-être deux mètres! Il était donc allé chercher un copain, et ils ont mis leurs forces en commun pour renverser le glaçon où le pauvre phoque s'était réfugié. De toute évidence, ils étaient associés dans ce travail, ils prenaient leur élan et cognaient le bord de la glace exactement au même moment. Ça a ébranlé mon image du monde, je l'ai nettement senti.

Fascinés, nous avons observé l'affrontement, sans dire un mot. Le phoque luttait pour sa vie, essayant de se maintenir sur la glace, et les orques sont parties. Je me suis retourné pour appeler Wilma et quelqu'un s'est précipité à l'intérieur pour raconter l'événement aux autres. L'*Orlovsky* avait réduit sa vitesse, il était presque à l'arrêt. Je distinguais des visages excités derrière les fenêtres de la salle à manger.

Et alors! J'ai du mal à le raconter, ça paraît tellement invraisemblable. Alors les épaulards sont revenus, ils étaient trois maintenant! Ils ont repris leur collaboration, encore et encore ils ont attaqué la plaque de glace. Le phoque a perdu prise, il a roulé d'un côté puis de l'autre – et pour finir, le glaçon a basculé et il a roulé dans l'eau. A commencé alors un déchiquetage, un carnage sans nom, l'eau s'est teintée de rouge et je me suis senti légèrement nauséeux et me suis détourné. Le glaçon a ressurgi, avec des traces de sang sur le bord, et tout à coup aussi bien le phoque que les orques avaient disparu.

Je suis resté complètement immobile. Cela me rappelait quelque chose, que tout d'abord je n'ai pas réussi à trouver, puis la corrélation m'a sauté aux yeux. Cela m'a évoqué un épisode que j'aurais préféré oublier, mais qui se trouve être une des raisons de ma présence ici.

Moi aussi, j'avais travaillé comme ça. Chassant en bande, menant de véritables battues même…

C'était il y a environ trois ans, quand j'ai fait une pige en free-lance pour le journal local de la ville. Le sujet était un conseiller d'éducation qui avait détourné une somme d'argent et du matériel appartenant à l'école, il s'agissait de beaucoup d'argent. Un professeur m'avait donné le tuyau, une personne que normalement je n'aurais pas écoutée, un fouteur de merde cynique et malveillant qui s'en prenait à tout le monde. Mais quelque chose dans ses ragots semblait mériter d'être creusé davantage. J'ai interviewé le conseiller et j'ai commencé à lui poser des questions embarrassantes.

Au début, il montait sur ses grands chevaux. Répondait brièvement et avec condescendance que je n'y comprenais rien, que tout ce qui touchait au budget d'une école était très compliqué.

J'ai demandé l'aide d'un copain qui était journaliste économique. À deux, nous avons posé des questions encore plus embarrassantes. Le conseiller d'éducation a commencé à se troubler, il esquivait, transpirait et évitait nos regards, mais nous n'avons pas réussi à le faire craquer.

Alors nous avons fait venir un journaliste spécialisé en crimes économiques. Et on l'a eu, le loustic !

Il était tombé amoureux d'une professeure remplaçante et avait voulu l'impressionner en lui attribuant généreusement des ordinateurs professionnels auxquels elle n'avait absolument pas droit, et en l'emmenant en voyage ici et là. Notre reportage a été très réussi, nous avons même été nominés à la Pelle d'or pour le journalisme d'investigation, mes collaborateurs et moi, même si nous n'avons pas reçu le prix ensuite. La ville était sans doute trop petite et nous n'avions peut-être pas assez de niaque pour nous vendre.

Le conseiller d'éducation s'est pendu avant le procès, laissant une épouse et trois enfants dont deux fréquentaient son école. La réputation de la remplaçante a été ruinée et elle a perdu son boulot. Le seul à être vraiment heureux a probablement été l'enfoiré qui avait vendu l'histoire au départ. Et puis nous, les trois épaulards. Dans une bonne humeur forcée, nous sommes allés nous soûler au pub pour célébrer notre activité si utile à la société.

Bon, évidemment qu'elle *était* utile à la société, je le soutiens encore aujourd'hui. Mais. La vie de six personnes a été détruite. Et nous n'avons même pas eu de Pelle d'or à exhiber, juste un peu de sang au bord du glaçon flottant, si je puis dire. Pour ma part, j'ai commencé à mal dormir la nuit, et je me suis demandé comment seraient comptés mes plus et mes moins au jour du Jugement dernier. Personne ne nous a accusés, le problème n'est pas là, la mode à cette époque était au journalisme « neutre face aux conséquences », une jolie expression pour « sans le moindre scrupule ». On ne devait *pas* avoir

de scrupules, tout ce qui comptait était la Vérité !
(Comme s'il n'y en avait qu'une.) Et je savais très
bien que si un journaliste indépendant se mettait à
avoir la conscience délicate, il aurait du mal à faire
vivre sa famille…

J'étais en train de réfléchir à tout ça dans l'après-
midi, quand on avait débarqué à un endroit qui s'appelait Gold Harbour. Wilma gazouillait comme
jamais, elle pointait le doigt dans toutes les directions en même temps, elle riait et prenait des photos.
Je voyais tout ce qu'elle voyait, mais c'était comme
si j'avais un goût de cendre dans la bouche. Je ne
voulais pas me souvenir de cette foutue pige, et je
ne voulais surtout pas penser à ses conséquences
« neutres ».

Quand on a pris un verre le soir au bar, j'étais
au plus bas, et j'ai soudain senti qu'il me fallait un
peu de l'éternelle humeur ensoleillée de Wilma, une
bonne dose de ses encouragements naïfs. Je lui ai
raconté toute l'histoire de ma vie d'orque, et elle a
gardé le silence un bon moment.

— D'après moi, tu n'avais pas le choix, a-t-elle
fini par dire. S'il ne s'était pas pendu, tu ne serais
pas ici à te morfondre. Dans ce cas, tu aurais été
rempli de fierté.

J'ai acquiescé d'un hochement de tête triste.

— Et tu ne pouvais pas prévoir l'issue. Tu as fait
un boulot d'assainissement. Il aurait tout aussi bien
pu s'en tirer, et miner complètement le budget scolaire de la commune. Puis il serait devenu l'homme
fort du conseil aux municipales suivantes, il aurait

distribué des pots-de-vin, serait devenu complètement tyrannique et toute la ville aurait été corrompue et bien plus de personnes auraient eu à en souffrir.

J'ai souri un peu, mais j'étais encore abattu.

— Je trouve que tu devrais arrêter de te vautrer là-dedans. Tu n'as pas reçu le prix, tu n'as qu'à voir ça comme une juste punition. Tu n'es quand même pas le plus à plaindre !

Elle n'avait pas tort. On s'est resservis du gin-tonic, on a trinqué et je me suis tout de suite senti mieux. Wilma s'est à moitié levée et, comme d'habitude, a prononcé un discours incendiaire sur le réchauffement climatique – comme quoi en réalité il était porteur d'espoir de renouvellement, qu'on allait tous être obligés de revenir au bon sens, la fracture sociale serait réduite et tout le monde serait comme une seule et grande famille.

— Et les lions et les agneaux vont vivre côte à côte ! Tu es tellement mignonne, ai-je dit.

J'ai passé mon bras autour de sa taille dans un élan de sympathie alcoolisée. Alors elle a renversé son verre sur ma tête en rugissant qu'elle voulait qu'on la prenne au sérieux.

Ce sont nos petits jeux. Et le temps d'un instant, j'oublie ce que j'ai à faire.

ALBA

… et l'albatros a de nouveau atterri. Aujourd'hui à un endroit que je compte désormais parmi mes sept merveilles. Nous sommes toujours en Géorgie du Sud, l'endroit s'appelle Salisbury Plain, et quand je serai à l'article de la mort en train de délirer (donc, juste avant mes cent vingt et un ans), c'est ici que je me baladerai dans mes rêves, avec quelques détours par Lapporten en Laponie, le désert blanc en Égypte et la Grande Muraille de Chine.

Nous avons accosté dans la houle lente d'une mer cristalline sur des cailloux lisses, et nous avons posé nos gilets de sauvetage sur la plage. Ensuite nous sommes partis à pied sur la vaste plaine entourée au loin de majestueuses montagnes enneigées. Dans de petits cours d'eau, des éléphants de mer se prélassaient, formant des barrages au milieu du courant. Un mâle s'est traîné sur la terre et a levé sa tête hideuse vers nous. Toute sa poitrine était couverte de vilaines cicatrices et de plaies rouges – il avait lutté pour sa position pendant de nombreuses années.

Un groupe d'otaries à fourrure nous a regardés avec méfiance et, sur la grève, des lions de mer étaient en train de jouer, tout beaux, noirs et luisants.

Des manchots à jugulaire se dandinaient, plus loin j'ai vu une colonie de manchots Adélie, qui sont les seuls manchots à ressembler à l'idée que les gens se font des pingouins. Noir et blanc, pas de couleurs annexes, pas de lignes qui perturbent le plumage ni de coiffures d'avant-garde. Des petits cailloux polis par la mer couvraient le sol, une sorte d'herbe marine qui s'appelle kelp serpentait au bord de l'eau et le tussack et la canche antarctique se montraient sur les pentes. Par-ci, par-là, de gros et magnifiques coquillages ou de très petites fleurs d'une espèce que je n'ai jamais vue auparavant.

Mais ce qui a fait de cet endroit l'une de mes sept merveilles était autre chose.

À Salisbury Plains se trouve une colonie de 400 000 manchots royaux avec leurs petits. La puanteur et le vacarme sont indescriptibles, mais on s'y fait.

Les poussins des manchots royaux ont une allure étrange. Ils sont plus grands, en tout cas plus gras, que leurs parents, qui, épuisés, les nourrissent en régurgitant tout le krill et le poisson qu'ils ont gardés dans leur estomac sans les digérer. Ils sont recouverts d'un duvet touffu marron qui ressemble à de la fourrure, et ça n'a pas loupé, les premiers explorateurs ont cru que c'était une espèce à part et l'ont appelée manchot à fourrure. Ceux que j'ai vus venaient juste de muer, de petits bouts de plumage blanc et lisse pointaient dans le duvet miteux de certains.

Comme ce sont justement des petits, ils sont à la fois plus curieux et plus audacieux que leurs parents. Ils n'obéissent pas aux règles très strictes de protection de la nature antarctique qu'on a serinées à tous les porteurs de parka orange : ne pas s'approcher à moins de cinq mètres, par exemple. Les poussins manchots curieux se sont bousculés autour de nous. L'un d'eux a piqué mon gant. Leurs yeux partent dans deux directions et ils inclinent la tête sur le côté pour vous observer, émettent un sifflement fort et limpide, très différent du caquetage des parents. Et à mon oreille, ils ont tous le même – mais les parents reconnaissent précisément le sifflement émis par leur progéniture et accourent pour vérifier ce qui se passe. Les gens se sont excités comme des puces, ils n'ont pas arrêté de les photographier et les poussins se laissaient volontiers faire. Je me suis rendu compte que j'avais un sourire crétin collé sur la figure.

Peu après, j'ai vu un gigantesque oiseau brun atterrir pas très loin de nous, au milieu des poussins. Il a déployé des ailes énormes – et s'est dirigé *à pied* vers le troupeau de poussins puis il les a poursuivis, chassés, poussés devant lui ! Et les bébés manchots ont tricoté de leurs petites pattes pour s'écarter de son chemin. C'était très amusant à voir.

— Qu'est-ce qu'il est en train de faire ? ai-je demandé à Mirja.

— C'est un pétrel géant. C'est sa façon de chasser. Il poursuit sans pitié une bande de poussins jusqu'à ce qu'ils soient épuisés et que le plus faible tombe. Alors il se précipite et le tue à coups de bec.

Tout à coup, c'était moins amusant, évidemment. Mais je dois faire attention à ne pas commencer à tout interpréter avec mes yeux d'humain. L'albatros en moi comprend le pétrel, comprend qu'il faut bien manger là où se trouve la nourriture, ou bien mourir. Ça n'a rien de personnel, comme on dit.

Au bord de l'eau gisait quelque chose qui ressemblait aux restes d'un cadavre. Une bande de canards piochait dans des lambeaux de chair et Sven les filmait. J'ai regardé un moment.

— Tu t'es lancé dans le docu animalier gore ? ai-je murmuré. Des canards assassins mangeurs de cadavres ? Je ne savais pas que les canards faisaient des choses pareilles. Petits monstres, contentez-vous donc des plantes aquatiques et du potamot !

Sven a soigneusement rangé sa caméra dans son étui.

— Cette espèce de canard mange de la chair morte, a-t-il dit. Ils ont développé des dents, au fil des millénaires. Il n'y a pas de quoi s'offusquer. Toi aussi, tu manges de la chair, bien que tes ancêtres aient probablement été de paisibles végétariens ! Et contrairement à ces petits canards, tu pourrais te satisfaire de plantes, si tu voulais. Eux ne le peuvent pas, il n'y a pas assez de végétation ici pour eux !

Sven est ornithologue aussi, mais il n'en fait pas une grande affaire et il ne part pas au triple galop sur le pont dès que le haut-parleur se met à brailler. C'est son dix-septième voyage en Antarctique. Je lui ai demandé ce qui le passionne tant et il m'a répondu que je le saurais avant la fin de ce voyage. J'ai la sensation qu'il a raison. Je me tiendrai peut-être sur le pont, des jumelles à la main, quand nous entrerons dans le port d'Ushuaia, qui sait ? Alors que tout le bar est rempli d'observations d'humains archi-intéressantes qui n'attendent qu'à être cataloguées…

La ruine des espèces

Aujourd'hui j'ai fait plusieurs observations intéressantes. La première concerne le pétrel géant. Nous en avons un à bord, de même qu'un canard carnivore pourvu de dents. Ce qui m'intéresse, c'est la capacité de développer des dents pour survivre.

1) *Le chionis blanc* à bord est ma propre camarade de chambre, Wilma. Une créature gentille et positive qui veut du bien à tout le monde, mais avec le temps, elle a été obligée de se doter de dents, elle me l'a raconté elle-même. Elle a été partiellement victime de harcèlement au lycée — comme personne n'avait de raison d'avoir peur d'elle, des durs à cuire peu sûrs d'eux ont commencé à l'agresser. Du coup, elle a développé des dents dans de brefs délais et a appris à rendre coup pour coup, et ensuite on l'a laissée tranquille. Plus tard dans la vie elle a eu des problèmes pour maîtriser sa tendance à pincer et à mordre. Il est facile de blesser quelqu'un alors qu'on cherche seulement un peu d'attention. Et ça fonctionne comme le dard de l'abeille — quand on l'utilise, on s'abîme aussi un peu soi-même.

2) *Le pétrel géant*. D'abord je me suis dit que ce truc de tuer à coups de bec le plus faible du troupeau, ça se rencontre chez toutes les espèces animales. Mais ce que j'ai vu n'était pas exactement ça. C'était un animal d'une autre espèce qui a choisi sans pitié sa victime parmi les poussins manchots. Il chassait longtemps et patiemment, bousculant les poussins par-ci,

par-là pour finalement attaquer le plus faible avec l'intention de le tuer.

Comme pétrel géant de l'*Orlovsky*, je désigne
madame Linda Borkmeyer.

Je l'ai observée tout au long du voyage et je vois
une trame. Elle teste toujours sur la pauvre Lisa
sa capacité à terroriser l'entourage. Elle peut par
exemple raconter à toute la tablée pendant le déjeuner combien sa sœur lui a coûté, pas seulement le
prix faramineux du voyage, mais tout son équipement « que naturellement elle n'avait pas les moyens
de s'offrir elle-même ! ». Lisa fixe la soupe dans son
assiette et murmure qu'en fait elle avait eu l'intention
de partir en Crète, ce qui était dans ses moyens, elle
avait déjà le maillot de bain… Nous souffrons avec
elle et seule cette bécasse de Brittmari pépie : « Quelle
CHANCE d'avoir une grande sœur aussi généreuse… »

Nous sommes tous devenus les proies de Linda
Borkmeyer, le pétrel géant, nous sommes ses poussins manchots. Elle est diaboliquement douée pour
voir nos points faibles et nous balader ensuite dans la
conversation jusqu'à ce qu'un imprudent dise quelque
chose qui nous fait apparaître comme les pires filous,
ou dans le meilleur des cas comme des nouilles.

En voici un exemple. Linda demande :

— Wilma chérie, tu as beaucoup sucé ton pouce
quand tu étais petite ?

— Non, pourquoi ? répond Wilma, surprise.

Linda se penche en avant, pose familièrement sa
main sur celle de Wilma qui est en train de farfouiller

134

dans un gratin de choux-fleurs et demande aimablement :

— Tu as des problèmes avec la viande ? C'est pour ça que tu es végétarienne ? Ma pauvre amie… Tu sais, l'autre jour j'ai lu un article qui parlait du prognathisme, on peut se faire opérer, la mâchoire paraît tout à fait normale après… Et c'est beaucoup plus facile pour mâcher aussi…

Wilma ne répond pas, elle se consacre sans sourciller à sa portion de légumes. C'est bien, mon petit canard ! On n'est pas toujours obligé de rendre les coups, car ça leur donne un avantage.

— Et toi, Tomas, tu es journaliste, je crois ? Tu as vu cette étude qu'ils ont publiée récemment ? Comme quoi les gens font très peu confiance aux journalistes et aux politiciens ? Qu'est-ce que tu en penses ?

Tomas aussi essaie d'être cool, mais je le vois bouillonner d'irritation.

— Pourquoi ? Tu es politicienne ? marmonne-t-il. Mouais.

— Oups, je t'ai froissé ? Ce n'était pas mon intention ! Je suis sûre que tu es tout à fait fiable ! s'esclaffe Linda.

Son rire ressemble à des billes métalliques qui roulent dans une bassine de fer-blanc.

Ensuite elle aperçoit le poussin manchot le plus faible, le pauvre Lelle qui poursuit sa femme partout. Elle colle tous les hommes à bord comme une véritable nymphomane, tout ce qu'il peut faire, c'est garder un œil sur elle.

— Qu'est-ce que tu as fait de Brittmari aujourd'hui ? chantonne-t-elle. Elle n'est pas avec toi ?

Alors c'est bien *elle* que j'ai vue sur la passerelle tout à l'heure ! Je crois que le premier officier essayait de lui apprendre quelque chose, ils étaient vraiment tout près l'un de… aïe, aïe, aïe, aïe… fait-elle en brandissant un index espiègle. C'est vrai qu'elle est terriblement *extravertie*, ta femme !

Lelle bondit de sa chaise. Si elle n'était pas vissée au sol, elle se serait renversée. Il part comme une flèche vers l'escalier du pont supérieur. Linda rigole en jetant un regard satisfait autour d'elle. Le pétrel géant a finalement pu se gaver à volonté !

À côté d'elle, Lisa a l'air de celle qui se fait dévorer le foie tous les jours.

Autrement, les oiseaux de proie ne sont pas si nombreux que ça dans la faune du navire, la plupart baguenaudent comme des couples de manchots sympathiques, quelques pétrels se pavanent sur le pont. Et tous sont bienveillants et serviables, ils se prennent en photo et se tuyautent sur les moyens d'éviter le mal de mer.

Les plus mignons, ce sont les jeunes qui se reluquent assidûment tout en faisant semblant de ne pas se voir. Je ne les ai pas encore classés, mais ça ne saurait tarder.

WILMA

Aujourd'hui – comme tous les matins – la voix joyeuse de Magnus dans le haut-parleur nous réveille : « Bonjour, bonjour, bonjour ! » Il parle du temps qu'il fait, du vent qui souffle, des bancs de glaçons flottants, de la dérive, des observations et il demande combien sont sortis regarder l'albatros hurleur qui suivait le navire vers cinq heures du matin.

Alba s'est énervée pour une fois, elle a lancé un livre sur le haut-parleur.

— Je parie que tous, sauf toi et moi, ont accompli leur devoir aux jumelles, a-t-elle marmonné. Les garçons phoques étaient sûrement agglutinés au bastingage avec leur calepin pour tout noter !

Elle fait allusion à un petit groupe d'hommes âgés qui ont déjà voyagé ensemble et/ou cherchent la compagnie des autres et qui sont très calés et intéressés par tout ce qui touche aux oiseaux. Rayonnant de bonheur, ils partagent leurs observations, et ils notent et gesticulent et pointent le doigt à longueur de journée. Alba les appelle les garçons phoques, elle trouve qu'ils ont une grande ressemblance avec l'animal – ils sont gris, tous pareils et se trouvent

137

rarement à l'intérieur... Sven, le médecin du bord, est, lui aussi, un garçon phoque la plupart du temps quand il ne travaille pas. Je crois qu'Alba est un peu jalouse de tous les dauphins qui nagent autour du bateau et des oiseaux qui le suivent. Elle aurait sûrement préféré que Sven reste au bar, avec elle.

Les garçons phoques ont d'ailleurs une petite bande de femelles à la traîne sur le pont. Deux, plus exactement. Deux dames de leur âge, qui s'appellent Ulla et Margareta. Elles ont tout le temps besoin d'aide pour régler leurs jumelles et mettre au point leurs appareils photo et de temps en temps elles regardent tout excitées un oiseau et s'écrient :

— Oh ! Un albatros !

— Un pétrel des neiges ! rectifie alors l'un des garçons phoques avec un sourire protecteur, puis il les aide à noter l'observation.

Vu de dos, l'un d'eux ressemble à mon père. Une tête grise et hirsute, les épaules larges dans une chemise à carreaux, des bretelles et un bonnet hideux fait au crochet. Je sursaute chaque fois que je le croise. Papa est mort depuis bientôt un an. Autrement je n'aurais jamais eu les moyens de faire ce voyage.

J'étais très proche de mon père. Maman m'a donné le nom de Wilma d'après Wilma Rudolph, une sorte de reine du sprint des années 1960. Elle a juste eu le temps de me voir apprendre à marcher, puis courir, comme le font les enfants, avant de partir travailler dans la région d'Uppsala où elle s'est fait écraser par un bus. Elle a été hospitalisée pendant une semaine avant de mourir. On devait la rejoindre dans les deux mois, c'était ça l'idée. Mais après sa mort, ça n'avait plus de sens, en tout cas c'est ce que disait papa. Si bien qu'on est restés dans le Bergslagen, dans un hameau où vivaient en tout et pour tout cinq familles. Papa touchait une pension après un accident de tronçonneuse et on m'a octroyé une petite rente après le décès de maman. J'avais trois heures de transport scolaire tous les jours pour me rendre au village principal et en revenir.

Maman m'a manqué aussi longtemps que je me suis souvenue de sa voix et de ses mains, ensuite elle s'est lentement effacée pour n'être que la photo dans le cadre en argent. Papa m'a tout de suite rebaptisée Wilmer et m'a élevée comme le fils qu'il n'a jamais eu. Ça a très bien fonctionné. Ce n'est qu'en commençant l'école, quand les autres garçons ne voulaient pas de moi dans leur bande, que j'ai compris qu'il y avait une erreur quelque part. Mais comme papa m'avait déjà appris à tirer à la carabine et que j'avais un petit renard apprivoisé, les garçons ont vite changé d'avis. Les filles m'appelaient le Renard, à cause de la couleur de mes cheveux. Je m'entendais assez bien avec elles aussi, vraiment. Elles aimaient bien mon renard. Je pense que j'étais une enfant assez heureuse, mais durant l'adolescence, ça s'est corsé. Avec qui devais-je aller aux boums ? Mes meilleurs copains étaient des garçons, mais les filles savaient tant de choses que papa ne m'avait jamais apprises, des connaissances indispensables avant une boum. Elles savaient tout sur les suçons et les mouchoirs dans le soutien-gorge et comment utiliser le mascara. Fond de teint correcteur et gloss. J'avais évidemment glané quelques informations dans *Vecko-Revyn*, mais ça ne semblait pas me concerner, moi. Puis je suis soudain tombée amoureuse de mon meilleur copain, Jonas. Je n'ai pas compris ce qui m'arrivait et lui non plus. Je voulais être avec lui tout le temps et au début, il n'avait rien contre. Jusqu'à ce que j'essaie de l'embrasser un jour chez lui, ça m'a pris comme ça. Il a paniqué en me voyant là, devant lui, en train de tourner la tête dans tous les sens pour dévier le nez d'une façon adaptée à la situation. Il s'est précipité dans la cuisine préparer un chocolat instantané, puis il m'a dit qu'il valait mieux que je parte parce que son frère allait rentrer, il avait promis de le laisser conduire sa mob. Alors je suis rentrée et rien ne fut plus jamais pareil entre nous. Notre amitié était devenue inconfortable et la dernière année au lycée, on se saluait à peine.

J'avais du mal à comprendre. Pourquoi était-ce si difficile pour moi de trouver quelqu'un, alors que ça paraissait si facile pour les autres ? Je savais que je n'étais pas belle comme les nanas dans *Vecko-Revyn*, et que mon menton n'était pas terrible, mais beaucoup de mes copains étaient plus laids que moi, et ils avaient plus de boutons. Ils se trouvaient des copines quand même, ou alors c'était juste ce qu'ils disaient pour frimer.

Je ne pouvais pas en parler avec papa, il faisait hum et se raclait la gorge et il se fâchait presque contre moi quand le féminin prenait le dessus, comme quand j'ai eu mes premières règles. J'ai fait toute ma scolarité sans que personne ne m'ait jamais embrassée, mais j'étais admise aussi bien dans les bandes des garçons que dans celles des filles. Je les récompensais en étant joyeuse et en plaisantant tout le temps, je supportais tout, surveillais les sacs des filles et faisais le guet quand les garçons chapardaient. Je me sentais utile, ils avaient besoin de moi. Ensuite je prenais le bus et rentrais au hameau.

— Salut Wilmer ! disait papa. Ça te dit de tirer des rats dans le trou à ordures ce soir ?

On s'entendait plutôt bien, papa et moi. On était tellement habitués l'un à l'autre, et rien n'était compliqué. Après l'école, j'ai travaillé dans différents domaines. Un petit moment, j'étais standardiste pour les taxis, puis jardinière dans les parcs et un été, j'ai planté des arbres. Je le faisais pour compléter la maigre pension de papa, je me demande s'il s'en est jamais rendu compte. Sa santé se détériorait de plus en plus, et il vivait dans son propre monde où il pouvait passer une journée entière à faire des mots croisés qu'il avait déjà résolus – il utilisait un crayon et une gomme – ou alors il pouvait fendre du bois, plus que nous n'allions jamais pouvoir en brûler. Il empilait les bûches derrière la maison en tours parfaitement arrondies, qu'il recouvrait d'une bâche. Mais on ne faisait presque jamais de feu dans la cheminée. Et il voulait toujours regarder le turf à la télé. Il était assis dans le vieux fauteuil cassé en velours élimé, le ticket à remplir à la main. La plupart du temps, j'étais assise à côté de lui, dans un vieux siège de voiture défoncé qu'il avait sorti d'une épave et traîné dans la maison.

Ça a fini par devenir trop déprimant. J'étais tellement seule. Le renard était mort depuis des années, et les chiens de papa étaient des chiens de chasse, ils vivaient dans le chenil et ne valaient rien pour la compagnie. Même la télé ne marchait pas toujours, la réception n'était pas bonne dans la forêt. J'avais commencé à lire des livres et j'ai compris qu'il fallait que je parte découvrir le monde. Sinon j'allais à coup sûr dépérir.

Je suis allée à Uppsala où j'ai passé mon diplôme de professeur et vécu quelques années riches en expériences. Un week-end sur deux, je rentrais chez papa.

J'habitais dans un logement étudiant et je m'entendais bien avec la plupart des locataires de mon couloir, j'avais appris à manier le cynisme et l'humour noir et ils croyaient que j'étais une intellectuelle. Ce n'était pas le cas, mais personne ne s'en est rendu compte, mes amis les plus proches étudiaient pour devenir inspecteur de santé publique et biologiste marin et sociologue, et si je lisais un roman quand ils venaient me voir, ils se montraient presque respectueux, moi qui étudiais les maths et n'étais même pas obligée de lire... De temps en temps j'améliorais ma réputation en adhérant au ciné-club pour aller voir des films incompréhensibles et les commenter ensuite dans un troquet quelque part. Je m'habillais à ma façon, on pouvait trouver tout ce qu'on voulait dans les magasins d'occasion, et j'ai commencé à travailler pour Greenpeace.

J'ai perdu ma virginité avec une autre nana, et c'était moins traumatisant qu'on pourrait croire. Elle était gentille et patiente et très experte pour ainsi dire, elle m'a appris du mieux qu'elle pouvait.

Puis elle a soupiré et dit qu'elle ne pensait pas que je l'avais en moi, je n'étais pas une vraie gouine. C'est elle qui a rompu et j'ai pleuré, j'étais désespérée de ne pas être suffisamment lesbienne, mais je sentais effectivement qu'elle avait raison. Pendant un temps j'ai eu toute une série d'aventures amoureuses avec des hommes dont certaines partagées. Pas de quoi en écrire des romans, mais je ne suis en tout cas pas une vierge pathétique de trente-deux ans.

Cela fait sept ans maintenant que je travaille à l'Institut de formation pour adultes de Tallgärde. Ce n'est pas mal, c'est un tout petit établissement et nous sommes presque comme une famille. Je vis dans un studio avec kitchenette dans un immeuble où habitent plusieurs familles de profs.

On fait la fête des fois, ensemble, les couples et moi, et un célibataire de quarante-cinq ans qui enseigne l'ébénisterie. Il trouve que nous deux, on devrait se mettre ensemble, mais jusque-là, j'ai réussi à le tenir à distance. Il a des *tonnes* de pellicules ! Ça ressemble à une pub pour un shampooing antipelliculaire, ce que je vais dire, mais le fait est que quand je l'entends parler avec son accent traînant, je n'entends pas ce qu'il dit, je ne fais que reluquer ses épaules. Je sais parfaitement que ça paraît superficiel. Et j'espère ne pas désespérer au point d'être réduite à me mettre en ménage avec lui.

Puis deux choses sont arrivées en même temps. Papa est mort et a laissé une très, très grosse somme d'argent. Il avait vendu une immense parcelle de bois que je ne savais même pas qu'on possédait. Et la maison, notre vieille baraque à soldats délabrée datant de 1760, je l'ai vendue à une famille de Göteborg qui m'avait fait une bonne offre. Je commençais juste à me dire que l'avenir était radieux, que j'allais découvrir le monde – eh bien, c'est pile le moment où les symptômes de ma maladie se sont manifestés et que tout est soudain devenu nuit noire.

Je ne supporte pas la nuit noire. Moi, Wilma la joyeuse, faite d'incisives et d'une mâchoire inférieure saillante.

Qu'allait-il m'arriver ? Combien de temps me restait-il ? Je ne savais pas, aucun médecin ne le savait. Alors je me suis précipitée acheter sur un coup de tête un billet pour partir aussi loin que je pouvais imaginer, et me voici. Assez calme et équilibrée et fermement décidée à profiter de tous les bons moments qui peuvent se présenter. Et pour l'instant, je ne suis pas déçue. Je ne me faisais absolument aucune illusion à propos de ce voyage – mais il a dépassé toutes celles que j'aurais pu me faire. Et Tomas est un bonus totalement inattendu, je n'ai jamais eu beaucoup de contact avec des hommes comme lui. Il est carrément *glamour*, grand, bien bâti et beau dans sa laideur, en tout cas dans les moments où il ne fait pas la gueule. Il la fait malheureusement souvent. Il est en train de ruminer quelque chose, Alba a raison. Quand il ne gamberge pas, il m'est très précieux. Je pourrais sans doute faire la gueule un peu, moi aussi, mais je n'ai pas ça non plus en moi. Je suis réglée sur la joie de vivre, dussé-je y laisser ma peau.

Mais je regrette d'avoir inventé ce stupide mensonge de grossesse. Ce n'était pas la bonne chose à dire à Tomas. Dès le début, on était presque tombés dans le genre de relations que j'avais eues avec tous mes copains d'enfance, on se sentait bien et à l'aise tous les deux. Va savoir comment ça sera désormais – s'il va se mettre à penser vagins et utérus, membranes et seins gorgés de lait et tout ce qui fait reculer les mecs, ce dont papa ne voulait jamais parler. D'ailleurs je ne comprends pas comment Tomas a pu l'avaler, m'a-t-il réellement perçue comme une femme qui part à l'aventure, seule et enceinte ? Lui qui trouve exotique que je travaille dans un institut protestant, il m'a demandé l'autre jour s'ils vont me renvoyer maintenant parce que j'ai péché…

Toujours est-il que cet après-midi nous avons fait une excursion magnifique en Zodiac, sans débarquer cependant. L'*Orlovsky* a mouillé dans une petite baie aigue-marine, entourée de hautes montagnes, je crois qu'elle s'appelait Hercules Bay. Les parois rocheuses étaient couvertes de touffes rondes d'herbe à tussack, on aurait dit le public serré d'un concert punk, et partout sur les pentes, des manchots qui montaient et descendaient. La plupart étaient des gorfous sauteurs, qui faisaient de petits bonds pour escalader le rocher, des files d'oiseaux, pas après pas. Monter jusqu'au nid peut leur prendre des heures. Ils ont les yeux rouges et des houppes de plumes jaunes et noires de part et d'autre de la tête.

Ce n'est pas la seule variété de manchot qui saute, mais il saute avec plus d'énergie que les autres, tout le temps. Il rapproche les pieds et avance la tête et le bec acéré, maintient l'équilibre avec les ailes tout en s'agrippant au rocher avec les griffes.

Il semblerait qu'ils soient agressifs bien qu'ils soient petits, j'aurais bien aimé les voir s'acharner sur quelque chose. Mais il était impossible de débarquer, nous avons juste sillonné la baie, tranquillement, découvrant des merveilles, les unes après les autres.

Bengt a conduit le Zodiac vers un bel iceberg bleu-vert scintillant au milieu de la baie, avec deux ouvertures, presque des grottes – ça ressemblait un peu à un crâne, avec des orbites creuses. Et dans une des orbites se tenait un manchot, comme une larme.

On a vu un truc super mignon, une colonie de bébés phoques sur une dalle rocheuse dans l'eau, près de la plage. Ils jouaient, s'éclaboussaient et roulaient, c'était exactement comme dans un jardin d'enfants, avec la pièce douillette aux coussins et la pataugeoire pour jouer dans l'eau.

La mer était magnifique, d'une couleur turquoise profonde et tellement limpide qu'on pouvait voir les pierres à plusieurs mètres de profondeur. Ça m'a un peu agacée de voir Tomas, qui était dans le même Zodiac que moi, sombre et comme absent. Je me suis tout à coup sentie furieuse contre lui. Si moi, je peux me réjouir de la vie, il pourrait quand même ôter le nez de son nombril pendant une toute petite heure ! Dans un lieu comme celui-ci !

TOMAS

Elle n'est pas tendre avec moi, parfois ça me fait du bien, parfois ça me rend fou. On était là, dans le bar, à siroter tranquillement notre habituel gin-tonic du soir. Il était tard, la nuit tombait. Quelques icebergs étaient visibles dehors, si on appuyait le nez contre les vitres éclaboussées d'embruns.

Toute la journée, j'avais pensé aux enfants, j'avais imaginé que je leur montrais l'école maternelle des phoques et les manchots sauteurs qui gravissaient les parois rocheuses si lentement par petits bonds. Ils étaient vraiment cool avec leur long panache de plumes jaunes, Asta aurait adoré. À cinq ans, déjà, elle voulait se teindre les cheveux en vert...

J'ai raconté tout ça à Wilma et elle m'a regardé sans rien dire. Quand je m'enfilais mon troisième verre, j'ai senti les larmes me monter aux yeux. Elle m'a donné un coup de coude, s'est emparée de mon gin-tonic qu'elle a sifflé presque d'un trait.

— Putain, mais qu'est-ce que... ai-je protesté.

— Mon petit bonhomme, tu as assez bu comme ça, vu l'état dans lequel tu es.

— Comment ça, état? Je croyais que c'était toi qui étais dans un état particulier, une situation intéressante comme on dit.

— Tu es dans une phase aiguë d'apitoiement sur ton sort, a-t-elle répondu, calmement. L'alcool peut être dangereux dans ces cas-là. Tu peux y laisser la vie. Le premier verre, une légère nostalgie. Deuxième verre, tu deviens larmoyant, tu commences à sangloter et à solliciter celui que tu as sous la main, mendiant de la sympathie. Troisième verre, tu implores quelqu'un que tu ne connais même pas et lui racontes l'histoire de ta vie, tu exiges qu'il ou elle te plaigne. Quatrième verre, tu sors sur le pont, tu regardes fixement le sillage du navire en te disant que tu ne manquerais à personne, absolument personne… tu vois le tableau ? Allez, enlève-moi ce cilice, mon pote, et tu auras un autre verre à boire demain soir. Tu veux un jus de fruit ?

Saleté de Wilma. Elle s'est approchée tout près de la vérité. Qu'est-ce qu'elle savait, qu'est-ce qu'elle voyait ?

— Hé Pollyanna, d'après toi je devrais plutôt me dire que c'est une BONNE chose que je n'aie pas mes enfants avec moi ici ? Ils auraient froid et les éléphants de mer leur auraient fait peur, c'est ça ?

Pas terrible comme argument, mais c'est tout ce que j'ai trouvé sur le moment.

— Tu n'imagines donc jamais que tu peux avoir une quelconque responsabilité ? Ça n'a jamais été de ta faute si ça a dérapé ? Je ne t'ai jamais entendu dire quoi que ce soit dans ce sens. Tu ne fais que te plaindre de ta femme exigeante et trop gâtée, cette bimbo qui a subitement eu une meilleure offre.

Wilma m'a fixé droit dans les yeux, de ce regard qui me donne l'impression qu'elle me cloue au mur avec une flèche. On n'arrive pas à se dégager de ce regard-là, on y reste suspendu. J'ai réfléchi.

— J'étais souvent absent, c'est vrai. Parce qu'il fallait bien nous faire vivre.

J'ai entendu moi-même mon ton geignard.

— Ah, vous faire vivre. C'était pénible ? Ce n'était pas plutôt un moyen pour toi d'être peinard et de continuer à faire ce qui te faisait bicher, sans avoir à cuisiner pour un morveux de trois ans ou à le déposer au jardin d'enfants tous les jours ?

— Elle avait envie de rester à la maison s'occuper des enfants. Elle en voulait d'autres, d'ailleurs – elle, pas moi, ai-je murmuré.

Wilma a fini de vider les dernières gouttes de mon verre, puis elle s'est essuyé la bouche. Son bébé réclamera un cocktail dès qu'il sera venu au monde, c'est sûr.

— Souvent absent, parce que tu étais obligé. Autre chose ? Vous vous disputiez à propos de quoi, par exemple ?

— On ne se disputait pratiquement jamais, et ça, c'est grâce à moi, je le revendique ! Je me retenais ! Bon sang, combien de fois je me suis abstenu de la rembarrer avec une réponse cinglante et ironique quand elle lâchait un commentaire crétin.

— Comment ça, tu t'es abstenu ?

— Eh bien, les livres par exemple. Elle ne lisait pas souvent, mais si elle le faisait, il lui fallait absolument en parler à table, pendant des jours et des jours. Des romans de gare, des histoires à l'eau de rose. Toujours des merdes à propos d'une pauvre nana un peu moche qui devient belle, puis apparaît

149

un vilain monsieur, ou une salope qui lui complique la vie, puis arrive le prince charmant aux yeux bleus qui remet tout en ordre, et elle tient sa vengeance et il lui donne de beaux vêtements de marque et elle est enfin aimée par tout le monde, surtout par le prince charmant. Toujours le même scénario. Et Sanna pensait sans doute qu'il fallait me tenir au courant du déroulement jusqu'à ce qu'elle ait fini le livre. Ai-je dit un seul mot pour la démolir ? Rien, j'ai seulement hoché la tête éventuellement en murmurant que c'était intéressant !

— Vous aviez bien des sujets de dispute ? L'éducation des enfants ? La politique ?

— La politique, oh seigneur… Mais pas l'éducation des enfants. Elle ne me demandait jamais mon avis, et je me rendais bien compte qu'elle connaissait mieux les enfants que moi. Quelquefois je trouvais qu'elle exagérait dans le politiquement correct, ils ne devaient pas manger *ceci*, pas *cela*, il m'arrivait de leur faire un clin d'œil et de leur glisser une tablette de chocolat interdite. Mais elle n'y a jamais fait allusion, me semble-t-il.

Elle s'est mise à griffonner sur la serviette.

— Tu fais quoi ? Tu montes un dossier médical ? Elle m'a ignoré.

— Continue. Tu disais quoi, la politique ?

— Oui, c'était un non-sujet chez nous. Je me suis toujours intéressé à la politique, il le faut dans mon boulot, je suivais trois ou quatre agences de presse internationales tous les jours et j'étais à peu près au courant des débats dans les médias. Je veux dire, je faisais partie du flux d'informations, c'était mon

boulot. Et j'avais des opinions assez radicales. Elle
– elle était pour les libéraux. Bon sang – le parti du
peuple ! Elle voulait tout le temps qu'on discute de
la libéralisation de la santé publique, de l'ouverture
d'écoles privées, qu'on cesse de bichonner la télé
du service public…

— Mais si vous étiez si différents, vous ne vous
accrochiez jamais ?

— Non, parce que je ne le permettais pas. Je la
laissais déblatérer et pour finir, quand je n'en pouvais plus, je murmurais : « Ma chérie, tu sais bien
que nos opinions divergent, parlons d'autre chose ! »

— Qu'est-ce qu'elle répondait à ça ?

— M'en souviens plus. Si, à la réflexion, il lui
arrivait de se fâcher. Elle sortait de ses gonds. Voulait toujours avoir le dernier mot.

Elle a encore griffonné quelques mots. Puis elle
s'est levée.

— Je rêve, tu t'en vas ? Sans diagnostic ?

— Le diagnostic tient en une phrase, m'a-t-elle
souri. Rappelle-moi de ne jamais, je dis bien jamais,
épouser un mec comme toi !

J'ai ouvert de grands yeux.

— Arrête ton char, Wilma ! C'est un peu trop
facile, de toujours rejeter la faute sur les hommes !

— Ce n'est pas ce que je fais. Ce ne sont pas les
hommes que je cherche à toucher, c'est toi personnellement ! Tu imagines ça, être mariée à un homme
qui trouve sa femme incapable de mener une discussion ? Tu crois qu'elle n'a pas pigé ce que tu pensais de son choix en matière de livres ? Je suppose
que toi, tu grignotais du Proust et du Kafka, mais

les mères au foyer n'ont pas franchement le temps de lire les œuvres complètes de Proust, si tu vois ce que je veux dire ! Pourtant, elle a essayé plus d'une fois de parler livre avec toi, parce qu'elle savait que ça t'intéressait ! À mes yeux, elle s'est montrée véritablement héroïque !

— Toi aussi, tu es libérale ?

Ça l'a mise en rogne et elle s'est rassise et m'a dévisagé comme une mangouste regarderait un cobra.

— Et l'éducation des enfants, tu t'en foutais, ta seule contribution était d'essayer de saboter la sienne ! Et la politique ! Tu ne comprends donc pas que chaque fois que tu disais « chérie, parlons d'autre chose que de politique », elle entendait combien tu la trouvais idiote. Toi qui suivais tous les débats, tu disposais de toutes les réponses ! J'aurais adhéré au premier parti fasciste venu si j'avais été ta femme. Je me serais rasé le crâne, j'aurais fait tatouer une tête de mort sur mon front, je t'aurais collé les mômes sur les genoux et je serais partie en claquant la porte !

Elle m'a tapoté le bras.

— Mais rien n'était réellement de ta faute. Parce que tu ne *comprenais* pas. C'est ça, hein ?

L'*Orlovsky* avait commencé à tanguer et rouler. Je me suis levé pour partir sans un regard pour Wilma. Une vague énorme a inondé les vitres du bar et m'a pratiquement envoyé sur ses genoux. Mais je me suis agrippé à la main courante. Mon verre vide s'est échoué contre le bord de la table.

— Tu vas où ? a-t-elle dit sur un ton qui m'a paru un peu penaud.

— Sur la passerelle de navigation. J'en ai assez des points de vue, il me faut du panorama maintenant.

Je dois l'avouer, j'étais assez ébranlé.

LENNART JANSSON – BRITTMARI JANSSON

Ça y est, j'ai trouvé comment procéder !

L'idée m'est venue subitement quand j'étais ins-
tallé dans le Zodiac et que je regardais comment
Brittmari s'y prenait pour y descendre. Elle se tenait
sur la petite plateforme en bas de l'échelle et tendait
le bras au marin russe, le colosse avec un gros pull
aux manches retroussés pour qu'on voie bien ses
putains de biscoteaux à la Popeye. Ils se sont pris
par les coudes comme on a reçu l'ordre de faire,
elle l'a fixé droit dans les yeux et poussé son petit
rire coquin – tout en tendant l'autre bras à Bengt
et en laissant lentement son regard aller de l'un à
l'autre. On aurait dit une danse, une sorte de tango
à trois, il ne manquait que la rose entre les dents
de Brittmari. Je suppose qu'elle se la procurera à
Buenos Aires au retour – mais, non, c'est vrai, elle
ne sera pas là au retour, si mon plan fonctionne !

Voici ce que je compte faire :

Ce truc avec les plaques de présence. La pro-
chaine fois qu'on débarquera, je re-retournerai la
sienne derrière elle avant de descendre dans les
Zodiac ! Personne ne s'en rendra compte, on ne
connaît pas le numéro des uns des autres. Ensuite

on se baladera un peu à terre, on regardera les bestiaux, et je l'attirerai derrière un rocher en disant que je veux lui montrer quelque chose. À tous les coups, elle va pouffer et croire que je parle de ma bite. Je prendrai une pierre et je lui donnerai un tout petit coup pour qu'elle s'endorme. Je glisserai son gilet de sauvetage dans mon sac à dos avant de retourner à bord, comme ça on aura l'impression que tout le monde a quitté l'île. Puis nous monterons sur le navire, personne ne s'étonnera de ne pas nous voir ensemble, on ne l'a pratiquement pas été depuis le début de cette foutue croisière. Elle est toujours pendue au bras de Bengt, elle pose des questions stupides sur des sujets qui, en réalité, ne l'intéressent pas, ou alors elle s'approche d'un des ornithologues et demande d'un air adorable si elle peut emprunter ses jumelles, jamais elle n'arrête son manège. On se retrouve tout le temps dans des Zodiac différents. Quand je le lui ai dit et fait remarquer que j'aurais tout aussi bien pu venir avec le chien, qui lui, ne me quitte pas d'une semelle, elle a seulement répliqué : « Il fait la gueule comme d'habitude, mon petit Lelle ? Et s'il allait observer les animaux un moment, comme ça j'aurais des mines plus joyeuses autour de moi ? »

Enfin quoi, j'ai choisi ce voyage en me disant qu'ici au moins, je serais débarrassé de tous les dragueurs de plage avec de la moquette plein la poitrine et une croix en argent au cou... ils sont comme des mouches autour d'elle pendant tous les voyages qu'on fait. Cette année, elle a voulu une destination inhabituelle, on avait déjà fait la

Méditerranée et la Thaïlande avec de petits inter-mèdes en Floride et à Cuba. Et partout ces putain de gueules d'amour ! Ou serveurs ou voisins de table ou commerçants, elle est omnivore ! Les voi-sins de table sont en général en couple, du coup j'ai les épouses de mon côté quand je la sors manu militari *au moment où elle se met à lancer ses cris de rut à l'attention d'un vacancier.*

Se promener sur la plage avec elle est une plaie. Je parie qu'elle a appris à se comporter comme une chienne en chaleur en regardant notre chien. J'ai toujours l'impression d'avoir un cortège qui nous suit, mais elle dit que je me fais des idées, c'est un pur hasard si un tas de Tarzans velus prennent la même direction que nous... Puis elle émet un rire rauque, du fond de la gorge.

J'ai eu le fantasme de la noyer en Floride, de la cacher parmi les stalactites d'une grotte à Majorque et de la pousser dans un précipice en Crète... Y aller uniquement pour ça ne me tente pas vraiment, si bien que l'occasion ne s'est jamais présentée. Mais maintenant !

J'en étais où ? Oui, donc, je monte à bord après l'excursion à terre et personne ne se demande où elle est, parce que la plaque de présence est retour-née dans le bon sens et qu'il n'y avait plus de gilet de sauvetage sur la plage, ce qui signifie qu'elle est à bord. Les accompagnateurs vérifient ce genre de choses avant de quitter un lieu. Elle ne va manquer à personne pendant le dîner, parce qu'il y a deux salles à manger, et si quelqu'un se pose la ques-tion, il se dira qu'elle se trouve dans l'autre salle.

Et, pendant tout ce temps elle reste coincée à terre et n'a que les manchots et quelques éléphants de mer à draguer ! Je suis d'ailleurs sûr qu'elle va faire de l'œil au gros mâle. Il est tout à fait son genre...

Et je ne vois pas qui ira mettre un pied sur cette plage-là avant un bon moment. Magnus a dit que l'Orlovsky est le premier navire de la saison et la croisière suivante n'arrivera que dans plusieurs jours. Nous, on sera déjà loin.

Ce soir on lèvera l'ancre et on quittera la Géorgie du Sud pour la vraie péninsule antarctique, nous a-t-on dit, plusieurs jours de navigation. Quand on sera à des dizaines de kilomètres de toute terre, c'est-à-dire le lendemain matin, j'irai trouver Bengt ou la gentille petite Mirja, pour leur dire, tout découragé, que ma femme n'a pas dormi dans son lit cette nuit, et que je ne la trouve pas. Elle n'est pas venue se coucher la veille au soir et maintenant je me demande où elle est. Ils vont immédiatement comprendre de quoi il retourne, elle a pu dormir dans n'importe quel lit, et ils vont lancer de discrètes investigations. Vers l'heure du déjeuner, il sera clair qu'elle n'est pas à bord. Et puisqu'elle était à bord après l'excursion, elle est forcément tombée à l'eau à un moment donné durant la nuit ! Panique générale, mais que peuvent-ils faire ? Une personne tombée à l'eau ou qui y a été jetée est irrémédiablement perdue ! Et moi, pauvre diable, je me tords les mains et je pleure, et Mirja me console de son mieux et la police la plus proche se trouve en Terre de Feu !

(Trois heures plus tard)

Putain de merde ! Il faut vraiment que je me mette à lire les papiers qui sont distribués dans les cabines chaque matin ! Ils donnent des détails sur les excursions de la journée. On irait à Grytviken, disaient les papiers. À moi, ça ne disait rien ! J'ai retourné nos plaques, la sienne dans un sens et la mienne dans l'autre, et me suis préparé à enfin mettre un terme à mon enfer conjugal – et voilà que nous débarquons dans le seul endroit habité de toute la Géorgie du Sud ! Bureau de poste et musée et boutique de souvenirs et station de recherche et Dieu sait quoi encore ! Et devinez qui s'est tenue collée à moi dans la boutique de souvenirs et m'a fait chier pour des boucles d'oreilles pingouin en or véritable ? Et qui m'a acheté une ridicule casquette, une tête de pingouin avec bec, en utilisant ma carte de crédit, qui m'a forcé à la porter et a fait se tordre de rire les autres passagers ? Et quand on est remontés à bord, elle a fait tout un ramdam à propos de son tag qui indiquait déjà sa présence à bord, un tas de gens l'ont entendue s'époumoner et dire qu'elle était sûre de l'avoir retourné en débarquant, c'était scandaleux, si on se trompait de tag, n'importe quoi pouvait arriver ! Et voilà mon super plan tombé à l'eau, ça ne passera jamais inaperçu si je la retourne encore une fois !

Le soir, un fonctionnaire anglais est monté à bord pour vérifier nos passeports. Nos passeports ! Au pôle Sud ! Il était grand et beau, blond aux yeux bleus, il portait un uniforme de la marine avec des aiguillettes dorées. Et il racontait des anecdotes *sur des éléphants de mer, avec un sourire gêné il a dit qu'il s'était fait mordre la fesse.*

Devinez qui a demandé à voir sa cicatrice...

ALBA

Il y a sur l'*Orlovsky* une passagère très étrange du nom de Carola Spanderman. J'ai essayé de lui trouver une correspondance dans ma faune, mais jusque-là, je me suis cassé le nez.

Carola Spanderman est une personne très moderne, une femme de son temps. Elle vous serre fermement la main et sourit d'une rangée de dents étincelantes qui peuvent très bien être ses vraies dents, puis elle dit « Ca-ro-la Span-der-man » d'une voix distincte. Nous avons parlé ensemble un moment au bar hier après le dîner, c'est-à-dire, elle a parlé. Je pense que ça partait d'un bon sentiment, elle se dit probablement que de vieilles dames comme moi ne doivent pas avoir de vie, en tout cas pas qui vaillent qu'on en parle. Et je l'ai laissée monologuer.

Il est apparu que Carola Spanderman est une ex-directrice de marketing à qui tout réussit et qui a osé sauter le pas pour créer sa propre entreprise. Cependant pas dans le marketing – non, elle a décidé de faire fortune en développant une invention de son frère. Il s'agit d'un fer à repasser révolutionnaire, peu gourmand en énergie et pourvu de batteries rechargeables, et si ingénieusement conçu qu'on

peut l'utiliser pendant des heures avant de le rechar-
ger. Il se replie en un tout petit cube, le câble et le
chargeur sont fournis.

— Cela veut dire, a-t-elle dit, qu'on peut faire son
repassage à n'importe quel endroit de la maison.
Devant la télé, dans la chambre des enfants, dans la
cuisine. Et pas de fil électrique traître où se prendre
les pieds ! C'est évidemment quand on voyage qu'il
est le plus utile. Il n'y a pas beaucoup de chambres
d'hôtel dans le monde qui vous proposent un fer à
repasser !

— Mais il existe bien des fers à repasser de
voyage ? ai-je objecté, me souvenant que j'en avais
eu un il y avait des lustres, avant de décider de ne
plus repasser mes vêtements.

— Un fer ridicule tout riquiqui ! a-t-elle reniflé.
Il faudrait une semaine pour repasser une nappe !
Et avec un tout petit cordon ! C'est quand même
très contraignant !

J'ai évité de relever que peu de gens emportent
des nappes en vacances, ni que c'est tout aussi
contraignant de s'habiller de vêtements qui ont
besoin d'être repassés. Je me suis contentée de
hocher la tête, pensive.

— Tu ne me crois peut-être pas, mais tu verras !
a-t-elle dit.

— Je verrai ? Tu as emporté un fer à repasser en
Antarctique ?

Tout son visage rayonnait d'excitation.

— Ce fer à repasser, il s'appelle Järna – tu comprends l'astuce ? Ça se prononce pareil, on peut
entendre ce qu'on veut : futé comme un cerveau,

Hjärna ; on l'utilise volontiers, comme *Gärna*, et *Järna* comme… comme…

—… comme *stryk-järn*, fer-à-repasser, ai-je complété. Tu en as donc emporté un ici, sur le navire ?

— Tu comprends, ce n'est pas facile de sortir du lot avec tous ces nouveaux appareils ménagers qui inondent le marché ! Järna sera lancé d'une façon hors du commun ! Nous démarrerons la campagne au printemps.

Elle s'est penchée vers moi et m'a dit, en chuchotant presque :

— Je vais montrer combien il est utile même dans les environnements les plus extrêmes. Je vais… – son bras a décrit un grand geste comme si elle voulait s'écrier Tadaaa !… – faire du repassage sur un glaçon flottant ! Je suis déjà allée dans le parc national du Serengeti au Kenya, où je repasse avec un groupe de lions en arrière-plan ! Et en février je vais à Moscou, je vais faire du repassage sur la place Rouge !

— Hum… tu dis des environnements extrêmes. Tu n'as jamais envisagé d'aller par exemple à Bagdad ? Tu ferais sûrement sensation si tu te plantais avec ton fer à repasser sous une pluie de balles !

J'aurais pu me mordre. C'était si inutilement méchant, si rabat-joie. Pourquoi ne pouvais-je pas laisser à cette fille ces tours de passe-passe marketing, même si personnellement l'idée de voir le monde comme fond d'affiche publicitaire me donnait de l'urticaire. Et pourquoi fallait-il que je me fasse une ennemie d'une voyageuse qui s'était montrée aimable avec moi ?

Elle a seulement répondu, un peu préoccupée :

— J'y ai pensé quand j'ai élaboré la campagne, ça aurait été hyper cool de pouvoir accompagner un commando américain, être en quelque sorte un fer à repasser « *embedded* », comme les journalistes qui suivent l'armée ! Mais les assurances n'ont pas été d'accord, ils n'ont pas voulu m'assurer pour le voyage !

J'ai hoché la tête. Ouf ! Elle a continué à parler de sa campagne publicitaire, à sourire, à se pencher en avant de temps à autre et à prononcer mon prénom, tout ce que je suppose qu'on apprend dans les cours d'approche positive des clients. J'ai sursauté chaque fois qu'elle disait «… tu comprends, ma petite Alba ! », elle ne pouvait pas savoir que c'est justement ça que je déteste tant dans ces méthodes de vente moderne : la fausse familiarité. « Nous avons une offre personnalisée pour toi, Alba Cecilia ! » « Alba Cecilia, tu as déjà gagné un million ! Il te suffit de… » et ainsi de suite.

Tout à coup, Carola Spanderman s'est mise à agiter frénétiquement la main à l'intention d'un jeune homme qui demandait une tisane au barman.

— Hé, Peter ! a-t-elle lancé de sa voix claire. Excuse-moi, Alba ! C'est Peter qui va faire les photos sur le glaçon flottant, tu as vu ses photos, elles sont magnifiques ! Et Irina, elle fait partie de l'équipage, elle va me prêter une planche à repasser ! La mienne s'est volatilisée dans la soute à bagages.

Elle a bondi et est allée s'asseoir auprès du maigre jeune homme aux cheveux blonds clairsemés et avec une grosse pomme d'Adam, qui faisait partie des fanas d'oiseaux. Il la dévisageait, les yeux remplis d'adoration.

En vérité, moi aussi je l'ai trouvée assez mignonne. Si jeune, déterminée et énergique. Järna allait très certainement connaître le succès.

Mais de quelle espèce était-elle? Fallait-il chercher dans le domaine du marketing? Les animaux excellent dans ce domaine, à envoyer des signaux sexuels dans toutes les directions ou à faire peur, s'ils sont des proies. Mais aucun animal ne vend des objets totalement hors de propos.

Il m'a fallu plusieurs jours avant de parvenir à déterminer son espèce, seulement après l'avoir discrètement observée en compagnie de Peter. J'ai fait ma première note la concernant à Grytviken, où nous avons débarqué dans l'après-midi. Je m'étais éloignée du groupe qui déambulait entre l'église blanche en bois, le petit bureau de poste où tout le monde écrivait passionnément des cartes postales qui auraient un tampon de l'Antarctique, et le musée avec des objets datant de l'époque des chasseurs de baleines.

Carola Spanderman et Peter sont, eux aussi, des albatros hurleurs, mais dans une autre phase que moi. Ils sont en train de faire leur demande en mariage. J'aurais pu les classer parmi les manchots au comportement miroir, qui dansent, s'inclinent et s'imitent, mais la danse nuptiale de l'albatros hurleur est tellement spectaculaire qu'elle mérite une grande attention. J'ai pu l'observer sur Prion Island il y a quelques jours, sur une colline parmi les touffes d'herbe à tussack et la canche.

Ils se tiennent face à face, les ailes déployées, ces énormes oiseaux agiles, et se caressent avec les becs qu'ils font clapper, doucement, tendrement. Ils déploient et replient leurs ailes, ils s'éloignent et se rapprochent en dansant. Je suis restée comme pétrifiée, ensorcelée à les regarder, sans même les prendre en photo – je ne l'ai pas non plus dit aux autres, les oiseaux auraient immédiatement été entourés du petit troupeau habituel de paparazzi de la nature.

Et soudain, à Grytviken, au milieu du fourmillement de touristes orange, d'éléphants de mer qui se traînaient sur les routes goudronnées, de fonctionnaires britanniques, hommes et femmes, de manchots et de pétrels, là j'ai tout à coup découvert ces deux magnifiques albatros humains tournés l'un face à l'autre, et ils ont exécuté leur danse nuptiale, totalement oublieux de l'entourage. Ils sont très grands, tous les deux, et très gracieux. Carola a fait le premier pas, elle s'est approchée de Peter pour enlever une saleté imaginaire de son anorak. Tout d'abord, il a reculé, avant d'avancer audacieusement une main pour remettre en place la lanière de l'appareil photo de Carola. Puis ils ont commencé à s'élever l'un vers l'autre, à s'éloigner, à se rapprocher, toujours avec un prétexte quelconque, pour pouvoir se caresser avec des mots et des regards. J'ai vu de loin qu'ils parlaient, à défaut de bec pour clapper. Si j'avais entendu leurs paroles, je n'aurais probablement pas remarqué la chorégraphie ou le langage corporel de leur danse, me contentant d'écouter ce qu'ils disaient. Ce n'était sans doute rien de plus tendre que « Oups, tu t'es pris une fiente d'oiseau sur l'épaule » et « Tu devrais mieux attacher la lanière de ton appareil photo ». Mais la danse les a trahis. Je me demande s'ils vont réussir à conclure à bord ? Lui paraît inexpérimenté et par conséquent peu entreprenant, et elle beaucoup trop obsédée par son fer à repasser. Mais je leur souhaite bonne chance !

La ruine des espèces

Observation à Grytviken :

1) Dans le monde des humains aussi bien que dans celui des animaux, il est important de lire le langage du corps et les comportements, plutôt que les expressions orales. Les animaux sont simples et déchiffrables. Les humains dissimulent leurs sentiments dans des brumes de paroles.

2) Une danse nuptiale exécutée par deux individus adultes est une des observations les plus belles et les plus touchantes qu'on puisse faire. (Valable aussi bien pour les humains que pour les animaux.)

TOMAS

Tiens donc, comme ça ce serait ma faute si Sanna s'est tirée avec les enfants, gâchant ma vie.

Je crois que l'expression « cœur brisé » a une signification tout à fait physique. Depuis le jour où j'ai vu le camion de déménagement s'arrêter devant la maison de Musclor et charger tous ses meubles qui partiraient dans le conteneur pour les États-Unis, j'ai ressenti une douleur lancinante dans la poitrine, dès que j'y pensais. Elle s'est manifestée la première fois dans notre cuisine, la mienne désormais, quand je les regardais à la jumelle porter les skis des enfants et le petit bureau design de Sanna. Le partage de nos biens avait été fait, et elle avait pris très peu de nos meubles, « pour que ça ne soit pas trop vide » chez moi. Je dis un grand putain de merci, j'aurais pleuré tous les jours de ne plus avoir le canapé en cuir et les chaises de cuisine ! Mais quand j'ai vu le petit bureau disparaître, celui pour lequel je l'avais si souvent taquinée – il avait coûté une fortune – tout est soudain devenu réel et irrévocable. Quand avions-nous franchi la ligne ténue entre trop tôt et trop tard ? Je pleurais et la morve coulait et je m'en foutais, de toute façon il n'y avait personne pour le voir.

Désormais, je suis sans cesse pourchassé par un tas de Pourquoi. Pourquoi n'ai-je jamais réglé la télé comme elle me l'avait demandé, pourquoi n'ai-je jamais construit la cabane de jeu et pourquoi ne sommes-nous jamais allés à la piscine couverte? J'ai l'impression de rester entier uniquement à l'aide de ficelles, d'épingles à nourrice et de glu, et que je pourrais me fissurer à tout moment.

Au début, les enfants étaient avec moi, justice, justice – la moitié du temps. Mais j'étais souvent absent pour mes voyages professionnels et nos agendas ne correspondaient jamais vraiment et finalement ça s'est espacé de plus en plus. Ils ont lentement mais sûrement déménagé toutes leurs affaires chez Musclor et c'était là que venaient leurs copains ou qu'ils téléphonaient. Je les emmenais au cinéma et chez McDonald's, ce genre de trucs, quand j'étais à la maison. Ils adoraient, ils ne mangeaient jamais des plats comme ça chez eux, je veux dire chez Sanna et Musclor.

C'est bizarre comme le silence peut s'installer sous un toit où a vécu une famille. Et les quelques carrés plus clairs sur le papier peint laissés par les tableaux que Sanna avait emportés, j'ai trouvé qu'ils s'étaient mis à grandir et à dominer complètement la pièce à vivre. Les premiers mois après le divorce, j'ai bêtement emmené chez moi des femmes que j'avais rencontrées ou avec qui j'avais démarré une relation, et je veillais toujours à les faire venir à des heures où Sanna était chez elle et pouvait éventuellement les voir de la fenêtre de sa cuisine. Des femmes belles, des femmes intelligentes, certaines bien plus jolies qu'elle. Le fait est que deux avaient commencé à se manifester dans mon entourage dès qu'elles avaient entendu que j'étais à nouveau disponible sur le marché, et je n'ai pas traîné pour me servir.

Un jour j'ai croisé Sanna devant la maison quand j'étais en compagnie d'une jeune collègue, une fille mignonne qui semblait m'admirer infiniment. Elle était accrochée à mon bras, rayonnante. Les yeux de Sanna sont allés d'elle à moi – et elle a souri, un sourire chaleureux, encourageant, et j'ai compris que tout ce que j'avais obtenu avec ma parade, c'était de donner bonne conscience à mon ex-femme.

J'ai cessé net de les amener à la maison. D'ailleurs, les enfants n'aimaient pas spécialement trouver des femmes inconnues sur leurs anciens territoires, ni les voir prendre des bains de soleil dans notre jardin. Musclor par contre, ils s'étaient habitués à lui en un rien de temps, il avait en lui une aisance américaine qui le rendait facile à accepter, et par ailleurs, il parlait comme un héros de série télé. C'était dur à encaisser. J'ai eu des envies de meurtre à son égard.

Tout à coup j'ai été très seul. Les enfants venaient de moins en moins souvent, bien que j'aie installé une table de ping-pong au sous-sol – elle n'intéressait pas Asta – et acheté un tas de DVD Disney – ils n'intéressaient pas Arvid. Nous avions du mal à trouver un moyen décontracté et normal de nous voir, il fallait tout le temps avoir des activités et à la fin ça a été aussi fatigant pour moi que pour eux, qui m'accompagnaient poliment partout, quoi que je propose, pour ne pas me faire de la peine. Au début, je me rendais aux réunions de parents d'élèves, mais comme j'étais si souvent absent, je nageais vite dans la confusion et Sanna se chargeait de plus en plus de cette tâche. On ne se parlait que des choses indispensables, elle et moi.

Je songeais à inviter du monde, avant de me rendre compte que toutes nos connaissances étaient des amis et des collègues de travail de Sanna. Nous n'avions jamais fréquenté mes collègues, et ils étaient globalement les seules connaissances que j'avais dans cette ville. Et je n'avais jamais vraiment fait la cuisine ou organisé des soirées, c'était le truc de Sanna. Ce serait assez ridicule d'inviter des confrères avec leurs femmes que je ne connaissais pas, pour un repas de traiteur ! Et ça ne s'est pas fait. Alors quels sont les endroits où on peut rencontrer des gens ? J'ai pensé aux cafés parisiens d'autrefois où les intellectuels avaient des conversations profondes et subtiles le soir. Aux pubs anglais où on croisait toujours quelqu'un qu'on connaissait. Je suis même sorti quelques fois, mais pour me retrouver au milieu d'ados bourrés qui essayaient de couvrir une musique tonitruante avec des devinettes crétines, tout en éclaboussant tout le monde de bière. Les cafés intellectuels n'existent plus, et il n'y a jamais eu de pubs dans notre lotissement. Je suppose que les intellectuels sont installés chacun chez soi devant un ordinateur, et qu'ils se rencontrent désormais sur Internet. Ou alors ils sont tous invités à des dîners où il faut venir en couple. Poilant.

Un jour j'ai lu un article sur un camp de réfugiés au Liban qui avait été bombardé et détruit, à la suite de quoi toute une famille de quatorze personnes était obligée de vivre dans un petit deux-pièces. Sur une grande photo, on les voyait se serrer, trois frères avec leurs épouses respectives, une vieille grand-mère, un grand-père et une bande de mômes. Les hommes avaient passé le bras autour des épaules de leurs femmes, les mômes étaient joyeux et grimpaient sur le grand-père et j'ai pensé que j'aurais bien aimé vivre comme ça. Faire partie d'une bande. Putain, à quoi vont me servir mes 127 mètres carrés vides ?

J'étais en train de réfléchir à tout ça sur la passerelle, après avoir quitté Wilma en claquant la porte de rage l'autre soir. Ce qui faisait le plus mal, c'est qu'elle avait insinué que je n'avais à m'en prendre qu'à moi-même, et je me suis entraîné à la haïr pendant un moment. L'ambiance sur la passerelle était un peu endormie, des Russes en uniforme me souriaient aimablement et m'expliquaient les différents instruments, me montraient l'obscurité dehors, éclairé par les phares du navire. Des glaçons flottants passaient et le ciel était d'un bleu profond, plus clair vers le bas. Au bout d'un moment, je suis allé me coucher, mais je ne me suis endormi qu'à l'aube.

Le lendemain je suis retourné sur la passerelle après le petit-déjeuner. Je n'avais envie de voir personne, surtout pas Wilma. Le bateau longeait la côte de la Géorgie du Sud, avec de temps en temps une incursion dans une baie où les chasseurs de baleines norvégiens avaient sévi jusque dans les années 1950. Husvik, Leith Harbour, Stromness et Grytviken. De grosses citernes rouillées, des épaves de navires à moitié coulées et des quais d'accostage délabrés bordaient les plages. Sous nos pieds reposaient en quantités immenses les squelettes des baleines qu'ils avaient remorquées là et qui avaient perdu la vie uniquement pour leur graisse. Une fois l'huile récoltée, le reste du corps était envoyé au fond de l'eau. Partout, il était interdit de débarquer, sauf à Grytviken, parce qu'on pouvait à tout moment se prendre un bout de tôle rouillé sur la tête si le vent forcissait, ou alors passer à travers un quai pourri. Des rennes devenus sauvages, introduits là par les Norvégiens, erraient en troupeau le long des plages. Je me suis senti de plus en plus démoralisé et soudain j'ai pensé :

Cet endroit est moi.
Ce lieu abandonné
qui ne sert plus à personne, où le vent charrie
des souvenirs rouillés qui menacent les vivants.
Les citernes vides, les épaves de bateaux.
Et tout ça parce que j'ai été trop avide, que j'ai
    pillé et sévi
Et épuisé toutes les ressources jusqu'au der-
    nier filon.
Même les rennes sauvages qui errent sans but
dans un lieu qui n'est pas le leur
sont moi.

J'avais eu raison dès le début de penser comme je l'ai fait. La meilleure chose à faire pour moi, c'était de fermer boutique définitivement, afin de n'être une menace pour personne.

Tout à coup je me suis rendu compte que quelqu'un se tenait à côté de moi. Wilma, évidemment.

Elle ne disait rien, me questionnait seulement du regard. Nenni, je n'allais certainement pas lui offrir mes réflexions pour qu'elle puisse s'y vautrer encore une fois, me dire qu'après tout j'étais le premier responsable de mes malheurs. Je lui ai adressé un sourire froid :

— Ça sera intéressant de débarquer à Grytviken cet après-midi, tu ne trouves pas ?

— Arrête ton cinéma ! a-t-elle dit, irritée. Comme si je n'étais pas capable de voir que tu es prêt à te jeter par-dessus bord à tout moment. Ce genre de sourires, garde-les pour quelqu'un que tu peux tromper !

J'ai essayé de lui répondre, mais ma voix s'est brisée, et j'ai tourné les talons et suis descendu au pont intermédiaire. Putain de Wilma, on ne parle pas comme ça à une vague connaissance !

Mais j'aurais sans doute été déçu si elle m'avait juste rendu mon sourire en disant : « Mais oui ! Très intéressant ! On va pouvoir voir la tombe de Shackleton ! »

Serait-il donc vrai qu'on veut être vu pour celui qu'on est réellement, quel que soit le prix à payer en termes de prestige ?

Ou serait-ce plutôt que Wilma et moi, on n'est *pas* de vagues connaissances, on ne l'a jamais été – bien qu'on se soit rencontrés il y a seulement une semaine ?

WILMA

Comment vais-je avoir le courage de l'écouter pendant tout le voyage, lui que pourtant j'apprécie tant? Celui qui parle de son malheur réclame votre sympathie d'une manière toute particulière, en tout cas si vous n'êtes pas froid comme un glaçon de l'Antarctique. J'ai du mal à y parvenir. Les geignards et les pleurnicheurs, je sais les remettre à leur place, alors que les déprimés… J'ai souvent l'impression d'avoir pour vocation de les gaver de joie de vivre.

Et je m'y emploie de mon mieux. Parfois je les engueule et ça les surprend tellement qu'ils se reprennent pour un moment. Les gens malheureux adoptent souvent la mauvaise habitude d'exiger de la compassion, ils voient cela comme un droit, si toutefois ils en sont conscients. Tomas ne pleurniche pas beaucoup devant les autres, je ne peux pas dire ça, mais avec la détermination d'un somnambule, il a cherché à s'approcher de moi, moi qui suis toujours prête à prendre les problèmes d'autrui à bras-le-corps. « Où que se trouve un misérable, il est mon ami, mon frère… » pour paraphraser le poète Bengt Lidner. Ce n'est pas que j'aie spécialement bon cœur ni que je sois particulièrement attentive, c'est un reste de mon bon vieux comportement « Si je suis gentille, que j'écoute et que je console, je pourrais être des vôtres ? ». C'est épuisant de servir de poubelle, surtout s'ils se fâchent quand je les remue un peu et les traite d'égocentriques. Comme Tomas tout à l'heure. C'est fou comme il s'est efforcé de présenter une façade joyeuse ! C'était une vengeance contre moi, c'est évident. Parce que je l'ai traité de nombriliste et que je lui ai dit qu'il n'était pas la personne le plus à plaindre dans l'univers. Ça a été trop pour lui.

Rien qu'à y penser, ça m'a mise en rage. Pourquoi faut-il toujours que je joue à Florence Nightingale ? J'ai assez à faire avec mes propres ennuis ! Quand on a débarqué dans la vieille station baleinière de Grytviken, je me suis tenue à l'écart de lui, me baladant toute seule.

C'était encore plus absurde que d'habitude de voir tous ces animaux évoluer tout à fait naturellement dans un environnement humain. Le gigantesque éléphant de mer qui bullait contre un fût de pétrole. Les femelles qui s'étaient drapées autour de quelques câbles en acier près d'un bollard dans le port. Les manchots qui passaient devant la porte de l'église en bois et faisaient un petit saut pour s'écarter du chemin des camions-bennes et des tracteurs occupés à la construction d'une nouvelle route le long du quai.

Mais la vision la plus absurde a été celle que j'ai eue devant la pierre tombale blanche de Shackleton, l'explorateur héroïque qui est enterré au petit cimetière de Grytviken en compagnie de gens qui ont œuvré sur place et de quelques Argentins tombés au combat pour l'archipel, pendant la guerre des Malouines.

Le 5 janvier 1922, Shackleton a enfin trouvé le repos éternel, après s'être exposé pendant des années aux risques les plus fous.

Devant sa pierre tombale, une fille qui s'appelle Carola Spanderman était en train de repasser un chemisier, un petit sourire malicieux aux lèvres. Avec la planche à repasser et tout et tout. Son chevalier servant, Peter, le plus jeune des ornithologues, se contorsionnait parmi les stèles pour la photographier sous tous les angles comme si elle méritait cinq étoiles dans le carnet d'observation. Je me suis arrêtée net, bouche bée, et un vide s'est fait dans ma tête. C'était quoi, ce cirque ?

Carola m'a fait signe tout en changeant de pose. Elle a triomphalement brandi le fer à repasser en l'air et souri de toutes ses dents, même des canines, pendant que Peter la mitraillait.

Je suis vraiment méchante – mais il avait quelque chose aujourd'hui, Tomas, qui m'a complètement déstabilisée. Il me fatigue ! Je l'ai vu à distance, il arrivait de l'église, les épaules remontées jusqu'aux oreilles et la mine toujours aussi triste. De mauvaise grâce, il s'est approché à grandes enjambées – puis il a soudain aperçu Carola Spanderman et sa planche à repasser et les bras lui en sont tombés. Elle lui a fait un petit geste de la main, avec un sourire éclatant. Stupéfait, il m'a dévisagée. Comme sur un signe donné, on a fait demi-tour sur place et on est parti le plus vite qu'on a pu, et c'est à l'abri d'une petite remise rouge qu'on a cédé au fou rire. On ne comprenait pas, ni l'un ni l'autre, de quoi il retournait.

— Un jour elle va rendre un homme très heureux ! a dit Tomas. Toujours prête avec la jeannette !

— J'imagine qu'elle préfère ses hommes plutôt lisses !

J'ai pouffé en pensant aux mouvements nerveux de la pomme d'Adam de Peter. Ce n'était pas vraiment drôle, mais quel soulagement de pouvoir rire ensemble !

Après coup, je me suis dit qu'à Grytviken, tout s'est amélioré pendant un moment, avant d'empirer.

On a visité le musée, admiré comme il se doit l'albatros empaillé, des roues de gouvernail de voiliers, de gigantesques palans et poulies et d'horribles bâtons qui ressemblaient à des crosses de bandy avec une lame de métal au bout, pour découper la graisse de baleine. Tomas a fait acquisition d'un rouleau de papier toilette décoré de pingouins qu'il m'a tendu en s'inclinant solennellement, je crois que c'était une sorte d'excuse. Je lui ai fait cadeau d'une cravate décorée de pingouins en lui lançant le défi de la porter au dîner. Ce soir on va affronter la haute mer à nouveau, une croisière de deux, trois jours à travers le pack pour atteindre la péninsule antarctique proprement dite.

J'ai passé un bon moment à lire la plaquette sur sir Ernest Shackleton et ses exploits. C'est ici qu'il a débarqué après que son navire l'*Endurance* a été broyé par la pression des glaces. Il avait réussi à convaincre son équipage d'hiverner sur l'île de l'Éléphant au nord-ouest de l'Antarctique, puis avec quatre de ses hommes il avait franchi plus de mille kilomètres dans un océan de glace jusqu'à cette île. Il l'avait abordée du mauvais côté et a été obligé de la traverser de part en part dans des souffrances insensées pour aller chercher de l'aide à Grytviken. Il n'avait plus apparence humaine quand il est finalement arrivé. Ensuite il est retourné sur l'île de l'Éléphant chercher ses compagnons. Pas un seul n'avait péri. C'est grandiose – mais à peu près en même temps, ses compatriotes mouraient comme des mouches dans les tranchées de la Première Guerre mondiale, et qui sait, c'est peut-être le sort qui lui aurait été réservé s'il était resté chez lui en Angleterre. Sa femme l'a attendu pendant des années, c'est elle qui a proposé qu'il soit enterré ici, il me semble. Je crois que je comprends son raisonnement.

Dans la boutique de souvenirs, Lelle et sa petite femme joyeuse choisissaient parmi les objets plutôt chers des bijoux en or et en argent. Elle a soulevé une paire de boucles d'oreille pingouin en or et a incliné la tête en regardant Lelle d'un air attendrissant. Il a tenté de plisser le front, mais a fini par sourire et les lui a achetées. Je pense qu'en fait il est très amoureux d'elle, mais il essaie de ne pas le montrer.

Lisa, qui a été au service de sa sœur Linda toute la journée, lorgnait avidement sur une petite broche en argent représentant un éléphant de mer. Je me suis glissée tout près d'elle.

— Elle est jolie, tu ne trouves pas ? Elle t'irait vraiment bien. Tu veux que je te prête des sous ?

— J'ai ma caisse pour la Crète ! a-t-elle dit en hochant la tête, puis elle a souri, a pris sa décision et est allée au comptoir acheter la broche.

L'œil de faucon de Linda l'a repérée de l'autre bout de la boutique et elle s'est immédiatement approchée. Lisa a alors aussi acheté une casquette pingouin et un tee-shirt avec une citation de Shackleton, par pur défi, je crois. Quoiqu'elle ait jeté un regard inquiet sur sa sœur.

— Ah bon, tu as les moyens pour ça ! a lâché Linda d'une voix fielleuse.

Puis elle a déclaré que Lisa allait l'accompagner à la petite église en bois située derrière le musée. Sur-le-champ !

Nous autres, on avait commencé à nous diriger vers la tombe de Shackleton, où Bengt allait nous faire une petite conférence.

— Mais… j'ai vraiment envie d'écouter la conférence de Bengt… a mollement protesté Lisa.

Linda n'a pas répondu, elle partait d'un pas déterminé en direction de l'église. Lisa avait l'air de vouloir dire quelque chose, mais elle s'est ravisée et s'est lancée sur les pas de sa sœur, avec un regard de regret par-dessus son épaule.

Si j'avais été une otarie à fourrure, j'aurais planté mes crocs dans le large derrière de Linda Borkmeyer et croqué un bon morceau. Mais je l'aurais recraché aussitôt !

Quand on est revenu à bord, il faisait un temps magnifique et on allait déjeuner sur le pont. C'était assez chaotique, peu de place et tout le monde qui riait et se bousculait, Bill avait installé un gros tonneau avec du chocolat chaud relevé au Bailey's. Les serveuses russes circulaient comme elles pouvaient entre les tables avec des plats débordants. J'ai remarqué que Linda a demandé au moins cinq mugs de chocolat amélioré, Lisa enchaînait les allers-retours pour les lui apporter. Bill a sans doute cru que Lisa les buvait toute seule et il l'a taquinée sur un ton dragueur qui la faisait rougir jusque dans le cou, mais elle n'a rien dit, paraissant malgré tout contente.

— Pas vrai que c'est une journée magnifique ? m'a-t-elle timidement dit, avec un regard rêveur sur la glace.

Linda avait une ride permanente de mécontentement au front, elle se plaignait de la nourriture à voix haute, alors que c'était super bon, du poulet en crapaudine avec de la salade, des frites et différentes sauces.

— Lisa, mon assiette est toute froide maintenant ! Tu es vraiment obligée de t'arrêter pour bavarder avec tout le monde ? a-t-elle houspillé sa sœur.

— Tu te tais maintenant, a dit Alba tout à coup. Tu ne vois pas que la pauvre fille n'a pas eu le temps d'avaler quoi que ce soit, tellement tu la mènes à la baguette !

Linda s'est arrêtée net, elle est devenue écarlate, parce qu'elle n'a sûrement pas l'habitude qu'on lui parle comme ça. Elle a jeté un regard furieux à Alba et ensuite à sa sœur, et je me suis dit qu'Alba, elle saurait gérer l'affaire, mais Lisa, la pauvre, risquait de passer un sale moment. Un vrai bras de fer.

À propos de fer, j'ai gardé un œil sur Carola Spanderman, la repasseuse. Entre elle et l'ornithologue

Peter, l'air est saturé de vibrations. Ils ne se sont pas lâchés du regard pendant la conférence tout à l'heure. Alba dit qu'ils exécutent une parade nuptiale, et je vais les observer pour apprendre comment on fait.

Je ne pense pas que papa me l'ait jamais appris.

TOMAS

Puis le soir est venu. Des fois je me dis que si je ne me tenais pas constamment sur une tourbière prête à m'engloutir, le bar de l'*Orlovsky* m'apparaîtrait comme un endroit agréable.

Les ornithologues sont dans leur coin habituel, se disputent joyeusement et comparent leurs notes. Des passagers de tout poil bavardent en buvant des gin-tonics, ils sont d'humeur rieuse quoique épuisés et ils arborent un coup de soleil rose vif avec un rond blanc autour des yeux, là où les lunettes de soleil les ont protégés. Les accompagnateurs arrivent et font leurs récapitulatifs sur un ton enjoué, ils racontent ce qu'on a vu et ce qu'on va voir, les prévisions météo et les fabuleuses observations qu'on aurait pu faire depuis la passerelle, mais qu'on a loupées. Derrière son comptoir, Bill des Malouines, rompu à l'affaire, drague les dames de tout âge en servant habilement des cocktails. Sa préférée de la soirée semble être Lisa qui est arrivée dans le sillage de son épouvantable grande sœur. Il lui a fait un clin d'œil et a feint de cacher ses bouteilles, sous-entendant qu'elle en commande trop.

On s'était installés, Wilma et moi, avec Sven et Alba, comme presque tous les soirs. La Borkmeyer

est passée devant Alba, la tête haute, cherchant ostensiblement des chaises vides à l'autre bout du bar, bien
que Lisa essaie de l'entraîner dans notre direction.
Avant que j'aie eu le temps de l'en empêcher, Wilma
leur a fait signe de venir nous rejoindre. À contrecœur, Linda s'est laissée tomber à côté de moi après
avoir envoyé sa petite sœur chercher à boire.

— Prends-toi un verre, toi aussi, tu peux le mettre
sur mon compte, comme d'hab'! lui a-t-elle lancé
d'un air souffrant.

Lisa s'est avancée vers le comptoir, le regard
vissé au sol, mais lorsque Bill lui a fait un autre clin
d'œil et qu'il a rempli son verre à ras bord, seulement le sien, elle a rougi et souri.

En regardant par la fenêtre, j'ai vu un iceberg passer dans la nuit bleuissante, et j'ai tout à coup eu
très envie de faire éclater leur foutue convivialité.

Je me suis mis à déblatérer sur la glace aux pôles
qui disparaissait plus vite qu'on ne l'avait cru, le
niveau des océans qui allait monter et les espèces
disparaître… La seule que j'ai réussi à rallier à ma
cause a été Linda qui a tout de suite hoché funeste-
ment la tête en disant que c'en était fini de la race
humaine.

— Pfft! s'est exclamée Alba. Si la race humaine
s'était contentée de rester assise sur ses fesses à
écouter des gens comme vous, jamais elle n'aurait
inventé le feu, elle se serait contentée de pleurer et
de pester contre l'obscurité!

— Oui, oui, c'est très bien d'être optimiste, a dit
Linda d'une voix condescendante, mais on sait bien
comment sont les gens! Ils veulent leurs commodités,

ils ne peuvent pas se passer du pétrole et de l'électricité !

Elle parlait comme si elle-même n'en faisait pas partie.

C'est alors que Wilma est intervenue.

— Non mais sérieusement, nous les Occidentaux, on est les seuls à avoir accès à tout ce confort ! Et d'ailleurs, il n'y a pas si longtemps que ça, les gens n'avaient ni pétrole ni électricité dans le monde occidental ! Vous croyez qu'ils n'étaient pas heureux pour autant ? Qu'ils passaient leur temps à regretter les jacuzzis et les 4×4 urbains ? Qu'ils étaient déprimés parce qu'ils partaient camper à vélo au lieu de prendre l'avion pour la Thaïlande ?

— Écoute, très chère Wilma, a dit Linda, se tournant vers elle, prête à mordre, tu as bien envie, toi aussi, de découvrir le monde, n'est-ce pas ? À combien s'élèvent tes émissions de CO_2 pendant ce voyage, à ton avis ?...

Wilma n'a pas répondu, mais Alba a pris Linda entre quatr'z-yeux.

— Sache que quand j'étais petite, il y a un siècle, nous sommes partis une fois avec ma classe faire des tours de manège à Gröna Lund à Stockholm. Je veux bien parier qu'on s'est autant amusés que les mômes d'aujourd'hui au club Mickey sur la plage de Phuket !

Wilma a tenté de changer de sujet et s'est mise à parler de la surconsommation et de la quantité d'eau qu'il faut pour fabriquer un tee-shirt.

— Dites ça à ma sœur ! s'est bidonné Linda. Elle adore faire du shopping ! Vous avez vu comme elle s'est lâchée tout à l'heure à Grytviken ?

Lisa a inspiré une grande goulée d'air. Ses mains ont commencé à trembler, elle a dégluti et fermé les yeux. Et soudain, elle s'est à moitié levée et a prononcé un discours enflammé, mais légèrement brouillon :

— Tu as raison ! J'ai acheté des choses, pas beaucoup, mais j'aurais mieux fait de ne rien acheter du tout ! Si la Terre se réchauffe, la faute nous incombe, à nous dans les pays riches ! Nous devrions faire comme les gens des pays pauvres, eux, ils recyclent tout… Moi, je crois en une société d'occasion ! De grands hangars remplis d'objets qu'on échange plutôt que d'acheter du neuf ! Et on garde tout ce qui peut être réparé ! D'ailleurs, dans quelques années, comment allons-nous regarder ceux qui roulent en 4×4 en ville et qui font le tour de la Terre en avion ? Nous les lyncherons !

Bill derrière le comptoir a cessé d'essuyer des verres pour écouter, lui aussi, bien qu'il ne comprenne pas un mot de ce que disait Lisa. Elle lui a lancé un regard et a rougi de nouveau.

C'en a été trop pour Linda. Elle s'était pas mal vantée de son SUV bleu marine flambant neuf.

— Ma petite Lisa, c'est facile de dire ça, mais j'aimerais te voir ramper sur des tas d'ordures à la recherche d'objets à recycler ! Tu as une gentille grande sœur qui s'occupe de toi, ne l'oublie pas ! Tu ne déclines pas l'offre d'un voyage de luxe comme celui-ci quand on te le propose ! Et maintenant il est l'heure pour nous d'aller au lit !

Elle a éclusé son gin-tonic et s'est levée sans un regard pour nous autres, supposant que petite sœur, quarante-deux ans, la suive comme toujours. Et c'est ce qu'elle a fait, la tête basse et les yeux pleins de honte. Elle n'a même pas lorgné du côté de Bill.

WILMA

— C'était quoi, ce barouf à votre table?

Bill était curieux après avoir vu une Linda furibarde s'en aller, entraînant la pauvre Lisa dans son sillage. On lui a raconté et il a hoché la tête, songeur.

— Pour ma part, je suis un optimiste malgré moi, a-t-il déclaré. Quand on est barman, on en vient à ne pas avoir une très haute opinion de l'humanité, mais je crois en la vertu des lois et des règlements. Ils vont y arriver, à nous faire conduire des voitures électriques et à prendre le train et éteindre la lumière en sortant d'une pièce, croyez-moi! Quand on parvient à faire respecter une interdiction de fumer dans les pubs britanniques, tous les espoirs sont permis!

— Un point de vue simple, mais intéressant, ai-je dit quand on est retournés à notre table où on était seuls désormais, Tomas et moi. La législation a réellement su imposer aux gens de mettre leur ceinture de sécurité et d'arrêter de battre leurs enfants. Et pour ce qui est de l'enjeu climatique, on peut effectivement les menacer de mort s'ils n'obéissent pas.

Tomas m'a jeté un regard las.

— Sais-tu qu'il nous reste très peu d'années pour inverser la tendance?

— Est-ce une raison pour abandonner dès maintenant ? ai-je répliqué en m'énervant toute seule. As-tu oublié Shackleton, toi qui l'admires tant ? Et si tu avais été là, quand l'*Endurance* a été broyé par les glaces ? À tous les coups, tu aurais juste soupiré avant de t'installer pour te laisser mourir de froid ! Jamais un instant tu n'aurais tenté le pari de traverser plus de mille kilomètres de mer parmi les glaces flottantes dans une petite barque et ensuite de franchir une chaîne de montagnes, contre tout espoir ! Et ton équipage au complet serait mort avec toi ! Moi, je vais me joindre à tous ces jeunes qui s'allongent sur le tarmac pour stopper le trafic aérien ou qui crèvent les pneus des 4×4, je vais devenir une hors-la-loi ! Je vais appeler mon groupe Shackleton et notre cri de guerre sera *Économiser ou mourir* ! Et je signerai un document pour le don de mes organes.

J'ai soudain senti que tous mes compteurs étaient dans le rouge, comme Tomas dit toujours. Je n'ai plus eu d'énergie, je suis tombée en arrière sur la banquette, en haletant. Alarmé, Tomas m'a regardée, mais j'ai secoué la tête. Ben oui, je pouvais tout aussi bien devenir une martyre et me jeter devant un Jumbo-jet, bientôt je ne serais d'ailleurs bonne qu'à ça.

Le bar s'était vidé petit à petit. Un groupe de joyeux ornithologues en route pour le pont a fait remarquer en passant qu'ils avaient le hobby le plus économe en énergie du monde ! Chez eux, ils ne dépensaient même pas dix centilitres de pétrole, ils se déplaçaient à vélo pour leurs observations.

Je leur ai adressé un sourire fatigué. Mon oreille gauche a capté Carola Spanderman en train de défendre bec et ongles les avantages climatiques de son fer à repasser à piles. Tout à coup j'ai senti une main chaude sur la mienne. Celle de Tomas.

— Tu as quelque chose d'un Don Quichotte ! Tu lèves la lance et le menton et tu pars sur ton cheval te battre contre des moulins à vent. Je ne sais pas si tu es la femme la plus sage ou la plus cinglée que j'aie rencontrée dans ma vie, mais peu importe. Tu seras une maman formidable !

— Je ne me bats pas contre des moulins à vent ! ai-je marmonné, gênée. D'ailleurs, je vais m'occuper des moulins, il faudra tous les électrifier !

Je regrettais terriblement de lui avoir fait croire que j'étais enceinte, c'était parfaitement crétin et trop tard maintenant pour revenir en arrière. Mais je n'ai pas retiré ma main. C'était tellement bon ! Depuis quelque temps, on ne me touchait pas très souvent.

Tout à coup, Tomas m'a regardée droit dans les yeux, un long moment.

— Je me demande ce qui se serait passé si je t'avais rencontrée avant de rencontrer Sanna.

— La réplique de drague la plus pourrie des hommes mariés, ai-je dit sur un ton léger. Ça ne prend pas avec moi, tu le sais.

— Elle est un peu moisie, tu as raison, a-t-il souri. Je pensais plutôt au fait que tu crois tellement fort en tout. Es-tu réellement aussi optimiste que tu le dis ou bien est-ce que tu fais ce que tu peux pour te leurrer toi-même ? Parfois j'ai du mal à te cerner.

— À mon avis, c'est toi qui te leurres ! Parce que tu as opté pour le genre *Pourquoi jouir quand on peut souffrir ?*

189

On a observé un silence amical un moment. Puis il a soupiré :

— J'aurais voulu que tu m'apprennes à jouer au jeu du contentement ! Mais je crois qu'il est trop tard. Malheureusement. Ça te rendrait morne et triste de me fréquenter, et quand je t'aurais entraînée au fond, j'en aurais assez de toi et j'irais vider quelqu'un d'autre de sa joie de vivre !

— Qu'est-ce que tu sais de ma joie de vivre ? ai-je murmuré, soudain fatiguée de jouer la rigolote de service.

Surpris, il m'a regardée, mais de toute évidence il n'a pas compris que c'était une question.

On était seuls dans le bar désormais et les yeux de Bill étaient devenus deux fentes remplies de sommeil. Il était en train de faire la caisse, il avait envie de nous voir décamper.

— Cette nuit, ça va balancer ! Allez, oust maintenant, et essayez de dormir. J'espère que vous avez pris vos Mercalm !

Eh bien non, pas moi.

ALBA

C'était vraiment une observation intéressante, voir le krill se mettre en travers de la gorge de cet épouvantable pétrel de Linda. J'ai décerné le titre de krill à sa pauvre sœur qu'elle semble avoir emmenée dans ce voyage uniquement pour avoir quelque chose à ronger, comme un casse-croûte qu'on emporte.

Jusqu'à présent, la sœur a été ballottée dans son sillage, sans volonté, mais apparemment même le krill peut en avoir assez, bien qu'il soit transparent et sans consistance. On ne devrait jamais sous-estimer le krill, tout l'écosystème est basé sur sa présence pour se repaître ! Que deviendrait Linda si elle n'avait pas Lisa à mener à la baguette ? Il faut que j'y réfléchisse et que je l'introduise dans mes espèces en ruine.

D'un autre côté, Lisa semble délibérément avoir pris sur elle d'atténuer les fausses notes de Linda. Par exemple hier, quand je suis arrivée en retard pour le dîner. Sven m'a fait signe, il était coincé à table entre les deux sœurs. Le navire avait commencé à rouler légèrement. La serveuse russe a essayé de les servir, mais elle a été déstabilisée et les a éclaboussés de soupe. Un peu. Sven a ri, alors que Linda a dramatisé l'incident, s'est levée en braillant pour essuyer une tache pratiquement invisible avec la serviette amidonnée. Puis elle a marmotté des propos dans un anglais boiteux, je crois qu'elle parlait de dédommagement, et elle est partie. Je me suis rapidement glissée à sa place, tandis que Lisa essayait de consoler la serveuse. « *Very good soup! Very, very good!* » a-t-elle répété plusieurs fois. Pauvre petit krill.

Nous avons mangé notre velouté d'asperge avec quelques difficultés, le pourchassant dans l'assiette, avant de planter notre fourchette dans une côte de porc. Après avoir vu un plateau entier chargé de tartelettes garnies de mousse à la fraise atterrir par terre, nous avons fait l'impasse sur le dessert, comprenant qu'il y aurait pénurie.

Nous avions désormais laissé la Géorgie du Sud loin derrière, nous étions entrés en mer de Weddell pour la traversée vers la péninsule antarctique, et une tempête se préparait à éclater. Il y avait aussi une tempête dans le bar le soir, la discussion sur la conscience environnementale s'étant poursuivie même après la bataille livrée par Lisa. Pouvons-nous réellement nous accorder le droit de naviguer avec des bateaux à moteurs diesel dans ces eaux vierges ? Que va-t-il se passer quand la pression touristique se resserrera autour des derniers espaces sauvages de la Terre ? Ça avait commencé à rouler sérieusement, et tout le monde se retirait vers sa cabine, en s'aidant des mains courantes le long des murs. Pour finir, il ne restait que Tomas et Wilma, et puis l'autre, là, Göran, avec sa femme tyrannisée, il frimait avec ses qualités de marin.

C'est fou, le roulis qu'il peut y avoir sur un bateau en haute mer. Au fur et à mesure que le vent fraîchissait en tempête, des tas de bruits se produisaient un peu partout. Des chaises se renversaient et des portes claquaient. Moi aussi, j'ai gagné ma cabine, en me halant en haut des escaliers à l'aide des rampes, et j'ai grimpé dans ma bannette. Wilma est arrivée une petite heure plus tard, elle a traficoté un peu avant de se coucher, se faisant ballotter entre les murs.

Je me suis réveillée dans la nuit, elle était malade, dans la couchette en dessous, mais elle a décliné mon aide.

— Ça fait du bien de se sentir mal de temps en temps, a-t-elle soufflé. Tu imagines l'enfer qu'ils ont vécu, tous ces navigateurs au fil du temps à bord… des… gros… voiliers…

Elle a été obligée de s'extirper du lit pour se précipiter aux toilettes.

Une vague énorme s'est dressée devant le hublot. Elle a donné un tel coup dans le flanc du navire que les bloqueurs de tiroir de ma commode ont sauté, et tous les tiroirs avec mes quelques vêtements ont dégringolé au sol. Il était hors de question d'essayer de descendre de la couchette pour les ramasser, même si Wilma allait sans doute vomir dessus tôt ou tard, on était comme dans des montagnes russes maintenant ! Je me suis cramponnée de mon mieux à mon lit, je pense que je n'ai pas fermé l'œil de toute la nuit. Mais les comprimés contre le mal de mer ont fait leur boulot et au matin je faisais partie des rares personnes capables d'aller petit-déjeuner. Nous n'étions que seize passagers sur cinquante dans la salle, même le personnel était réduit. La femme de Göran s'y trouvait, pour une fois sans son mari. Elle gazouillait joyeusement avec les uns et les autres, les joues rosies de plaisir.

Tomas a demandé des nouvelles de Wilma et je lui ai fait savoir qu'elle ne souhaitait probablement pas recevoir de visite en ce moment. Il voulait sans doute être plaint comme d'habitude, il avait l'air plus morne que jamais. Et voilà qu'elle n'était pas disponible, quel malheur !

J'ai échangé quelques mots avec Sven qui avait passé la nuit à faire la navette entre les cabines. Il s'était occupé de Wilma aussi.

— Tout le monde devrait connaître un bon mal de mer de temps en temps, a-t-il marmotté. Ça vous rend humble et doux, on se rend compte qu'on n'a pas grand-chose à opposer à la nature. Je crois que je vais inventer un comprimé de mal de mer qui fonctionne à l'envers. Pour le jeter dans le gosier des tyrans omnipotents aux quatre coins du monde quand ils s'apprêtent à envahir un pays, ou à dévaster une forêt, ou simplement à battre leur femme. Eh ben oui, je vais le faire ! Et j'inventerais aussi l'antidote, et ensuite je serais à l'abri du besoin.

Je pense que Sven est une baleine bleue. Grand, aux formes rondes, à l'esprit amical. Il ouvre la soupape de temps en temps et souffle de l'eau par giclées inoffensives. Et d'une étrange façon sousmarine, il communique aussi avec autrui, si bien que tout le monde se sent rassuré en sa compagnie.

Notre conversation en tête à tête n'a pas duré bien longtemps. Ulla et Margareta, des labbes parasites en quête d'une proie, se sont assises près de lui, chacune d'un côté, et ont commencé à le nourrir de leurs symptômes. J'ai titubé jusqu'à ma cabine, en rampant pour monter les escaliers, cramponnée à la main courante, et me suis glissée dans le lit de nouveau.

C'est incroyable quand même qu'on puisse à ce point désirer une chose aussi simple : que le plancher cesse de bouger !

WILMA

Je m'étais débarbouillée et lavé les dents du mieux que j'ai pu par cette mer démontée. Agrippée au lavabo pour me regarder dans la glace, j'ai vu que j'avais du dentifrice sur le menton et dans les cheveux, et à chaque coup de roulis, j'étais propulsée contre les tuyaux en cuivre brûlants de la douche. Une petite cloque à chaque fois. On aurait dit que j'avais la rougeole. Mais j'ai réussi à rejoindre ma couchette et ensuite l'enfer s'est déchaîné.

Au début je n'ai pas compris ce qui m'arrivait. Les crevettes du dîner n'étaient probablement pas très fraîches, mais ça, le personnel de la cuisine n'y était pour rien ! Mon malaise a empiré, s'est installé comme un poids sur ma poitrine, et soudain…

Eh bien, c'est un repas que j'avais avalé pour rien, pourrait-on dire. Une fois arrivé dans mon estomac, il est aussitôt revenu sur ses pas. J'ai essayé de faire la sourde oreille au bavardage d'Alba et à ses gémissements qui m'énervaient, jusqu'à ce que je comprenne que c'était moi qui gémissais. Le mal de mer ! Il s'est avéré être exactement aussi horrible qu'on le prétend, voire pire.

Au début, je réussissais à me traîner aux toilettes quand les attaques m'assaillaient, mais très vite, cela m'a paru au-dessus de mes forces. J'ai extirpé un sac en caoutchouc étanche de mes bagages que j'ai posé à côté de mon oreiller, puis j'ai passé la moitié de la nuit à vomir dedans, sans me gêner. Du coup, le sac a trouvé son utilité ! Je me suis demandé si Tomas aussi était cloué au lit, deux mètres de journaliste d'investigation réduit à un paquet patraque ? ! Alba s'était déjà endormie, imperturbable, une main fermement serrée autour du montant près de la tête, même dans son sommeil.

Vers quatre heures du matin, j'ai pleuré, bruyamment. Bien sûr, j'avais compris que je n'allais pas mourir, en tout cas pas ici et maintenant – mais tout ce que j'avais en tête, c'est que personne ne trouverait le monde spécialement appauvri si je disparaissais. Je suppose que je devais me sentir à peu près comme Tomas quand il est en plein apitoiement sur son sort – mais j'étais physiquement épuisée aussi, c'est un rude combat d'essayer de se maintenir dans un lit au plus fort du roulis. Et on en sort complètement cassé. Assez, assez, qu'on immobilise ce bateau !

J'ai commencé à comprendre ce que ça devait être pour les émigrants suédois qui rejoignaient l'Amérique il y a une centaine d'années, ou pour les esclaves africains qui y étaient transportés enchaînés les uns aux autres dans le noir. Les cris, les pleurs, les odeurs, l'angoisse de la mort. Adultes et enfants, femmes et hommes. Semaine après semaine.

Mais aussi pour celui qui devait tirer un canon sous le pont d'un vaisseau pendant une bataille navale – se sentir comme je me sens pendant que les bordages explosent sous les balles et que le navire est en feu !

Les êtres humains ont survécu à des souffrances inouïes et je ne comprendrai jamais où ils ont puisé la force. Moi, qui étais donc allongée là à essayer de me réjouir de ne pas être soudée à un banc de nage ou de ne pas avoir à consoler un enfant en même temps que j'avais la nausée…

Vers cinq heures, Alba est partie tout doucement chercher Sven qui est venu me faire une piqûre et tout à coup je me suis sentie en forme à nouveau, quoique fourbue comme si j'avais couru un marathon. Et aussi docile qu'un agneau.

J'ai réalisé que j'avais envie de me plaindre devant Tomas.

TOMAS

La tempête s'est acharnée sur le bateau et bien qu'on nous ait déconseillé de le faire, je suis sorti sur le pont un moment. Le vent était tellement fort que la porte a failli s'arracher de ses gonds. Tout autour, il n'y avait qu'une obscurité grise et brumeuse. J'ai ouvert la bouche et le vent l'a remplie jusqu'à ce que j'aie les joues gonflées comme celles d'un trompettiste.

Je me suis demandé comment allait Wilma, on avait rigolé dans le bar et dit que si elle commençait à devenir verte, je prendrais une photo d'elle, pour en faire une carte de vœux. Du rouge et du vert, les joyeuses couleurs de Noël !

Tout à coup j'ai dérapé sur une plaque de glace et glissé vers le bastingage, à un endroit où il n'était qu'un simple garde-corps. Je suis tombé et pendant un court moment j'ai paniqué – je pouvais très bien passer sous la rampe et disparaître dans une des vagues qui attaquaient le navire avec tant de violence ! Certaines faisaient facilement sept, huit mètres de haut, c'était incroyable que l'*Orlovsky* puisse continuer sa route aussi imperturbablement.

Assez intéressant comme situation. Un candidat au suicide qui voit sa mort servie sur un plateau

– tiens, tu n'as qu'à lâcher prise, tu ne vas peut-être pas survivre même si en fin de compte c'est ce que tu veux ! Est-ce qu'il le fait ? Non, je pense que c'est là que la farouche et inconsciente volonté de vivre se manifeste. Personne ne songe à se supprimer quand il se trouve en danger de mort imminent. Il faut être au calme pour sauter le pas.

Avec quelques difficultés, je suis retourné à l'intérieur. C'était l'heure d'aller au lit, est-ce que j'allais pouvoir dormir ? Sur le chemin pour rejoindre ma cabine, j'ai entendu une lourde respiration derrière moi. C'était Göran qui arrivait en faisant des moulinets avec ses bras, il pagayait tant qu'il ne se servait même pas de la main courante pour avancer, il ricochait entre les murs comme une bille de flipper. Ses rares cheveux gris étaient collés sur son grand front osseux, il serrait ses minces lèvres et son visage était blanc comme de la craie. Il a évité de me regarder, gardant le cap sur sa cabine.

À mon avis, c'était un homme qui regrettait d'avoir fait étalage de son pied marin devant tout le monde dans le bar.

Je pense que Wilma a passé un sale moment pendant la traversée de la mer de Weddell, je ne l'ai pas vue et ce n'était pas un bouledogue joyeux qui s'est faufilé dans la salle à manger hier soir pour grignoter un bout de biscotte en luttant pour l'avaler tout en essayant de sourire. C'était à vous fendre l'âme et pour une fois je me suis abstenu de la taquiner. Je n'en reviens pas d'être tombé aussi bas – quand pour une fois j'aime sincèrement quelqu'un, la chose la plus gentille que je trouve à faire, c'est de ne pas la faire chier. Moi, qui étais un rayon de soleil quand j'étais petit. D'après ma grand-mère en tout cas, mais elle le disait seulement quand elle déplorait qu'adulte, je me sois transformé en rabat-joie. Elle avait toujours rêvé de me voir pasteur, à la place je suis devenu journaliste et j'ai révélé que son pasteur préféré piquait l'argent de la quête. Elle ne me l'a jamais pardonné.

LENNART JANSSON – BRITTMARI JANSSON

Je sais ce que je veux, et je sais qu'elle le mérite, et ça va se faire. Elle est pire que jamais. Elle fait savoir au cuisinier qu'elle adore ses plats, se lèche les babines et fait claquer sa langue tout en le regardant longuement dans les yeux. Elle est comme un pot de colle autour de l'équipage russe, hier elle a enlacé le commandant parce qu'il lui a montré je ne sais quoi, elle reste sur le pont et gazouille avec les marins...

Pourquoi faut-il que je complique tant les choses ? C'est en train de virer comme toutes les autres fois. J'ai des tonnes de plans, mais je n'arrive pas à me décider et résultat des courses, rien n'est fait ! Ça a failli l'année dernière dans cette grotte à Majorque, mais au moment où j'avais trouvé un coin sombre et reculé où cacher le corps, un endroit où personne ne la chercherait avant qu'elle commence à sentir mauvais, un foutu orchestre a surgi au détour d'une stalactite et s'est mis à jouer de la mandoline ! Et voilà que j'échoue encore une fois, seulement parce que j'invente des trucs trop compliqués ! Pourquoi ne pas simplement aller sur le pont avec elle et la balancer dans la flotte ? D'accord, ils vont me soupçonner, mais personne ne pourra prouver quoi que ce soit. C'est comme ça qu'il faut que je m'y prenne.

Hum… comment faire pour l'entraîner sur le pont ? Si je lui demande de sortir regarder la lune avec moi, rien que nous deux, elle se méfiera tout de suite. On ne fait pas ce genre de choses, jamais. Il faut trouver une autre astuce… Oh. Je sais. C'est si simple.

Je lui laisse un mot signé… de Bengt peut-être ? Ou du commandant ? En mauvais anglais ! Oui !

« Deer madame 502, weesh to meet you on top deck thiss night at 12 clock, yees ? Captain Grigorij Stokovsky. »

Oui, bon, je ne connais pas son nom de famille, mais elle non plus. Elle va tout gober. Et quand elle va se pointer là, habillée de peu et lourdement maquillée, qui va surgir de derrière la cheminée ? Moi, son époux depuis vingt-sept ans. Surprise !!

Je demanderai à la serveuse russe de lui donner le mot au dîner ! Ça va marcher ! C'est crédible ! Ce soir, au dessert. Je me réjouis de voir sa mine !

(Trois heures plus tard)
Mais putain, elle est où ? J'ai donné le mot à Irina, mais elle dit qu'elle n'a pas trouvé madame au dîner. Où est-ce qu'elle est, merde à la fin ? J'ai demandé à tout le monde, même aux ornithologues qui sont au courant du moindre cul emplumé qui a survolé ce bateau cette dernière semaine. Mais ils n'ont pas vu Brittmari, disent-ils en me regardant d'un drôle d'air. Et la nana qui s'est fait

photographier sous tous les angles en faisant du repassage sur fond d'icebergs, elle non plus ne l'a pas vue, mais je pense qu'elle n'a aucune idée de qui est Brittmari. J'ai demandé aux accompagnateurs, Bengt, Mirja et Magnus, et ils se lancent des regards sous-entendus et disent qu'ils vont chercher. Puis ils partent chacun de son côté, d'un pas déterminé. Putain, qu'est-ce qui se passe ? Pourvu qu'elle ne soit pas tombée par-dessus bord, merde quoi ! La mer est assez démontée maintenant !

ALBA

Il s'est passé une chose cocasse pendant la tempête aussi, peu après le dîner. Ou affligeante peut-être, à chacun son point de vue. Ça a commencé avec ce petit homme grincheux du pont 5, Lelle, qui demandait à tous ceux qu'il croisait s'ils avaient vu sa femme, Brittmari. Personne ne l'avait vue. Il s'est fait de plus en plus bruyant, hurlant aux gens que putain de merde, quelqu'un l'avait forcément aperçue quelque part, mais on pouvait voir qu'en réalité il s'inquiétait et que la panique n'était pas loin. Personne n'avait très envie non plus de le suivre à l'extérieur pour la chercher, le vent avait terriblement forci. Dès le dîner, il y avait plusieurs chaises vides, et je lui ai dit d'aller vérifier dans la cabine, elle ne se sentait peut-être pas bien? Il a plissé le front en me faisant savoir qu'il y allait toutes les dix minutes et qu'elle n'y était pas.

Il a fini par la trouver. Et c'est moi qui l'ai mené jusqu'à elle, involontairement. Je voulais essayer d'échanger mes bottes pour une nouvelle paire, celles que j'avais prenaient l'eau. Et les bottes sont rangées dans un grand placard dans la salle de conférence. À une heure aussi tardive, la salle est évidemment fermée et plongée dans le noir, mais Bengt m'avait prêté la clé. Je venais juste de descendre l'escalier, péniblement en serrant fort les deux mains courantes – le bateau tanguait sérieusement – quand j'ai entendu Lelle dans le couloir.

— La salle de conférence ? Tu crois qu'elle peut être dans la salle de conférence ?

Il n'avait que ça en tête, sa femme aux mœurs déréglées. C'était le dernier endroit où je m'imaginais pouvoir la trouver, mais pour le rassurer, j'ai quand même ouvert la porte et allumé la lumière.

Et la voilà.

Nue comme un ver, sur un matelas qui avait été transporté là, avec un marin russe, un type massif. Je pense que je n'ai jamais rien vu de plus scabreux, la scène étant agrémentée par le fait que Brittmari était à quatre pattes, en train de dégueuler. En plissant les yeux vers la lumière, le marin a proféré un chapelet de jurons en russe. Et qu'a fait le petit coléreux ?

— Brittmari, a-t-il hululé. Brittmari ! Enfin je t'ai trouvée !

Il s'est dirigé droit sur le matelas, a dérapé dans le vomi, n'a prêté aucune attention au Russe, mais a happé un anorak orange dans le placard pour couvrir sa femme, puis il l'a relevée avec une attention aussi douce que si elle s'était brisé le dos et l'a fait sortir de la salle tout en lui murmurant des mots tendres à l'oreille. Je l'ai entendue sangloter de l'autre côté de la porte.

Le Russe m'a dévisagée pendant qu'il se rhabillait. Il savait très bien qu'il pouvait être licencié pour ça. L'idée générale n'est pas que l'équipage fraternise autant et aussi librement avec les passagers. Il a remorqué le matelas en jetant des regards inquiets par-dessus son épaule et je l'ai rassuré d'un hochement de la tête et d'un doigt passé sur mes lèvres. Je serais une tombe. Je n'avais aucune raison de le dénoncer.

Ce n'est pas souvent qu'on croise une telle passion incurable comme celle de Lelle. Faire livrer des bouquets de roses et murmurer des paroles enflammées est à la portée de tout le monde, mais qui est prêt à essuyer le vomi de sa bien-aimée ? Qu'il vient de trouver dans les bras d'un autre ? J'ai regardé Lelle avec un respect sincère. J'espère qu'elle va comprendre la chance qu'elle a avant qu'il ne disjoncte et les trucide tous les deux !

Après m'être déniché une paire de bottes en meilleur état, je suis remontée au bar avec mon carnet de notes. Est-ce que les animaux ressentent de la passion, je veux dire pour un animal particulier du sexe opposé ? Ou carrément du même sexe ? J'ai lu des articles sur ce couple de manchots homosexuels dans un zoo qui essayait de couver une pierre ensemble. Question intéressante. Faut que j'en discute avec Sven.

MONA ALVENBERG – GÖRAN ALVENBERG

Comme ils sont sympas, nos compagnons de voyage !

Et je ne l'aurais jamais su si Göran n'avait pas eu un tel mal de mer. Il est encore allongé dans la cabine, il ne fait que gémir quand j'y jette un œil. Je le fais de moins en moins souvent, ça ne sent pas vraiment la rose là-dedans.

Moi non plus, je ne me sentais pas trop bien le premier jour en mer de Weddell, mais je m'étais bourrée à temps de Mercalm et j'ai suivi à la lettre les conseils et les recommandations que Sven nous avait donnés la veille au soir. J'ai mangé modérément, je n'ai pas bu d'alcool, suis allée me coucher tôt, tandis que Göran, lui, est resté au bar à raconter à ceux qui voulaient bien l'écouter qu'il n'avait jamais eu le mal de mer. Ce qui est sans doute vrai – mais il n'a pas précisé qu'il n'avait jamais vraiment pris la mer, seulement fait des tours en hors-bord sur le lac chez nous. Une fois il avait connu un « large coup de vent », a-t-il dit. En hors-bord, donc. Je ne comprends pas qu'il ait pu être aussi imprudent et avancer ce genre de choses, mais il y avait déjà plusieurs personnes qui avaient commencé à se sentir un peu mal et s'étaient couchées immédiatement après le dîner, alors que Göran se sentait toujours en forme. Il pensait sans doute sincèrement qu'il était résistant au mal de mer.

Je me suis réveillée dans la nuit en l'entendant rendre tripes et boyaux dans les toilettes. Ce n'était pas spécialement agréable à entendre, mais j'ai serré fort les paupières et me suis rendormie. Je savais que je ne pouvais rien pour lui, c'est inutile de prendre des comprimés quand le mal s'est déjà manifesté, on les vomit tout de suite. D'une façon ou d'une autre, j'ai réussi à m'hypnotiser et j'ai dormi, bien que le roulis soit tel qu'il était difficile de se maintenir dans la couchette. Ça a continué pendant toute la nuit, et je me suis réveillée de temps en temps. Je l'ai entendu se traîner entre les toilettes et la couchette.

Au matin, ça s'était un peu calmé, mais la mer a la mémoire longue et une forte houle roulait contre la coque du navire. Göran avait tiré les rideaux de sa couchette et quand j'ai chuchoté tout doucement « Tu dors ? », je n'ai eu qu'un gémissement pour toute réponse. Il n'essayait plus d'atteindre les toilettes entre les crises, il avait un sac plastique à côté de lui dans le lit. Il avait vomi par terre aussi.

— Je vais aller chercher Sven ! ai-je dit. Je crois qu'il peut faire une piqûre à ceux qui vont vraiment, vraiment mal.

Mais je n'ai pas eu le droit de dire un seul mot à qui que ce soit. Pas un mot ! Et je ne devais pas appeler la femme de chambre russe non plus pour qu'elle nettoie, je pouvais bien faire ça pour lui !

Je crois qu'il ne voulait pas que je descende pour le petit-déjeuner, que je reste dans la cabine avec lui, mais j'ai fait comme si je ne comprenais pas ce qu'il disait, j'ai essuyé par terre et me suis préparée à partir. Il était trop faible pour protester.

— Tu veux que je t'apporte quelque chose ? ai-je demandé. Un peu de thé et des biscottes, peut-être ?

Je l'ai entendu geindre derrière son rideau. Il a été pris d'un accès de toux, puis il a vomi de nouveau dans le sac. Il ne devait rester que de la bile à ce stade. Je me suis dirigée vers la porte.

— Si quelqu'un me demande, tu n'as qu'à dire que je suis sur le pont en train de faire des observations, a-t-il gémi faiblement.

Pftt ! me suis-je dit, qui donc va s'inquiéter de lui ? Nous n'avions toujours pas eu le moindre contact avec un seul de nos compagnons de voyage, puisqu'il veillait en permanence à ce que nous soyons isolés tous les deux. Il n'aimait même pas que les accompagnateurs essaient de se montrer agréables et de bavarder avec nous. « Qu'ils fassent leur boulot, c'est suffisant. Nous n'avons pas besoin de dames ou de messieurs de compagnie », a-t-il éludé plus d'une fois.

Il n'y avait pas grand-monde dans la salle à manger. Ceux qui étaient debout marchaient les jambes écartées avec leur plateau en équilibre, de temps en temps un verre de jus d'orange ou une tasse de café se renversait et ça giclait partout. Tout le monde riait et se parlait et racontait combien ils avaient été malades, c'était une atmosphère amicale et sympa. Je me suis assise à une des tables du milieu et j'ai commencé à parler à droite et à gauche. Ulla et Margareta, deux femmes de mon âge, s'étaient installées à la table des hommes qui voyagent seuls, il y avait une ambiance de folie. La vieille dame qui s'appelle Alba, je crois, m'a souri.

— Quelle surprise, vous avez retrouvé votre liberté ? a-t-elle lancé.

Je ne savais pas trop comment interpréter ses propos, mais je me suis sentie rougir. Ensuite je suis restée longuement dans le bar avec une jeune femme qui s'appelle Carola, elle m'a raconté des choses vraiment intéressantes à propos de son fer à repasser et de sa stratégie de promotion. Sven est venu me demander comment ça allait, et j'ai répondu, puisque j'y étais obligée, que Göran était dehors en train d'observer les oiseaux. Il a ri.

Göran a été malade pendant presque deux jours. Ce n'est que quand nous avons commencé à nous approcher de la péninsule antarctique qu'il a pu se lever et je pense qu'à ce stade-là j'avais adressé la parole à presque tout le monde à bord. Ceux avec qui j'ai fait connaissance sont venus demander à Göran comment il se sentait et il a invariablement répondu qu'il avait dû manger un truc avarié. Jamais il n'avouera autre chose.

ALBA

Le premier jour en pleine mer, des conférences intéressantes nous étaient proposées. Quelqu'un a apparemment nettoyé la salle après l'aventure de Brittmari, peut-être son Russe ? Le bateau bougeait encore pas mal, des passagers pâlots, le front couvert de sueur, se sont présentés pour en apprendre davantage sur la cruelle histoire de la chasse à la baleine, sur les différentes espèces de manchots et sur de valeureux explorateurs. Plusieurs personnes ont brillé par leur absence, dont Wilma que j'avais abandonnée à sa misère dans la cabine.

Je suis étonnée de voir tout le monde en admiration inconditionnelle devant sir Ernest Shackleton ! À ma connaissance, c'était un monsieur assez vaniteux, avec son élégante raie au milieu et ses moustaches retroussées, qui racontait volontiers ses exploits lors de garden-parties et dans des pensions pour jeunes filles. Et les gens ne semblent absolument pas dérangés par le fait que pratiquement tous ses projets ont échoué. Je veux dire, il voulait être le premier homme à atteindre le pôle Sud et au cours de cette expédition-là, il n'a même pas réussi à débarquer en Antarctique !

D'ailleurs, ils sont probablement tous aussi vaniteux les uns que les autres, ces garçons-là – pourquoi sinon les promontoires, les îles, les détroits et les plages des eaux de l'Antarctique seraient-ils nommés d'après un homme qui y a posé un pied ? Amundsen, Scott, Weddell, Paulet, Gerlache, Lemaire, Ross… Le rêve de laisser ses empreintes sur l'éternité. L'extrémité sud comme ultime symbole phallique !

Le deuxième jour de navigation en haute mer, les guides de notre expédition s'étaient montrés vraiment vaillants, ils avaient réalisé au beau milieu de la tempête un montage d'images d'un des événements les plus spectaculaires de ce voyage. Le sujet était un monstre marin, un vrai, issu de la vraie vie.

Quand j'étais enfant chez moi dans le Hälsingland, je fréquentais la même école qu'un garçon qui s'appelait Sven-Erik, dit Svempa. Nous avions le même âge et il n'était pas beaucoup plus grand que moi, ni que les autres élèves, mais il était le roi de la cour de récréation et parfaitement détestable. Je me suis souvent demandé pourquoi nous nous écartions tous de son chemin et lui obéissions au doigt et à l'œil. Je crois que c'est parce qu'il prenait le pouvoir par sa seule volonté et qu'il était sans retenue. Les enfants sentent ce genre de choses et ils le respectent. Quand Svempa était mécontent de l'un d'entre nous, un éclat de folie s'allumait dans ses yeux et il passait à l'attaque comme un taureau bien décidé, nous menaçant avec un club de hockey, une branche cassée, son cartable ou simplement avec les poings. Il décidait que certaines zones de la cour d'école étaient son territoire personnel pour garer son vélo ou jouer au ballon, et si quelqu'un d'autre s'y aventurait, c'était bim bam boum direct. Quand il voulait faire de la balançoire, les balançoires étaient à lui. Ça ne servait à rien de jouer à Chat perché avec lui, il gagnait toujours, ou alors quelqu'un avait droit à une dérouillée. Et gare à celui qui prenait sa place à la cantine!

Donc : le montage photo des guides mettait en scène l'équivalent de Svempa dans le monde animal. Cela s'appelle un léopard de mer. Certains disent phoque-léopard. Et nous l'avions vu de très près.

Juste après le dernier débarquement en Géorgie du Sud, quand nous retournions vers l'*Orlovsky* entre les icebergs et les sculptures de glace bleu-vert, une tête triangulaire a subitement surgi de l'eau tout près de notre embarcation. On aurait dit une tête de dinosaure.

— Un léopard de mer! s'est écrié Magnus qui pilotait le Zodiac dans lequel je me trouvais. Vous avez de la chance! C'est très rare de les voir!

Le phoque mesurait bien ses trois mètres de long, il était lisse et agile, parfaitement visible dans l'eau limpide. Il tournait, se roulait sur le dos, faisait demi-tour sur place dans ce qui nous a d'abord semblé une danse gracieuse. Magnus a ralenti et a prévenu les autres par radio, ils se sont approchés pour le voir aussi et au bout d'un moment, nous étions cinq Zodiac serrés avec pas loin de cinquante passagers aux anges qui contemplaient le phoque. Il passait comme l'éclair entre nous, sortait la tête et inspectait chaque canot séparément. Au début, les gens criaient de ravissement et sortaient les appareils photo, mais l'ambiance s'est vite plombée quand le phoque a commencé à nous attaquer. Il a surgi tantôt d'un côté des Zodiac, tantôt de l'autre, puis il s'est mis à tournoyer frénétiquement et à mordre les boudins en caoutchouc, à tour de rôle.

Carola Spanderman, qui venait juste de brandir son fer à repasser à la bonne hauteur pour que le phoque soit sur la photo, a poussé un cri. Tomas et Wilma se sont agrippés l'un à l'autre, sans s'en rendre compte, je pense, et la petite Brittmari a essayé de se jeter dans les bras de Magnus. Il l'a repoussée avec un sourire viril de baroudeur :

— Vous ne risquez rien ! Les boudins sont solides ! Ce qu'on vit là, ça arrive de temps en temps !

Un climat d'inquiétude s'est installé dans les Zodiac. Le phoque a ouvert sa gueule remplie de dents acérées et a essayé de les planter dans les boudins gonflés, mais sans y parvenir.

— Ils... ils... ne mangent que des manchots, a dit Magnus, en baissant d'un ton. Je pense qu'il veut seulement jouer avec nous !

— On ne plaisante pas avec des dents pareilles, a bourdonné l'un des ornithologues. S'il crève un boudin, on est foutus ! Je crois qu'il veut marquer son territoire !

Le léopard de mer a continué ses attaques insensées pendant vingt bonnes minutes, tandis que nous devenions de plus en plus pâles et silencieux. Puis il a semblé s'épuiser et s'est rangé à côté d'un bloc de glace en soufflant fort, les yeux mi-clos. Juste quand nous avions recommencé à respirer, environ trente secondes plus tard, il avait récupéré et il a renouvelé ses assauts. Nous en avons eu assez et nous nous sommes enfuis en direction du navire. Il nous a suivis un bon bout de chemin, marsouinant tel un dauphin, à vitesse égale, puis il a fini par nous lâcher.

— Je pense qu'il voulait seulement jouer ! a répété Magnus dont le visage avait repris ses couleurs.

Mais je n'étais pas dupe. J'avais reconnu le regard fou de Svempa dans ses yeux. Il voulait qu'on foute la paix à son territoire, et j'avais l'intuition qu'il était maintenant en train de se reposer, sa gueule menaçante affichant un sourire de satisfaction, exactement comme l'avait fait Svempa. Il avait en tout cas fait décamper cinq Zodiac, chacun mesurant au moins un mètre de plus que lui.

La ruine des espèces

Il y a beaucoup trop de léopards de mer dans ce monde. Il faut être bien préparé et veiller à avoir des boudins épais, parce qu'on ne peut pas les raisonner. Il ne faut jamais les laisser approcher d'une quelconque position de pouvoir, ni leur concéder de territoire attitré. Comme exemples humains, on peut entre autres citer Staline, Gengis Khan et Sven-Erik « Svempa » Johansson.

TOMAS

Ça y est, nous avons fait notre première descente sur le sol antarctique. Nous avons débarqué dans une quasi-tempête de neige à l'île Paulet, qui abrite un tas de manchots Adélie, dans les 100 000, a précisé Bengt, mais ils ne nous ont pas tous accueillis sur la plage, ils vaquaient à leurs occupations.

Wilma a couru sur la grève comme un manchot, puis elle est tombée en admiration béate devant un tas de pierres où quelques chercheurs polaires ont vécu il y a cent ans, je crois même qu'elle a un peu pleuré de compassion. Son cœur est si vaste qu'il commence probablement au niveau de ses genoux pour se terminer à hauteur des épaules. Je ne peux plus me leurrer et prétendre qu'elle n'est rien pour moi. Putain, elle compte plus que personne ne l'a fait dans ma vie, à part les enfants. Plus que Sanna, eh oui, tout à fait. C'est totalement incompréhensible, mais à quoi bon me raconter des bobards à ce stade? Si j'avais encore une vie qui m'attendait, j'aurais enlevé mon bonnet et me serais incliné devant elle pour l'inviter à entrer. Simplement, je n'ai nulle part où la faire entrer. Je le sais maintenant. Je n'existe pas, et il ne reste plus qu'à la convaincre de ça. Rompre les amarres, Dieu sait comment.

Parfois j'en ai tellement marre de sa sempiternelle bienveillance que je ne peux pas m'empêcher d'être méchant. Elle, elle a une vie ! Elle a tout devant elle, elle est enceinte et elle sera une super maman, terriblement heureuse, et même si le papa n'y figure plus, l'enfant va grandir dans une famille aimante et généreuse au sein de son école protestante à la campagne. D'ailleurs, elle ne veut jamais parler de lui, elle fait peut-être partie des femmes qui voient les enfants comme leur affaire privée ? Je lui ai dit un truc dans ce genre l'autre soir, je l'ai imitée quand elle essayait de me consoler en chantant *Over the rainbow* d'une voix faussement aiguë. Parce que son foutu ciel est toujours tellement bleu ! Ensuite je me suis acharné sur elle au sujet du père de l'enfant qu'elle a apparemment choisi d'effacer du tableau et alors elle a essayé d'être sympa et j'ai tout de suite eu honte, mais c'est une bonne chose si elle apprend à me détester. Elle aussi a peut-être remarqué cet étrange courant de familiarité qui nous lie, je préfère qu'elle s'en déshabitue. Je ne ferais que l'entraîner dans ma merde. Je ne veux pas qu'elle me regrette. Personne ne doit me regretter. *Tout est à moi et tout me sera pris, sous peu tout me sera pris, je marcherai seul sans laisser de trace…* C'est Pär Lagerkvist qui disait ça dans un poème.

Je sais que je suis théâtral. Je sais aussi pourquoi je suis venu ici et je ne compte pas faire marche arrière. Qu'est-ce qu'on oppose à un froid qui vous ronge ? Contre le feu, on allume un contre-feu, et c'est exactement ce que je vais faire… Car dans le fond, rien n'a changé. J'espérais naïvement que les enfants donneraient de leurs nouvelles, je leur ai envoyé l'adresse mail et le numéro de téléphone du navire, mais c'est une liaison par satellite qui ne fonctionne pas très bien. Or, je n'ai eu de nouvelles de personne, à part de Markus qui voulait vérifier une dépense. Il a vendu la villa, m'a-t-il dit. Je ne me suis pas senti concerné.

C'est comme ça.

Ils se sont sûrement faits au climat californien maintenant et Musclor leur apprend le surf et il prend Asta sur ses genoux pour lui lire des livres et il tapote le mince bras d'Arvid en lui disant : *Give me five, kid!* Puis lui et Sanna vont se coucher, et ma main à couper qu'ils ont vue sur la mer et des rideaux blancs et vaporeux dans la chambre et ensuite ils roulent sur le lit jusqu'à en être trempés de sueur et au matin avant que les enfants se réveillent, ils descendent main dans la main sur la plage, ils rient et leurs pieds laissent des traces dans le sable mouillé quand ils courent, les cheveux au vent, le soleil se lève et Musclor embrasse Sanna sur la tache de naissance en forme d'étoile qu'elle a sur la tempe, et si jamais l'un d'eux se rappelle un rabat-joie de père et de mari dans le pays froid qu'ils ont quitté, il se secoue pour se débarrasser de ce souvenir désagréable.

C'est comme ça.

Et je commence à en avoir marre des manchots et des explorateurs polaires d'un autre âge. Je ne suis pas venu ici pour faire du tourisme.

Il s'est passé un truc embarrassant, mais je ne crois pas que quelqu'un s'en soit rendu compte. Je me suis éloigné un peu sur la plage en direction d'une colonie de manchots. Plusieurs étaient déjà en train de couver leurs œufs.

L'un d'eux essayait de couver – je sais, ça paraît complètement fou – une vieille batterie de voiture, une grosse! Va savoir comment elle s'est retrouvée sur l'île. Le manchot était perché dessus, tout délicatement, et essayait de la tenir au chaud. Et je me suis mis à pleurer. De gros sanglots vilains et saccadés. J'avais devant les yeux l'image de mon propre projet familial naufragé. Il n'était peut-être pas viable au départ, lui non plus?

Du coin de l'œil, j'ai vu Wilma s'approcher. Je suis sûr qu'elle pourrait couver une vieille batterie jusqu'à ce qu'il en sorte de petites piles chargées à bloc… Elle semblait inquiète. Je suis tout de suite parti dans la direction opposée, en lui faisant un geste de refus avec le bras. Elle a eu l'air blessé, mais merde, quoi…

C'est comme ça.

WILMA

J'ai la ferme intention d'oublier les jours qui ont suivi la dispute dans le bar, en revanche en rentrant je vais porter plainte contre le labo pharmaceutique, parce que leurs comprimés contre le mal de mer, c'est de la poudre de perlimpinpin… On a traversé la mer de Weddell dans le noir et la tempête ; et le lendemain, on a essayé de progresser à travers un épais banc de glaces dérivantes. J'ai évité de manger durant la journée, mais le soir j'ai grignoté une tartine d'une main tremblante. Et au deuxième jour, je jouissais de la vue depuis le pont supérieur, même s'il m'avait fallu un certain temps pour y monter avec mes jambes raides. J'avais envie de rattraper la journée perdue.

Au troisième jour de la traversée, on a enfin aperçu le continent blanc, étincelant, infini de l'Antarctique. Sur le pont, on a lancé des hourras et les ornithologues se sont précipités à l'avant avec leurs jumelles. Il faisait gris et couvert, mais la tempête avait cessé.

Notre premier contact avec la terre ferme aurait lieu sur l'île Paulet. On est allés tremper nos bottes dans le désinfectant, on a retourné nos *tags*, on a enfilé nos gilets de sauvetage et on est descendus dans les Zodiac. J'ai failli ne pas y parvenir, tellement j'étais ankylosée. L'homme d'équipage russe et Magnus m'ont prise chacun par un bras et m'ont propulsée droit dans les bras de Tomas, qui m'a résolument installée à côté de lui, il a tiré mon bonnet sur mon front d'un geste paternel et veillé à ce que je mette mes gants. Ce n'est pas la première fois qu'il fait ce genre de choses, il souffre d'un déficit d'enfants à gérer, mais cette fois, ça s'est fait machinalement, comme s'il n'était pas totalement présent. Il avait l'air plus ravagé et morne que jamais, de nouveau un oiseau de proie affamé. Je me suis demandé si lui aussi avait été malade, mais je n'allais certainement pas lui poser la question.

L'île Paulet était fantastique. (Je sais que je dis ça de chaque endroit où on débarque – mais c'est la vérité !) On a enfin vu des manchots qui ressemblaient à l'idée qu'on se fait d'un pingouin – noirs au ventre blanc, sans fioritures. Ce sont des manchots Adélie. Un peu ronds et dodus, ils ont la démarche pataude des bébés qui viennent d'apprendre à marcher, en ouvrant les ailes pour garder l'équilibre. Certains nous dépassaient en se dandinant, très pressés. D'autres faisaient de la luge sur le ventre pour descendre les pentes, avant de se jeter à l'eau par bandes entières. Des nuées de manchots. Et debout sur la glace limpide des icebergs qui flottaient dans l'eau, ils étaient des centaines à faire du stop.

Mais ce ne sont pas les manchots qui m'ont le plus impressionnée. C'est la Cabane.

Elle était érigée sur une hauteur à quelque distance de la grève, construite avec les pierres plates qu'on trouve ici en abondance. Il ne restait que les murs des deux pièces et on pouvait voir l'emplacement des portes. Le tout devait mesurer dans les vingt mètres carrés.

C'est ici qu'ils s'étaient abrités, vingt-trois hommes durant l'hiver antarctique de 1903, après que leur navire *Antarctic* eut été brisé par la glace. La cabane avait alors un toit en bois et toile de voile, fait avec des restes du bateau. Le capitaine Larsen et ses Norvégiens, plus quelques Suédois, dormaient ici serrés comme des sardines avec un tout petit passage au milieu qu'ils appelaient Karl Johann, comme l'artère principale d'Oslo. Ils chassaient les phoques et les manchots, qu'ils mangeaient en soupe. Ils blaguaient pour garder le moral et se tenaient en forme en escaladant la montagne de l'île. Le sentier existe encore aujourd'hui. Ils étaient arrivés là avec l'expédition de Nordenskjöld, mais avaient fait naufrage tandis que le chef était resté au chaud dans le camp de base à Snow Hill Island, se demandant où ils étaient passés et pourquoi ils ne venaient pas le chercher. Ils n'avaient pas beaucoup d'espoir d'être sauvés, mais personne ne s'est laissé mourir. Où ont-ils puisé la force ? Comment se sentaient-ils, avec ce froid omniprésent et juste un peu de manchot dans le ventre ? Et l'odeur ?

Je suis heureuse de savoir que tous furent sauvés. Heureuse, plus de cent ans plus tard.

Je pensais aborder le sujet avec Tomas. Je voulais lui dire que des miracles peuvent arriver si on garde espoir. Mais il avait déjà l'air de savoir ce que j'allais dire et il s'est détourné, le visage fermé.

Bon, après tout, t'es libre ! Souffre donc en silence, je ne vais pas te déranger, ai-je pensé, irritée. La rigolote de service se retire !

Je crois cependant que je me suis énervée surtout parce qu'on était devenus si proches. C'était difficile d'en faire abstraction. Ce qui est sûr, c'est qu'il s'est passé quelque chose ces derniers jours. Il est devenu une vraie peau de vache, tout à coup.

ULLA BÅVÉN – MARGARETA KNUTSSON

*La moitié du voyage est passée et je n'ai pas encore
eu de touche ! Il faudra sans doute que je fasse
quelques remaniements tactiques. J'ai fini par me
dire que Lasse de Västerås m'irait bien. Il est sympa
et amical, veuf depuis deux ans, juste ce qu'il faut
comme temps pour se rappeler encore les avantages
du mariage, mais pas assez pour avoir développé
des habitudes de célibataire difficiles à gérer. Certes,
il est chauve et un peu gêné de l'être, il garde souvent son bonnet à l'intérieur, mais ça ne me dérange
pas. J'ai lu quelque part que plus on a d'hormones
sexuelles masculines, plus on a de chances de devenir chauve. Ça vaut bien une calvitie. Les hommes
suédois n'ont pas la testostérone débordante, en
tout cas pas passé la cinquantaine – ou ils sont trop
timides pour le montrer. Et ceux dont les hormones
débordent effectivement partent souvent dépenser
le trop-plein en Thaïlande, paraît-il. Ici, à bord de
l'Orlovsky, il y a de quoi se mettre sous la dent, je
me suis d'ailleurs attachée à plusieurs d'entre eux,
qui ont tous leurs bons côtés. Je peux très bien imaginer en faire collection, comme on collectionne des
assiettes décoratives en porcelaine !*

Margareta et moi avons fait une estimation stra-
tégique de la situation pendant la traversée depuis
la Géorgie du Sud à l'Antarctique proprement dite.
Heureusement, elle a des vues sur Verner, un prof de
biologie divorcé d'Eskilstuna qui fait des randon-
nées à patins à glace et qui joue de la flûte. Je pense
que Margareta n'a jamais enfilé une paire de patins
à glace de sa vie, mais elle lui a fait croire que dans
sa jeunesse, elle en faisait beaucoup. À mon avis,
c'est donner des verges pour se faire fouetter.

— S'il demande à voir, tu seras obligée d'ap-
prendre à faire du patin, Maggan, tu y as pensé ?
lui dis-je.

— Malheureusement, je me suis fait une entorse
grave il y a une dizaine d'années, et le médecin m'a
interdit tout patinage, répond-elle avec aisance. Est-
ce que tu savais que j'ai toujours adoré la flûte ?

— Maggan, tu n'as pas d'oreille !

— Prouve-le ! dit-elle en fermant lentement une
paupière.

Mais il faut que je change d'approche. Jouer
à l'idiote ne marche pas avec ces mecs-là, ils ne
font que vous lancer un regard distrait et perplexe
tout en réglant leurs jumelles. Mon nouveau mode
opératoire exigera que j'apprenne les noms de ces
fichus volatiles, pour pouvoir dire sur un ton désin-
volte : « Oh, regarde, un brassemer de Patagonie ! »

À supposer qu'on puisse prononcer une telle
phrase sur un ton désinvolte... Si Maggan m'en-
tendait dire ça, on s'écroulerait toutes les deux
sur le pont, pliées de rire. Mais je pense que ça
peut fonctionner. L'autre jour, j'ai reconnu, avec

quelques difficultés, un damier du Cap et ensuite on a eu une longue discussion sur les pétrels, Lasse et moi. Depuis, j'ai bûché les chionis et les labbes, les pétrels et les albatros et Dieu sait quoi encore. C'est pire que les détestables leçons de biologie à l'école quand il fallait faire un herbier et distinguer les Astéracées des Apiacées. Cela dit, une fois j'avais réussi à séduire le joueur de hand le plus canon de l'école pendant une excursion, on s'était égarés assez loin dans les fourrés… J'ai peut-être la nature de mon côté.

— Tu as vu comme il a de belles dents, Verner ? demande Maggan.

— Et tu crois qu'il a eu des dents comme ça toute sa vie ? je réplique.

— Quelle importance ? Si ce sont ses vraies dents, tant mieux, ça veut dire qu'il a une bonne hygiène dentaire. Sinon, ça veut dire qu'il a les moyens de se payer un joli râtelier. C'est bien aussi ! dit Maggan, et elle exécute quelques exercices de yoga entre bottes et sacs dans notre petite cabine.

TOMAS

Nous étions tous sur le pont pour regarder l'île de
la Déception surgir à l'horizon. Deception Island en
anglais, ce qui n'a rien à voir avec une déception
quelconque, ça signifie duperie ou illusion. Elle a été
nommée ainsi parce qu'à la voir, on dirait un rocher
massif, et rien d'autre. Mais elle trompe son monde.
Si on parvient à trouver l'entrée étroite, on peut
bénéficier du meilleur port naturel de l'Antarctique.
L'île a la forme d'un fer à cheval et notre capitaine
Grigorij a promptement mis le cap sur le chenal.

J'ai cherché Wilma, mais je ne l'ai vue nulle part.
Tant mieux ! Carola Spanderman et Peter, avec qui
je partage ma cabine, étaient ensemble à l'avant
du navire. Elle semblait avoir abandonné son fer à
repasser, elle s'est peut-être trouvé une nouvelle passion. Le troupeau d'ornithologues et leurs groupies,
Maggan et Ulla, se tenaient déjà le long du bastingage munis de leurs jumelles, guettant et pointant
le doigt. J'ai vérifié dans ma poche que la bouteille
était bien là. Je ne voyais toujours pas Wilma dans
les parages et c'était très bien comme ça.

L'île de la Déception est un vieux volcan qui était
en activité encore tout récemment, la plage est faite

de sable de lave noir et par moments des courants volcaniques viennent réchauffer l'eau de la rade. L'*Orlovsky* est passé par le goulet, qui ne mesure que deux cents mètres de large, puis il est entré dans la baie surplombée du cône volcanique. Sur la plage on voyait encore des citernes rouillées datant de l'époque de la chasse à la baleine et il y aurait aussi une base de recherches scientifiques, non visible d'ici.

Deception Island, duperie et illusion. Les deux sont appropriées, ai-je pensé en jetant des regards discrets sur la montagne. On a fait quelques tours par petits groupes avec Bengt, Magnus et Mirja pour contempler les citernes rouillées et ce qui restait de l'activité baleinière, puis on a grimpé un peu et on a vu la grande colonie de manchots à jugulaire qui vit ici avec une flopée de poussins. Manchots à jugulaire, Adélie, sauteurs – je ne fais plus partie des vivants qui ont encore envie de savoir le nom du manchot qui se dandine devant eux ou de l'oiseau qui circule au-dessus de leur tête. Je comprends que les gens s'y intéressent, mais moi, je ne le peux plus. J'aurai bientôt atteint mon but : ne plus rien ressentir.

J'ai eu de la chance de plusieurs manières. Quand on avait fini de reluquer toutes les curiosités de l'île, on s'est rassemblés devant la citerne la plus rouillée et les guides nous ont révélé, avec un sourire, pourquoi ils nous avaient dit d'emporter des maillots de bain et des serviettes. Il se trouve qu'on pouvait se baigner dans l'eau de la plage noire, qui pouvait même être très chaude parfois ! Une sorte de veine volcanique cachée. Euphorie générale, les gens se sont immédiatement mis en tenue de bain à l'abri de leur serviette. Tous ceux qui se trempaient auraient droit à leur diplôme…

Quand l'excitation était à son zénith, personne n'a remarqué que je m'éloignais. J'ai emprunté le sentier piétiné qui grimpait sur la montagne, puis je l'ai quitté pour me faufiler derrière quelques rochers. J'ai continué à avancer parmi les gros blocs de pierre jusqu'à ce que je trouve un endroit dissimulé où personne ne pourrait me voir depuis la plage, ni depuis le bateau. J'ai enlevé la parka orange tapageuse qui se voyait à des kilomètres et je l'ai tournée à l'envers, la doublure noire à l'extérieur. J'avais glissé le gilet de sauvetage dans mon sac à dos, hors de question qu'il reste à cafter sur la plage. Ensuite je me suis assis sur la parka et j'ai sorti mes petits copains : la bouteille de whisky que j'avais achetée la veille et un flacon de somnifères. Il m'a fallu un moment pour avaler tous les comprimés, je les ai fait passer avec du whisky, mais ç'aurait été mieux avec de l'eau. D'un autre côté, le whisky m'a rendu insensible au froid. Ce serait intéressant d'un point de vue médical, ai-je pensé, de voir ce qui m'emporterait en premier – le froid ou les comprimés. Personne ne le saurait jamais.

Je me suis demandé à quel moment ils allaient découvrir que je n'étais pas sur le bateau. Au bout de vingt-quatre heures peut-être ? Alors il serait trop tard, même s'ils devinaient que j'étais ici. Et d'ailleurs, pourquoi est-ce qu'ils devineraient ça ? Mon *tag* était tourné dans le bon sens, ils croiraient forcément que j'étais tombé à l'eau pendant la traversée, et ce ne serait pas la peine de lancer des recherches pour me retrouver.

Y avait-il quelqu'un à qui j'aurais voulu faire mes adieux ? Pas les enfants, je refusais de penser à eux, autrement ce ne serait pas possible. Pas Sanna. Et le reste de la famille, les amis ? Aurais-je dû les appeler par satellite et leur annoncer ce que j'allais faire, dire que personne ne pouvait m'en empêcher ? Non, pourquoi aurais-je fait ça, ils avaient leurs propres soucis à gérer.

Mais Wilma ? Je savais que c'était hors de question. Elle se serait reproché de ne pas avoir compris ou de ne pas être intervenue. Alors que maintenant, elle serait simplement furieuse contre moi de ne pas l'avoir tenue informée.

Une heure s'était probablement écoulée. J'ai entendu au loin les Zodiac démarrer sur la plage. Parfait. Je n'avais manqué à personne. J'ai commencé à avoir vraiment sommeil et j'étais sans doute passablement ivre aussi. J'ai fermé les yeux. Des images de la balancelle dans notre jardin passaient sur ma rétine. J'ai eu l'impression d'y être allongé, et j'entendais un cliquetis, peut-être Sanna qui m'apportait un whisky avec glace sur un plateau ? Le vent jouait dans le feuillage. La balancelle était flambant neuve, ses coussins verts et bleus s'accordaient avec les huisseries des fenêtres. C'est Sanna qui l'avait choisie, elle voulait aussi que je construise un barbecue. Asta et Arvid jouaient au croquet sur la pelouse, ils se chamaillaient pour savoir à quels endroits il fallait planter les arceaux.

Tout à coup j'ai eu l'impression d'être observé. J'ai ouvert les yeux. Un manchot à jugulaire se tenait là à me fixer, la tête inclinée sur le côté.

— Allez oust, mon pote! ai-je dit. Faut me laisser tranquille dans un moment pareil! Rentre chez bobonne, il y a des œufs à couver!

Il – elle? – n'a pas arrêté de me regarder avec ses yeux noirs. Soudain il a lancé une sorte de braiement, mais il n'est pas parti. Je crois qu'on l'appelle aussi casseur de roche en raison de son cri aigu tonitruant. Croyait-il qu'il y avait quelque chose à manger sur moi? Était-il en colère contre l'envahisseur?

Dans mon ivresse, l'idée m'a traversé qu'il était venu pour me raisonner. C'est ridicule, je le sais – mais j'ai commencé à m'excuser devant l'animal. Les manchots sont tellement admirables, politiquement corrects, se partagent la couvaison, vivent fidèlement en couple…

— M'enfin, je n'ai jamais voulu que ça se termine comme ça! ai-je sangloté. Moi aussi je voulais vivre une vie de manchot! Qu'aurais-tu fait si tu étais rentré d'un tour en mer, le ventre rempli de krill pour toute la famille – pour découvrir qu'ils avaient trouvé quelqu'un d'autre pour les faire vivre? Qu'ils n'en avaient rien à cirer de toi?

Le manchot n'a rien dit. Il est simplement resté là, avec son ridicule petit bonnet, à me lorgner d'un œil accusateur.

— C'est un putain de boulot de ramasser assez de krill pour nourrir une famille entière quand on est un humain, figure-toi… ai-je bredouillé. Il ne faut pas être trop regardant. Bosser comme un malade et avaler des couleuvres sans cesse! Je suppose que je n'ai pas toujours été blanc comme neige…

J'ai soudain piqué une colère contre lui, j'étais bourré et enragé.

— Mais toi, tu t'en fous complètement !

J'ai essayé de lui lancer la bouteille vide, il a fait demi-tour et s'en est allé.

C'est la dernière chose dont je me souviens.

WILMA

Tomas avait changé, il n'était plus le même quand on se retrouvait au bar, et je n'arrivais pas à comprendre ce qui clochait. Il était devenu buté et assez méchant, la première fois que je l'ai remarqué, c'est le soir avant le débarquement sur l'île Paulet. Ensuite il s'est un peu adouci, mais il était assez absent, restait à regarder par la fenêtre du bar, on aurait presque pu le prendre pour un ornithologue.

Subitement j'ai senti mon bras, qui était posé sur la table, se mettre à trembler de façon incontrôlable. Je sais ce qu'il me reste à faire dans ces cas-là, il faut guider les tremblements avec un acte de volonté. Je me suis levée.

— Un dernier verre? Tu es preneur? J'ai l'impression que ce soir, tu te tiens à peu près correctement, un scotch ne te fera pas de mal!

Il a hoché la tête d'un air absent et je suis allée chercher deux whiskys. On a bavardé de tout et de rien et soudain on a abordé le sujet de la mort et des dernières paroles célèbres.

— Qu'est-ce que tu voudrais voir gravé sur ta pierre tombale? a demandé Tomas tout à coup.

— *Ici se repose Wilma*! Ce n'est pas de moi, mais ça me plaît bien.

— Je connais un autre truc que tu pourrais voler, ça t'irait très bien, dit Tomas. *Vixit, dum vixit, laetus*. C'est écrit sur une stèle du XVIIᵉ siècle, celle du poète Stjernhjelm.

— Et ça veut dire?

— Il vivait joyeux, tant qu'il vivait.

— On dirait plutôt que ça signifie *Il vivait bête et paresseux**, ai-je fait remarquer.

— C'est peut-être la même chose? Si j'avais été un peu plus paresseux et si je m'étais moins creusé la cervelle, j'aurais sûrement été plus joyeux!

— Je trouve que c'est une formidable épitaphe! D'ailleurs, ce n'est pas souvent qu'on t'entend admettre tes erreurs!

— Toi non plus, dis donc! Si nous deux, on commençait à admettre nos erreurs à tout bout de champ, on serait irrémédiablement perdus! On va sur le pont?

Avant que Bill ferme le bar, Tomas lui a acheté une demi-bouteille de whisky. Je me rappelle que ça m'a surprise. Avait-il l'intention de picoler en suisse dans sa cabine? On est montés au pont 4 et on s'est accoudés au bastingage. Il ne faisait pas trop froid et c'était la pleine lune, les icebergs et les morceaux de glace dérivants brillaient dans l'obscurité bleue. Je n'ai jamais rien vu de plus beau, je ne l'oublierai jamais. Quelques oiseaux que je ne me suis pas

---

* Jeu sur les sonorités des mots latins : en suédois, *dum* signifie « bête » et *lat*, « paresseux ». *(Note de la traductrice.)*

donné la peine de nommer tournoyaient dans l'espace crépusculaire. J'ai soudain senti que j'avais envie de continuer de lutter, ne serait-ce que pour vivre à nouveau des nuits comme celle-ci. On ne parlait pas, mais c'était un silence tranquille, amical, comme ceux que je vivais avec papa pendant la chasse quand on était à l'affût d'un élan. Tomas avait l'air calme et serein, les plis tristes de son visage étaient lissés par la lune.

— J'ai été vraiment heureux de faire ta connaissance, a finalement dit Tomas.

Je n'ai rien répondu, me contentant de lui tapoter amicalement la tête. Ce n'est qu'une fois rentrés, une fois couchée dans mon lit que j'ai réalisé que c'était une drôle de réplique, définitive en quelque sorte.

Le lendemain matin, j'ai eu le plus grand mal à sortir du lit. Tout mon corps s'était bloqué, j'étais raide comme une planche, il m'a fallu vingt minutes pour me laver les dents. J'ai fini par abandonner et j'ai demandé à Alba de m'apporter mon petit-déjeuner et de prévenir nos guides que je ne participerais pas à l'excursion de la journée. On devait débarquer sur une île bizarre avec un volcan qui jusqu'à tout récemment était encore en activité. L'île de la Déception, autrefois une station baleinière très fréquentée, mais aujourd'hui à l'abandon depuis de nombreuses années. Sur la carte, elle a la forme d'un fer à cheval. Il y a apparemment tout un tas de manchots à jugulaire, j'ai un petit faible pour eux, ils ont l'air si prétentieux quand ils se dandinent avec leur petit bonnet. J'ai cependant senti que je ferais mieux de passer la journée dans ma couchette.

J'ai été prise d'une anxiété étrange au fur et à mesure que la journée avançait. Je ne tenais plus en place. Au retour des Zodiac, remplis de voyageurs joyeux, rouges et échauffés qui s'étaient réellement baignés dans la baie, je n'apercevais Tomas nulle part.

— Vous avez vu Tomas? ai-je demandé à Alba et à Sven.

Ils ne l'avaient pas vu, mais ils étaient dans le même Zodiac que lui à l'aller, il avait donc forcément débarqué sur l'île.

J'ai été de plus en plus inquiète. Me suis précipitée pour vérifier le tableau avec les plaques de présence. Celle de Tomas était à côté de la mienne, numéro 43. Elle était tournée dans le bon sens. Il se trouvait donc à bord. Sauf que ce n'était pas le cas.

Je suis allée voir dans sa cabine. Peter était allé sur l'île de la Déception, mais il n'avait pas vu Tomas pendant le trajet du retour. Il n'était dans aucune des salles à manger, pas dans le bar et pas dans la salle de conférence, et certainement pas sur les ponts, je suis allée vérifier plusieurs fois. J'ai entendu le bruit sourd des chaînes de mouillage, on allait bientôt apparciller pour voguer plus au sud, vers la péninsule antarctique. Je me suis précipitée sur la passerelle, forçant mes membres raidis à m'obéir.

Mirja était en train de discuter avec Captain Grigorij. Sven aussi s'y trouvait, les jumelles brandies devant la large vitre panoramique à la recherche de cétacés, j'imagine, quelqu'un avait aperçu des baleines de Minke dans la matinée. L'effort m'a fait haleter et je leur ai fait un récit confus de mes soupçons : Tomas nous avait sciemment trompés et était resté sur l'île.

— Pourquoi il ferait ça ? a dit Mirja, sceptique. En tout cas, il ne restait pas de gilets de sauvetage sur la plage.

Sven s'est approché de nous, il avait l'air sérieux.

— Mirja, le mec est en pleine dépression, peut-être candidat au suicide ! On va faire un appel avec le haut-parleur, s'il ne se manifeste pas, on retourne à terre.

Captain Grigorij a eu l'air agacé, mais Mirja était d'accord avec Sven. Un passager perdu était une catastrophe pour l'agence, si ce n'était pire.

Sven, Bengt et Magnus sont retournés sur l'île. Ils ont repéré les empreintes de Tomas qui montaient sur le flanc de la montagne. Ils l'ont trouvé adossé à un rocher dans la neige, invisible de l'endroit où ils débarquaient, complètement pinté au whisky qu'il avait acheté la veille et avec un flacon entier de somnifères dans le ventre. Ils ont travaillé toute la nuit pour le sauver, et c'est parce que l'île de la Déception est une île étrange avec tantôt un froid glacial, tantôt de la cendre volcanique et des souffles chauds, qu'il n'avait même pas eu les orteils gelés.

— S'il y avait passé la nuit, je pense qu'il aurait été foutu ! dit Sven le soir au bar. Personne ne passe là-haut sur la montagne, tous ceux qui y débarquent restent dans la baie. Il avait même enlevé sa parka pour être moins repérable. Mais il était adossé à un rocher survolé de courants d'air chaud. Il sera remis d'aplomb demain matin, ou au plus tard dans l'après-midi.

Sven m'a autorisée à lui rendre visite au cabinet médical le lendemain matin. Tomas était allongé dans sa couchette, les mains sous la nuque, en train de fixer le plafond. Il m'a adressé un pâle sourire.

— Deception Island, a-t-il dit. L'île qui vous trompe. Moi, elle m'a volé ma mort. À moins que ce ne soit toi qui me l'aies prise?

ALBA

Il y a évidemment eu un grand émoi sur l'*Orlovsky* quand ils sont revenus avec Tomas. Même les ornithologues ont abandonné pétrels et chionis pendant un moment pour diriger leurs jumelles vers le pont avant où le Zodiac transportant Tomas était treuillé à bord. Des cris ont fusé dans les talkies-walkies, des doigts ont pointé dans toutes les directions, puis quatre marins l'ont rapidement transporté au cabinet médical où Sven a pris les choses en main.

Au bar, différentes versions de ce qui s'était passé se déchaînaient : il avait été attaqué par un éléphant de mer, il était tombé dans un précipice, il avait été victime d'un infarctus/d'un AVC/d'un choc anaphylactique, et ainsi de suite. Personne n'approchait un tant soit peu de la vérité, je pense que les gens n'y auraient pas cru. Qui traverse le globe – en payant une somme astronomique – pour faire quelque chose qu'on peut avantageusement faire chez soi ? Moi, je savais ce qui s'était réellement passé, Wilma m'avait confié son inquiétude quand elle avait commencé à le chercher.

Je n'ai pas croisé Sven avant le dîner, qu'il a avalé à la va-vite. Nous étions assis dans un coin pour ne pas être dérangés.

— Toi, tu sais, et moi, je sais, Alba, ce que le mec a fait. Mais la version officielle, c'est qu'il est au bout du rouleau après un burn-out et qu'il a des problèmes de pertes de connaissance. À présent, il lui faut du calme et du repos. Je vais le garder en observation et ensuite je collerai Wilma à son chevet. Qu'est-ce que tu en penses?

— Je n'arrive pas à les comprendre, ces deux-là, ai-je répondu. Ils se connaissent depuis un peu plus d'une semaine, et je n'ai pas détecté d'idylle naissante entre eux, pourtant ils ont une sorte de proximité très dense, comme si l'un sait d'avance ce que l'autre pense. Comment est-ce que ça a pu germer aussi vite?

— Ce sont des choses qui me dépassent. Moi, j'ai rencontré ma femme quand on a fait notre première communion, et on est restés ensemble toute la vie, a dit Sven sur un ton nostalgique. Elle était ma meilleure amie aussi. Tu vois, ce n'est pas à moi qu'il faut demander comment ce genre d'engouement peut se produire. Je ne l'ai vu qu'au cinéma.

J'ai regardé sévèrement, un sourcil levé. Il m'a souri.

— Tu sais parfaitement que notre petit passe-temps, à toi et à moi, il y a des siècles, c'était plutôt… c'était une sorte d'ivresse. J'ai eu une gueule de bois carabinée après, tu m'as manqué pendant des années!

J'ai reniflé.

— Vous les ornithologues, est-ce que vous êtes capables de voir quoi que ce soit sans vos jumelles collées devant les yeux? Cela dit, Sven, je pense que tu vois plus que tu ne veux l'admettre, et à ce propos – qu'est-ce que tu sais concernant la santé de Wilma? Elle souffre de quelque chose, mais de quoi?

— Soit je ne le sais pas, soit je suis tenu au secret médical, a esquivé Sven en se levant. Maintenant il faut que j'aille voir comment va Tomas. Et Wilma a besoin de se reposer aussi.

Il est parti, le front drapé de plis préoccupés. Je suis montée dans ma cabine et me suis mise à remplir mon cahier.

La ruine des espèces

Il existe un défaut humain pour lequel je ne trouverai jamais de correspondance animale, et nous venons d'en voir un exemple aujourd'hui. Je parle de l'étrange conduite consistant à se donner sciemment la mort. Les animaux ne le font pas, pour autant que je sache – mais pourquoi? Ils peuvent déprimer et cesser de s'alimenter, des bébés singes peuvent mourir par manque de contact physique – mais ils ne semblent jamais choisir de se jeter dans un précipice pour mettre fin à une souffrance.

(Tout ce qui a été dit sur le comportement des lemmings est faux.)

Les animaux ne peuvent-ils pas se représenter leur propre mort? Ou bien n'en ont-ils tout simplement pas l'idée, par manque d'imagination?

C'est à peu près ici que je me suis endormie derrière mes rideaux bleus, le carnet sur le nez. Je me suis réveillée quand Wilma a essayé de se glisser dans la cabine, et j'ai regardé l'heure. Une heure et demie. Le bateau tanguait à nouveau, elle a renversé une chaise avec fracas. Parfois elle a la démarche d'un veau qui vient de naître.

— Alba ? a-t-elle chuchoté.

Je n'ai pas vraiment eu la force de répondre, et elle a chuchoté plus fort.

« Albaaa ! »

Hum. Si c'est pour vous réveiller, autant utiliser une voix normale. Si ce n'est pas le but recherché, il faut chuchoter très bas. Mais chuchoter à voix haute ?

— Oui, ai-je murmuré.

— Alba, Tomas n'a plus envie de vivre. Je suis tellement en colère contre lui. Qu'est-ce que je dois faire ?

— Je ne sais pas, Wilma.

— Je veux dire, je suis tellement en colère contre lui que je pourrais le balancer par-dessus bord pour l'empêcher de recommencer !

— Dis-le-lui, ça le fera sans doute réfléchir ! Il a peut-être besoin de savoir que quelqu'un s'intéresse à son sort !

— Pas moi en tout cas ! a-t-elle sangloté.

Puis nous nous sommes endormies toutes les deux.

Le lendemain matin, un soleil blanc et brûlant brillait sur des icebergs transparents bleus, jaunes et verts et sur des montagnes enneigées dans toutes les directions. Nous avons lentement traversé le chenal Lemaire et tout le monde s'est bousculé sur le pont et a pris des photos incroyables. Rorqual à bâbord onze heures ! Albatros géant suit le navire ! Dauphins à l'avant !

Après le déjeuner, nous sommes descendus dans les Zodiac et nous sommes éparpillés un peu partout. Il ne fallait pas songer à débarquer, mais nous avons glissé le long des falaises et regardé les manchots vivre leur vie de manchots et nous avons approché les icebergs autant que possible.

— Pas trop près ! a crié Bengt dans le talkie-walkie. Magnus, Magnus, Bengt ! Tu es trop près !

— Bengt, Bengt, Magnus ! a crépité Magnus en réponse. Tu trouves ?

Et il s'est dépêché de piloter notre Zodiac encore plus près de l'iceberg. Il était debout dans l'embarcation, tenant sa main en visière pour se faire de l'ombre, et je parie qu'à cet instant il se prenait pour Ernest Shackleton, aussi appelé The Boss.

Dans l'après-midi nous avons pu débarquer à une station de recherche scientifique sur la péninsule antarctique, Port Lockroy. Une poignée de personnes y vivaient en symbiose paisible avec une grande colonie de manchots papous. Ils étaient couchés par grappes entières autour de la station de recherche, une maison brun foncé aux portes et huisseries d'un rouge tomate pittoresque. Il faisait plus chaud près du bâtiment et les manchots y étaient à l'abri du vent. Le directeur nous a expliqué que, s'ils oubliaient de fermer la porte, ils avaient rapidement des manchots à l'intérieur, ces oiseaux étaient curieux de tout.

Les femelles couvaient leurs œufs sur des nids qu'elles avaient fabriqués avec de petits cailloux, des brindilles, des bouts de ficelle et tout ce qu'elles pouvaient trouver dans cet environnement aride. À côté du nid se tenaient leurs maris, de vrais gentlemen, ils allongeaient sans cesse leur cou et piquaient une pierre dans le nid voisin, qu'ils déposaient devant l'épouse légitime en s'inclinant cérémonieusement, tandis que la femelle dépouillée s'énervait et criait et essayait de pincer les plumes rectrices du voleur, sans se lever de son propre œuf. C'était un ballet incessant.

Bengt a raconté à son harem – il me semble qu'il s'agrandit de jour en jour – qu'on avait fait des expériences avec des pierres colorées pour découvrir comment elles se répartissaient entre les nids. Elles furent déposées par couleurs autour de chaque nid, mais dès le lendemain elles étaient dispersées sur l'aire de nidification dans toutes les combinaisons possibles. Les cailloux s'écoulaient comme des petits pains entre manchots, et sans le moindre complexe. Je ne les ai pas quittés des yeux.

Va savoir comment je me serais entendue avec un tel gentleman pour époux ? Ma propre expérience dans ce domaine avait donc été vécue auprès d'un homme qui avait été gâté par sa mère toute sa vie. Elle lui faisait ses lacets jusqu'à ce qu'il passe son bac. Elle tenait une cuisine d'urgence ouverte jour et nuit avec tout un assortiment de plats, elle lui fournissait des chemises propres et repassées tous les matins, et le soir elle l'aurait léché pour lui faire sa toilette, s'il avait bien voulu. Il était incapable de se débrouiller si elle s'absentait, c'est une aide-soignante qu'il lui fallait, pas une épouse. Il existe d'ailleurs un mot pour ce phénomène, *mammismo*. Il n'a jamais compris pourquoi je refusais d'endosser ce rôle, mais moi je voyais parfaitement où ça mènerait. À la naissance de notre fils, je lui ai dit qu'il avait le choix : être mon mari ou mon ex-mari, parce que je n'avais pas l'intention de le laisser devenir mon deuxième enfant. Il a hurlé que j'étais une salope et que, selon la loi espagnole, l'enfant était à lui. Si bien que l'albatros a décollé, le cœur lourd, et n'a pas atterri avant de nombreuses années. Je ne l'ai jamais regretté.

Mais il avait des abdos incroyables, il faut le dire. Et des poils partout, c'est presque aussi bien que des plumes.

D'autres Zodiac étaient arrivés sur la grève, avec des passagers d'un autre bateau. Ils avaient des parkas rouge vif. Cet endroit est populaire, il y a même une boîte aux lettres qui permet d'avoir le tampon *Antarctique* sur le courrier qu'on envoie. Sur la plage, une Américaine plantureuse essayait de passer le bras autour d'un papou moyennement content de se faire traiter de canard et prendre en photo :

— *Ronald ! Come and take a picture of me with these ducks !*

Je suis entrée dans le musée. Des scènes reconstituées de l'époque des pionniers, de vieux vêtements en peau, des pulls et des bonnets de fourrure et, à mettre au plus près du corps, des caleçons longs blancs avec rabat boutonné sur le derrière, cousus bord à bord aux tricots de corps à manches longues. Les habits étaient pendus, avec des chaussettes et des gants, comme pour sécher sur un étendoir au-dessus du poêle à bois. Dehors devant la fenêtre sur un mur en pierres, les papous se balançaient, avec leurs petites taches blanches sur la tête, comme ils le font depuis toujours. La cuisine était remplie de boîtes de conserve britanniques des années 1920. Sur une table étaient posés un couteau acéré et un petit phoque que quelqu'un avait sculpté en os de baleine, pour passer le temps pendant les six mois de nuit d'hiver noire et glaciale.

Le genre humain est vraiment intéressant.

WILMA

Je ne m'étais certainement pas attendue à un merci de la part de Tomas pour avoir envoyé une expédition de sauvetage à sa recherche. Mais je dois avouer que je ne m'étais pas non plus attendue à être l'objet de son irritation. Il était tout simplement fou furieux contre moi de lui avoir sauvé la vie.

Il n'a rien dit les premiers jours. Il dormait, essentiellement, et dans son sommeil il appelait parfois quelqu'un dont je n'arrivais pas à distinguer le nom – peut-être ses enfants. Je suis restée auprès de lui toute la première nuit et une grande partie de la deuxième. Il n'a pas prononcé un mot, s'est seulement tourné vers le mur. Je ne savais pas comment entrer en contact avec lui. Sven m'a conseillé d'être patiente, il finirait par craquer, le plus important était de ne pas le laisser seul, pour éviter qu'il aille se jeter par-dessus bord.

On en parlait en chuchotant quand on pensait qu'il dormait. Mais il ne dormait pas. Soudain il nous a interrompus, avec humeur et sans se retourner :

— Vous pouvez arrêter de caqueter là-dessus, on dirait des mamans poules mortes d'inquiétude ! Je sais m'avouer vaincu. Les Irréprochables ont gagné, Pollyanna en tête. Ici on n'est pas maître de sa vie, oh non. Elle appartient aux valeureux sauveteurs compatissants au cœur immense qui saigne pour tous les miséreux…

La voix s'est mise à murmurer ce qui ressemblait à un chapelet de jurons. J'ai regardé Sven, il m'a adressé un sourire rassurant.

— Ça, ce n'est pas Tomas qui parle, je lui ai donné un sédatif, il est complètement dans les vapes. Il faut qu'on commence par guérir sa dépression. Ne t'inquiète pas !

— C'est qui, cette Pollyanna ? ai-je demandé.

— Tu n'as pas envie de le savoir, a répondu Sven.

Dans la journée, il ne voulait pas me parler du tout. J'ai juste essayé d'être disponible sans jouer au fervent supporter qui le ramènerait à la vie par ses acclamations, ce qui aurait été plus approprié pour la Wilma que je suis. Une fois j'ai posé ma main sur sa joue sans rien dire. Il ne l'a pas enlevée, mais il n'a réagi d'aucune autre manière non plus. Je lui apportais de quoi manger et il mangeait, de petites portions.

— Tu ne veux pas m'accompagner aux chiottes aussi ? a-t-il dit une fois, très méchamment. Ou il suffit que je crie « J'ai fini ! » quand j'ai terminé ?

Je n'ai rien répondu, me contentant de feuilleter le livre que j'avais apporté. Il m'a lancé un coup d'œil depuis sa couchette, avant de passer de nouveau à l'attaque.

— Serait-il possible que je me promène un peu sur le pont, sans que cinquante foutus amis de la nature me suivent avec leurs jumelles et attendent que je saute ?

— Personne n'est au courant de ce qui s'est passé. Sven a fait savoir que tu as fait un burn-out et que tu as des crises d'évanouissement.

Ça l'a arrêté. Il réfléchissait.

— Je ne voulais pas que tout ça sorte sur la place publique, putain! J'avais juste l'intention de rejoindre mes ancêtres en toute discrétion. Personne ne me pleure, personne n'est responsable, en réalité ça ne concerne personne. Ou concernait. Parce que maintenant, j'ai perdu le goût pour tout ça. J'ai surtout l'impression de jouer dans un nanar.

Il pleurait.

— Et tu ne t'es pas demandé ce qu'Asta et Arvid allaient penser en apprenant que tu leur avais fait tes adieux sans attendre leur réponse ?

J'ai cru qu'il allait me frapper. Ses yeux envoyaient des éclairs.

— Soyez assurés que Wilma trouvera les points les plus douloureux et qu'elle y plantera les dents de sa gueule de bouledogue !

Ça a fait mal.

— T'es qu'un con! Deux enfants qui t'aiment et à qui tu manques, qui se trouvent dans un pays étranger et essaient de se persuader qu'ils ont une bonne vie. Les enfants aiment souvent leurs parents, tu sais. Même quand les parents ne le méritent pas. Leur papa mort serait devenu un fantôme qui les aurait hantés toute leur vie !

Il m'a regardé avec une lueur d'intérêt et j'ai poursuivi.

— Ou alors ils auraient vécu dans un mensonge, si on avait pris soin d'édulcorer l'histoire. Non, votre pauvre père a été avalé par une baleine ! C'était un accident, il n'a pas fait attention ! Ou pire encore : papa était soûl et il est tombé du bateau !

Je jouais gros maintenant. Soit il allait me filer une beigne, soit il surferait sur sa colère jusqu'à dépasser le chagrin. Mieux vaut être furieux que fou de chagrin. Je le guidais. Détournais son désespoir avec un chiffon rouge, comme un torero.

Je sais très bien y faire. Combien de fois n'ai-je pas arraché le fusil de chasse des mains de mon vieux quand il était soûl et qu'il voulait se tirer une balle dans la tête, ou en tout cas jurait qu'il allait le faire ? Il n'avait pas de femme, pas de boulot, les sociétés forestières voulaient le déposséder de sa forêt et sa putain de caisse était encore en panne et qu'est-ce que j'allais devenir, moi avec ma dégaine de mec ?

Ça ne servait à rien de pleurer et de se tordre les mains ou d'essayer de le câliner, pas quand il avait pété les plombs comme ça. J'ai appris à lui répondre avec un rugissement, à lui crier je t'en prie, vas-y, tire, ensuite je prendrai le fusil pour faire pareil ! Parce que qu'est-ce que tu veux que je fasse sans père, moi qui n'ai personne d'autre au monde ? Merde quoi, tire ! Les gens vont se souvenir de toi comme d'un assassin ! Oh, comme maman aurait été fière de toi !

Ça l'arrêtait. Il balançait le fusil dans un coin, une fois la balle est partie toute seule et a sectionné une jambe de notre chat gris-jaune. On a pleuré tous les deux de voir la pauvre bête blessée, papa adorait ce chat, mais il s'est débrouillé avec trois pattes. Après cet incident, papa n'a pas recommencé. Quelquefois, il me lançait qu'il allait se pendre, c'est tout. Mais on savait que c'étaient des mots en l'air. Une façon de lâcher du lest. Et je ne lui en voulais pas pour ça, il n'avait pas eu une vie facile.

Mais j'ai beaucoup pensé à ce truc, ce que j'allais devenir, pauvre de moi, qui ressemblais à un garçon.

Et qui avais donc une gueule de bouledogue, d'après Tomas. On fait semblant de ne rien ressentir, mais ce n'est pas vrai.

— Un père américain, normal et sain, a dit Tomas. Pas un crétin suicidaire qui dit ses dernières paroles à un manchot !

J'avais du mal à suivre.

Tomas a affiché un sourire de guingois, mais un vrai sourire.

— Tu sais que j'ai discuté avec un foutu manchot juste avant de tomber dans les pommes ? Et je crois bien qu'il m'a répondu aussi !

— Qu'est-ce qu'il a dit ?

— « Vas-y, crève, espèce d'épave ! Tu n'as rien à faire ici ! » Je lui ai lancé la bouteille à la tête.

Il a gloussé un peu.

— Wilma, tu es incroyable, tu le sais ? Tu n'as pas une seule hormone féminine en toi ? Pourquoi tu ne me plains pas ? Pourquoi tu ne pleures pas en serrant ma tête contre tes seins ?

— Tu trouves que je devrais te plaindre ? Tu le fais tellement bien toi-même, ai-je dit en essayant de garder la voix stable. Et des seins, je n'en ai pas. Je suis sûre que tu l'as remarqué. Et maintenant je vais partir en excursion avec les Zodiac. N'essaie surtout pas te supprimer avant mon retour !

— J'ai tout mon temps, a-t-il murmuré.

Je me suis levée et j'ai titubé vers la porte. Mes jambes s'étaient bloquées, ont refusé d'obéir, j'étais restée à son chevet pendant plusieurs heures, assise sur une simple chaise en bois.

Le soleil brillait sur le chenal Lemaire quand on est descendus dans les Zodiac pour une des dernières excursions du voyage. L'eau était turquoise et, près de la plage, on pouvait voir des plantes et des animaux multicolores à plusieurs mètres dans les profondeurs cristallines. Mirja avait fait un exposé là-dessus, elle était une plongeuse expérimentée dans les eaux antarctiques. Je me suis dit que c'est incroyable que dans ces eaux froides, impossibles, toutes ces choses si incroyablement belles puissent pousser et vivre ! Alléluia, merci pour tout ça, comment peut-on vouloir abandonner cela de son plein gré ?

Les icebergs peuvent prendre les formes et les couleurs les plus invraisemblables. La glace peut même être noire, alors qu'elle est parfaitement propre. J'ai sorti mes jumelles et les ai dirigées vers la grève où des manchots s'affairaient à être des manchots. De hautes montagnes vertigineuses aux reliefs fantastiques, coiffées d'épais bonnets de neige immaculée. Silence, des vents faibles qui ridaient l'eau, des appels joyeux d'un Zodiac à un autre. J'ai soupiré.

Ça valait le coup. Tout ça valait le coup. Serrer les dents sur la douleur, participer à la vie et s'ouvrir à l'inconnu. Comment pourrais-je amener Tomas à voir ce que je voyais ?

J'ai jeté un regard discret dans le cabinet médical à notre retour et je l'ai trouvé assis dans le lit, calé avec des oreillers. Je pense que Sven lui avait fait une autre injection de sédatif parce qu'il semblait calme et maître de lui. Je lui ai raconté ce qu'on avait vu dans le chenal Lemaire et il a hoché la tête.

— J'aurais bien aimé le voir.

— Tu le verras demain. On a mis le cap au nord maintenant, vers le passage de Drake.

— J'ai pris une décision.

— Pas encore, je t'en prie, il est trop tôt ! C'est le sédatif qui parle !

— On s'en fout. Maintenant je vais te faire un cadeau !

Il a gardé le silence un long moment.

— C'est toi qui m'as sauvé la vie, a-t-il fini par dire. Elle est à toi maintenant. Je n'en veux pas, je te la donne. Tu peux en faire ce qui te chante !

— Comment ça, tu me la donnes ?

— C'est toi qui décides à quoi elle va te servir ! Ma vie, ma vie de bouffon, ma vie d'orque ! Tout ce que je fais vire au ridicule, un peu Hamlet en one-man-show… Ma vie ne me sert à rien, et apparemment je n'ai pas le droit d'en faire ce que je veux non plus ! Alors, s'il te plaît, prends-la, fais-en bon usage !

Je l'ai dévisagé, un peu affolée. Tout à coup, Sven s'est dressé dans l'ouverture de la porte, tel un gros nuage menaçant, il avait entendu ses dernières phrases.

— Tu me feras le plaisir de cesser d'effrayer cette pauvre fille ! Tu ne vaux même pas son petit orteil !

Qu'est-ce que tu veux qu'elle fasse de ta vie moisie ? Tu n'as qu'à en prendre la responsabilité toi-même. Il serait temps ! Et ne proteste pas, je peux te faire un lavement que tu ne seras pas près d'oublier !

Et ensuite, c'est incroyable, mais on a ri tous les trois, tellement qu'on était pliés en deux.

TOMAS

Le rire purifie et guérit. Je ne sais pas comment, mais si j'étais Sven, je le prescrirais à doses quotidiennes. « Vous comprenez, les psychotropes, c'est fini, voici une ordonnance pour un DVD de Chaplin… »

Je me suis soudain senti beaucoup plus léger – comme quelqu'un qui n'a rien à perdre. Qui a touché le fond et qui s'est propulsé vers la surface et la lumière.

Après ce gros rire revigorant, j'ai pris la main de Wilma et l'ai doucement embrassée et elle m'a regardé amicalement, elle a dit qu'elle allait déjeuner dehors au soleil et que si je voulais me faire du bien, je devrais l'accompagner. Elle est partie et Sven s'est assis au bord de mon lit.

— Elle a raison ! Allez, debout !

— Wilma a toujours raison, ai-je murmuré. Elle a toujours si foutrement raison que c'est à en devenir dingue. Si je possédais son tempérament joyeux, j'irais donner le coup d'envoi d'un chant à l'unisson sur le pont maintenant. Avec un chapeau de clown sur la tête, posé à l'envers.

Je n'avais pas l'intention de lâcher ma misère aussi facilement. Je pouvais toujours me montrer grincheux et méchant.

— Tu crois donc que c'est inné chez elle, que c'est gratuit ? Qu'elle se montre aussi gaie et marrante parce que c'est sa nature ?

— Elle est un vrai petit soleil, tu ne trouves pas ? Tout le monde l'aime bien sans qu'elle ait le moindre effort à faire. Et en Suède sa grande famille l'attend et dans son ventre il y a son enfant qui va être adorable…

Sven m'a dévisagé, les yeux écarquillés.

— Son enfant ? Quel enfant ?

— Wilma est enceinte. Tu ne le savais pas ? C'est pour ça qu'elle est un peu maladroite parfois, qu'elle se sent patraque et tout ça.

— Elle t'a dit ça ?

— Oui. Je ne savais pas que c'était un secret.

Sven s'est tapoté le front avec une main grosse comme un jambon entier.

— Mon Dieu ! Pauvre môme ! Je me demande si elle est allée raconter ça à d'autres. Il faut que je demande à Alba.

— Comment ça, pauvre môme ? Il ne manquera de rien, elle sera une excellente maman. Et une maman heureuse !

— Je parlais de Wilma. Mais elle n'est pas du tout enceinte, enfin ! Elle a dû inventer ça pour que tu ne poses pas trop de questions.

Je n'y comprenais rien.

— Quelles questions ?

Sven a gémi.

— Je ne peux rien te dire ! J'en ai peut-être déjà trop dit, même. C'est à Wilma de te raconter ce qu'elle a – je veux dire si elle a quelque chose ! Mais tu peux me croire, elle n'est pas enceinte. Et c'est courageux de sa part de réussir à se montrer aussi joyeuse dans ces circonstances. Toi, tu aurais été au fond de la mer depuis longtemps si tu avais vécu ce qu'elle vit, espèce de sale mioche gâté.

Je me suis levé et ai commencé à m'habiller.

— Je ne suis pas un enfant gâté, Sven. Moi aussi, j'avais mes raisons.

— J'imagine. Je ne cherche pas à t'accabler. Mais je pense que ça te ferait du bien de savoir contre quoi elle lutte, Wilma, et avec quels moyens. Je vais…

Alba a pointé sa tête par la porte, à la recherche de Sven.

— Tu ne veux pas venir déjeuner, Sven ? C'est super, là-haut sur le pont ! Du bon vin, des brochettes avec sauce barbecue et fientes d'oiseaux ! Il fait chaud, le trou dans la couche d'ozone est béant !

— Rends-moi un service, Alba ! a dit Sven. Va chercher Wilma, s'il te plaît !

Alba est du genre vraiment apaisant. Elle ne pose pas de questions inutiles et elle est sensible au ton des voix. Quelques minutes plus tard, elle était de retour avec Wilma sur ses talons.

— Wilma ! a dit Sven. J'aimerais raconter à Tomas ce que tu as. Il a besoin de l'entendre. Il a besoin d'entendre qu'il y a des gens qui rencontrent des obstacles sans pour autant s'écrouler ! Tu me donnes la permission ?

Elle a hésité un peu, puis elle a fait oui de la tête.

— Mais je n'ai pas l'intention de rester là à vous écouter. Les brochettes vont refroidir !

Elle s'est sauvée, avec Alba. J'ai regardé Sven.

— Wilma présente les premiers symptômes de la maladie de Parkinson, a dit Sven. Qu'est-ce que tu sais de cette maladie ?

— Parkinson ? Rien. Ça me fait juste penser à des vieillards qui tremblent terriblement.

— On trouve rarement cette affection chez des personnes jeunes, c'est vrai. Mais ça ne la rend pas moins terrible. Il n'est pas exclu que d'ici quelques années, Wilma soit devenue une habituée des unités de soins. Ça commence par une hypertonie musculaire plastique, des tremblements et une akinésie, c'est-à-dire rigidité, lenteur et tremblements involontaires au repos. Des difficultés à démarrer ses mouvements, à faire le premier pas pour marcher. Puis ça s'aggrave. Problèmes d'équilibre, insomnies, constip… enfin, tu imagines toi-même. Elle peut aussi mener à la dépression et à la démence.

Je n'ai pas su quoi dire.

— Est-ce que Wilma est au courant de tout ça ?

— Il n'est pas possible de ne pas être au courant quand on est atteint de la maladie de Parkinson. Elle a été diagnostiquée au printemps dernier. L'agence de voyages l'a mis en contact avec moi en tant que médecin de bord, elle voulait savoir si elle était en état d'entreprendre ce périple. Elle avait très envie de voir le monde avant que la maladie prenne le dessus. J'ai dit oui, et elle a pris son billet. J'ai gardé un œil sur elle tout le temps et je constate qu'elle n'a jamais eu un mot pour se plaindre. Alors qu'on a même dû la remonter à bord avec la grue ! Tu penses que ça fait quoi, quand on est une jeune femme ? J'étais content de voir qu'elle avait trouvé quelqu'un avec qui elle paraissait se plaire, mais on dirait que finalement tu n'es pas la bonne personne pour elle. Oui, je vois bien que tu es déprimé, mais les dépressions rendent les gens nombrilistes, et l'hypocondrie est contagieuse. Et je ne permettrai pas que tu t'acharnes sur elle ! Tu comprends quel enfer elle vit ? Elle est restée assise à ton chevet, sur une chaise en bois, jusqu'à en avoir les bras qui tremblaient, elle pouvait à peine tenir un mug de café… Où trouve-t-elle la force de te réconforter, tu le sais, toi ? Tout en se réjouissant de la vie ?

Ses yeux étaient sévères. J'ai évité son regard.

— Mais il n'y a pas de remède ? C'est génétique ? Y a-t-il quelque chose que je…

Il a levé la main pour m'arrêter.

— Nous sommes face à des lésions dans le *locus niger* et à un déficit de dopamine, la transmission génétique n'est pas attestée et il n'y a rien que tu puisses faire. Ni que je puisse faire, d'ailleurs. Elle prend des médicaments pour atténuer les symptômes et elle fait ses exercices physiques. Elle n'est pas à classer parmi les cas les plus terribles que j'ai vus, mais ça doit être difficile de savoir qu'il n'y a pas de véritable remède. Te voilà renseigné !

Je me suis rassis et j'ai pris ma tête dans mes mains.

— Sven, il faut que je réfléchisse !

— Vas-y, réfléchis ! Moi, je monte rejoindre les autres.

En partant, il a tiré son hideux bonnet de laine sur son crâne d'œuf.

Je lui avais lancé « Espèce de gueule de boule-dogue ! » et je l'avais laissée comprendre que je trouvais sa fougue insupportable. Et elle n'avait rien dit. Bien qu'auparavant elle n'ait eu aucun problème pour me rabrouer et me mettre au pas. Des flash-backs de ses mouvements rigides et de ses mains tremblantes ont surgi dans ma mémoire. Sa démarche penchée en avant.

— C'est au-dessus de mes forces ! s'est lamenté l'enfant gâté en moi. Faut-il maintenant que je m'occupe d'elle aussi ? Une femme que je ne connaissais même pas il y a deux semaines ? Mes propres problèmes ne sont-ils pas suffisants ?

L'enfant gâté n'est pas la personne que je veux être. Je suis monté sur le pont et me suis servi une bonne portion de brochettes et de salade de pommes de terre. Je n'avais pas réussi à avaler grand-chose depuis le lavage d'estomac. Les ornithologues m'ont tapé dans le dos, des nuages de poussière se sont envolés du duvet de ma parka. Alba m'a souri et, assise à côté d'elle, Wilma s'est dérobée à mon regard. Cette petite coquine de Brittmari s'est manifestée, elle voulait remplir mon mug de vin alors qu'il était déjà pratiquement plein.

— Mon pauvre ! s'est-elle exclamée en inclinant la tête. Comment tu vas ? Tu veux un petit massage ? Je m'y connais assez bien. C'est efficace contre tout un tas de choses ! On peut aller dans ta cabine !

Pleine d'espoir, elle a commencé à ôter ses gants.

Ça marche contre le dégoût de la vie aussi ? Eh bien, pourquoi pas ? ai-je pensé, mais j'ai choisi de sourire :

— Une autre fois peut-être.

L'*Orlovsky* était au mouillage, les gens parlaient, riaient et comparaient leurs nez rouges pelés. Nous étions entourés de plages blanches surplombées de cimes élevées en forme de cônes, l'eau et l'air bruissaient de vie. Le chenal Lemaire tout entier était une orgie d'ailes passant si près qu'on en sentait le souffle, d'ailerons qui surgissaient et disparaissaient, d'eau bleu-vert que ridaient des manchots en plongeant. Des icebergs de toutes les couleurs scintillaient de mille feux. J'ai tout à coup compris combien j'avais été peu attentif à la nature pendant ce voyage.

Un petit oiseau noir agitait les ailes comme un papillon juste au-dessus de la surface de l'eau, je l'ai suivi du regard.

— Une océanite de Wilson ! s'est écriée la femme qui s'appelle Ulla, je crois, en feuilletant avec enthousiasme son guide des oiseaux.

Elle a glissé la main sous le bras d'un des ornithologues, Verner, et lui a montré une page en battant ingénument les cils. À droite de Verner, sa copine, Margareta, pointait le doigt sur un morceau de glace à la dérive.

— Un phoque crabier ! a-t-elle proposé.

La tête de Verner bougeait comme s'il regardait un match de tennis. C'était mignon.

Carola Spanderman et mon camarade de cabine, Peter, sont venus s'enquérir de mon état de santé. Elle n'a pas dit un seul mot sur son fer à repasser et Peter n'a pas touché ses jumelles pendant plusieurs minutes. Ils sont rentrés à l'intérieur, main dans la main.

Les gens changent, ai-je pensé. Cela va m'arriver aussi. La vie aspire à être vécue.

Et avant d'avoir eu le temps de crier gare, je me tenais au milieu de tous en train de hurler une version épouvantable de *What shall we do with the drunken sailor*. Bill était en train de distribuer du café allongé de whisky, il s'est bouché les oreilles en rigolant.

Wilma était debout face au bastingage. Elle s'est retournée et m'a souri.

Soudain j'ai su ce que j'allais faire. Ce que je devais faire.

— *Wayyy heyyy and up she rises… !* ai-je gueulé avant d'aller la rejoindre.

J'ai pris sa main et on est montés au pont 6 où on s'est assis sur un banc. Les chanteurs enthousiastes poussaient toujours la chansonnette quelques étages au-dessous. Un vent frais soufflait, mais la vue était éblouissante où qu'on regarde – le ciel, la mer bleue avec des glaces flottantes et de gros icebergs aux formes extraordinaires.

J'ai commencé à lui exposer ma proposition, qui avait surgi en moi aussi subitement que ma dépression s'était estompée. Je n'avais pas encore eu le temps d'y réfléchir, mais je savais que c'était la bonne chose à faire. Maintenant il fallait juste la convaincre et ça ne s'est pas annoncé facile. Elle m'a regardé comme si j'avais perdu la tête. J'ai répété mon idée en l'agrémentant de quelques nouveaux détails, puis je l'ai regardée, plein d'espoir.

— Ta dépression a peut-être disparu, a-t-elle dit, sur un ton bref. Mais on dirait que tu es entré dans une phase maniaque à la place. Reviens quand tu auras retrouvé ton équilibre.

— Pourquoi tu te fâches ?

— Je ne sais pas. Peut-être parce que je n'arrive pas à gérer la situation. Peut-être parce que ma tête en ce moment est comme un aéroport avec des pensées qui décollent et atterrissent. Ça va trop vite pour moi.

— Ce n'est pas grave. Il nous reste encore un jour à bord, puis quelques jours en Patagonie et à Buenos Aires. Tes pensées devraient avoir le temps de se poser.

J'ai essayé de continuer mon exposé, mais elle a levé la main comme un gendarme qui fait la circulation.

— Écoute, je crois que je vais aller dans ma cabine un petit moment !

— Il y a… tu te sens comment… tu veux ma parka ? ai-je fayoté.

Elle a secoué la tête en me crachant un « non ». Puis elle a péniblement ouvert la lourde porte avant de disparaître. C'était quoi, ça ? Putain de merde, c'était QUOI ? Pourquoi il n'y a *jamais* rien qui fonctionne comme on veut ?

WILMA

En voyant sa tête, j'ai tout de suite perçu le changement. Le maréchal avait l'air d'être enfin rejoint par sa cavalerie, avec tambours et trompettes et étendards au vent. Je ne l'avais jamais vu dans cet état. Et je le regrettais un peu – pendant ces deux semaines, il avait toujours été déprimé et candidat au suicide. C'était moi qui l'avais porté, qui l'avais soutenu et consolé et parfois même l'avais sans ménagement rappelé à l'ordre, pour son bien… J'avais senti que lentement il déplaçait ses problèmes sur moi, que j'avais fini par compter pour lui. En tant que quoi, je n'en sais rien – un croisement de maman, de prof principal et d'assistant personnel? Mais quelque chose en tout cas. Dont il avait besoin.

Il a mis le cap sur moi, un sourire aux lèvres.

Et tout à coup, j'ai eu la trouille.

Il était au courant. Il savait qu'en réalité c'était moi la plus faible de nous deux. Ce crétin ne l'avait même pas compris quand ils m'ont grutée à bord. Alors à quoi pourrais-je lui servir maintenant?

La cavalerie était arrivée, de quelque part. Un Tomas fort et joyeux, avec un sourire qui allait d'une oreille à l'autre, et qui avait redressé le dos. Qui chantait faux à tue-tête avec les autres et qui *riait*. Un homme que je ne connaissais pas, que je n'avais jamais connu. D'accord, on avait ri ensemble, mais jamais très longtemps. Les nuages finissaient toujours par s'installer devant son front. Parfois j'arrivais juste à faire naître un sourire récalcitrant. J'avais été fière de ça.

Cet homme n'avait pas besoin d'assistant personnel. Et il saurait très bien rire tout seul.

C'était comme si le tape-cul avait basculé de l'autre côté. L'équilibre s'était rompu. En sondant les replis de mon âme, je voyais bien qu'il y avait toujours eu entre nous quelque chose qui faisait de moi l'enviable, la joyeuse, celle dont il cherchait la chaleur. Parce qu'il était tellement faible qu'il ne voulait même pas vivre. J'étais le Mitosyl pour son âme, selon la formule d'Alba. Un homme comme lui, dans d'autres circonstances, ne se serait même pas retourné sur moi ! Son malheur avait été ma veine et si j'éclairais avec une lampe de poche mes recoins les plus sombres, je devais admettre que j'en avais joui. Je m'étais sentie plus forte, nécessaire, aimée. J'avais laissé mes sentiments m'emporter. J'avais été rassurée avec lui parce qu'il était dépendant de moi, en tout cas un peu.

Il n'y avait qu'à regarder la vérité en face. J'avais baissé la garde et m'étais attachée à lui, beaucoup trop. J'allais certainement avoir à en payer le prix.

Et quand il m'a exposé sa proposition, j'ai eu envie de mordre. Ça a été un tel choc. J'ai ma fierté, même si c'est une chose dont je ne suis pas fière ! Trop orgueilleuse pour recevoir l'aumône et la charité.

Cela exige une grande générosité d'accepter une aide sincère, une humilité qu'on n'a pas quand on s'appelle Wilma, qu'on est prognathe, qu'on a la maladie de Parkinson et qu'on a dû lutter pour une place dans la meute toute sa vie.

Et maintenant il voulait être en haut du tape-cul ! J'allais devenir son projet de bienfaisance ! On allait emménager ensemble dans une maison dans sa ville et je n'aurais plus à travailler, tant que j'aurais la force on allait juste être bien et voir le monde et faire des choses et ensuite, au fur et à mesure des besoins, il installerait des rampes et des lits médicalisés et des tables ajustables en hauteur... des fauteuils roulants électriques... J'ai eu envie de me boucher les oreilles et de crier « beurk, beurk, beurk ! ».

M'est revenu à l'esprit un article que j'ai lu sur de jeunes femmes handicapées. Contrairement à ce qu'on pourrait croire, elles sont très prisées comme partenaires, d'après les personnels soignants. Beaucoup d'hommes qui manquent de confiance en eux veulent une femme faible qui a besoin d'eux, et sur lesquelles ils ont un contrôle total. Cette espèce est assez difficile à trouver parmi les femmes valides, de nos jours ! Tributaire de lui, était-ce ainsi qu'il me voulait ?

Je suis descendue à ma cabine, j'ai tiré le rideau de ma couchette et suis restée sans bouger.

En fait, c'était d'une telle simplicité que seul un homme comme Tomas pouvait ne pas s'en rendre compte.

J'étais tombée amoureuse de lui. De la bonne vieille manière, tellement banale, il était la première chose que j'avais en tête en me réveillant le matin et la dernière avant de m'endormir le soir. Dans ces conditions, on ne rêve pas spécialement de passer un marché avec celui qu'on aime, stipulant qu'il s'engage à vider votre pot de chambre…

Épuisée d'émotion, je me suis endormie.

Et en me réveillant cinq heures plus tard quand Alba est arrivée, rose et pouffant de rire après une séance de sauna avec Sven, j'ai subitement compris deux choses.

Premièrement : j'avais loupé le dîner. Deuxièmement : cette théorie disant que les hommes peu sûrs d'eux recherchaient une femme faible, pourquoi pas handicapée, c'était peut-être l'inverse ? Une femme faible et peu sûre d'elle voulait un homme mentalement handicapé, déprimé et dépendant ? Avais-je donc peur de rencontrer un Tomas fort et en bonne santé ?

Comment allais-je pouvoir me séparer de lui au retour ? Allez *ciao*, c'était sympa, je te mailerai les photos ?

ALBA

Ce matin je me suis de nouveau retrouvée avec les deux sœurs au petit-déjeuner et j'ai eu le plaisir d'être témoin de ce que je pense être la dernière phase de la lutte pour son émancipation de petit Krill. C'est notre dernier jour à bord, et le moment était venu de donner aux membres de l'équipage le traditionnel pourboire. La brochure de l'agence de voyages le précise clairement, le pourboire est une partie importante de leurs revenus, la coutume veut qu'on donne un certain montant en dollar par jour, selon la durée du voyage. Rien ne vous empêche d'être généreux, si vous êtes satisfait.

— Moi, j'ai l'intention de donner un peu plus, m'a confié Lisa, à mi-voix pour que sa sœur ne l'entende pas. Ils ont été tellement adorables, tous. Vera qui a fait le ménage dans notre cabine et qui m'a aidée quand j'avais le mal de mer. Et le cuisinier russe qui est toujours de si bonne humeur. Et... et Bill le barman...

Elle est devenue écarlate. La drague charmante de Bill avait indéniablement élevé sa qualité de vie.

Mais la Borkmeyer avait son idée là-dessus. Mirja est passée avec une liste et a demandé à Linda si elle voulait payer le pourboire en dollar ou par carte.

Elle a soupiré et dit que le moins qu'on puisse exiger, c'était quand même que le personnel de service – elle n'a pas dit l'équipage – fasse son boulot sans pots-de-vin supplémentaires. Cette habitude ne ferait qu'aggraver leurs revendications !

Mirja a semblé ne pas en croire ses oreilles.

— C'est la première fois que quelqu'un refuse de payer le pourboire à l'équipage, a-t-elle seulement répondu avec raideur. Mais nous ne pouvons pas te forcer !

Elle a continué son chemin et son dos a clairement indiqué combien elle était en colère.

— Quel toupet ! a reniflé Linda. Je me demande combien les accompagnateurs prélèvent pour eux-mêmes sur ce pourboire ! Ça leur donne une belle occasion de carotter leurs clients !

Lisa réfléchissait intensément, ça se voyait sur son visage. Tout à coup elle en a manifestement eu assez de sa grande sœur.

— Je vais leur donner tout ce qui reste de mon budget voyage !

Linda l'a dévisagée.

— Tiens donc, petite sœur a fait des économies ? Aux frais de grande sœur ? Tu ne trouves pas que ce serait plus approprié de me donner ça à moi ?

— Je crois que tu as tout ce qu'il te faut, Linda, a murmuré Lisa.

La Borkmeyer s'est levée tellement vite que son pain grillé est tombé par terre. Ça crissait sous ses pieds quand elle est partie.

— Maintenant elle ne va plus me parler de tout le reste du voyage, a dit Lisa, et son visage a éclaté en un grand sourire. Tant mieux !

— Si tu as besoin d'un peu d'argent pour les derniers jours, je peux t'en prêter, ai-je proposé.

Elle a hoché la tête, distraitement.

— Ce qu'il y a eu de vraiment bien avec ce voyage, c'est que je me suis enfin décidée ! Théoriquement, je devais m'installer dans l'annexe de sa villa à Sundsvall en rentrant. Elle vit toute seule dans huit pièces maintenant que Torsten est mort. Moi, je vis dans un studio, en sous-location.

— Tu prends des risques…

— Je serais devenue sa femme de ménage, son crachoir et son larbin. Ce ne serait pas une vie. Il ne faut jamais s'endetter auprès de gens comme ma sœur !

Elle a gardé le silence un moment, avant de poursuivre, tristement :

— J'espère, j'espère que je réussirai à me tenir à cette décision ! Mais elle a toujours su me persuader de…

— Il y a du boulot dans d'autres villes, ai-je répliqué. Et dans d'autres pays. Il y a des choses contre lesquelles il ne faut pas essayer de lutter.

Lisa a soigneusement compté les chèques de voyage qui lui restaient. Puis elle s'est dirigée vers la table de Mirja d'un pas ferme.

Eh bien, je dirais que ses chances viennent d'augmenter à fifty-fifty. Je vais croiser les doigts pour elle.

J'ai distraitement griffonné quelques phrases dans ma *Ruine*.

Certaines personnes ont le don de régner en usant de l'insolence la plus effrontée. Leurs paroles sont comme des nuées de moustiques, elles piquent et grattent et saignent longtemps après. On a le souffle coupé de voir combien elles peuvent être ouvertement méchantes, et on fait n'importe quoi pour ne pas s'exposer à leurs attaques. Vouloir les éviter n'est pas de la lâcheté, car elles n'ont jamais honte et ne changent par conséquent jamais.

Si Lisa devait être assaillie par une telle nuée encore une fois, elle serait perdue.

TOMAS

Non, Wilma n'a pas du tout pris ma généreuse offre comme je l'avais attendu. Je l'ai regardée s'en aller, j'ai secoué la tête et je suis parti vers ma cabine.

Cette fois-ci, je n'avais cependant pas l'intention de déclarer forfait, comme je l'avais fait pour le Musclor de Sanna. Je ne laisserais pas Wilma gagner par défaut ! Ma tête grouillait toujours de pensées. C'était comme s'il se produisait un tas d'affaissements, des trucs pourris s'effondraient et de nouvelles structures se profilaient. Rempli de confiance et d'un esprit de bâtisseur, je suis descendu à ma cabine au pont 3 pour prendre une douche et me changer. Je n'y avais pas mis les pieds depuis trois jours et deux nuits. Je me suis arrêté devant la porte.

Des bruits étranges provenaient de l'intérieur, comme des coups de marteau assourdis et réguliers. Mais aussi un cri d'oiseau, un oiseau de mer. J'ai hésité. « Ce fêlé de Peter aurait-il capturé un pétrel qu'il a enfermé dans notre cabine ? ai-je eu le temps de penser. Qu'est-ce qu'il va dire si je le fais sortir ? » J'ai doucement ouvert la porte pour jeter un regard dans la pièce.

Le pétrel en question était Carola Spanderman et les coups frappés étaient le résultat d'un coït endiablé qu'elle pratiquait avec Peter dans sa couchette. Le bois craquait et crépitait quand il prenait appui sur le mur, Carola lançait régulièrement son cri d'oiseau de mer, tous deux étaient luisants de sueur et fermaient les yeux de béatitude. J'ai pu voir qu'elle avait un corps magnifique. Aussi sublime que ses dents blanches parfaitement alignées. Les omoplates de Peter étaient comme des ailes d'oiseau et ses cheveux fins collaient sur son crâne, mais il déployait une énergie de surhomme. Ils ne m'ont pas vu, ils ne m'auraient probablement même pas remarqué si j'étais entré et avais joué du clairon. J'ai souri en refermant doucement la porte. J'étais content pour eux, Peter s'était vraiment montré entreprenant. Il n'y a pas beaucoup d'occasions sur ce bateau pour du sexe spontané, en tout cas pas dans un lit. Je me suis senti un peu fier, comme s'ils avaient pu voler leur petit moment d'amour grâce à moi qui étais resté absent quelques jours. Qu'est-ce que j'allais faire maintenant? Je suis ressorti du côté où le vent soufflait, j'ai posé les mains sur le bastingage en me demandant comment ça serait de faire l'amour par une mer pas trop forte. Merveilleux, sans doute. Rester immobile, ancrés l'un dans l'autre, et laisser la mer faire le boulot. Se faire bercer sans se hâter, ne pas avoir à pousser et boulonner, seulement sentir… et ce serait bien si ça pouvait durer. Putain, j'aimerais bien essayer! Je pourrais peut-être tenter ma chance avec l'une des serveuses russes…?

Malgré moi, c'est Wilma qui surgissait dans mon esprit, les yeux fermés de plénitude, poussant de petits gémissements comme un chiot. Wilmer, mon meilleur pote ado? D'où me venaient ces idées? Ne serait-ce pas frôler l'inceste?

Bon, et Carola Spanderman, alors? Belle fille, mais je n'avais pas l'intention de rivaliser avec Peter. Mollement, j'ai commencé à fantasmer sur elle, c'était suffisant. Mais le fer à repasser surgissait sans arrêt à côté d'elle dans le lit... J'ai souri tout seul.

Puis Wilma a été de retour, avec ses fines mains allongées, fermement serrées derrière ma nuque et les cheveux roux ébouriffés par nos ébats. Mon caleçon long en fibres synthétiques est tout à coup devenu trop serré. Je n'ai pas réussi à me rappeler la dernière fois que ça m'était arrivé. Ma libido était rangée dans un sac antimite depuis des mois. Elle ne m'avait même pas manqué. Et voilà que la vie se précipitait soudain dans mon bas-ventre comme si un barrage avait cédé! J'ai jeté des regards à la dérobée autour de moi. J'étais tout seul, l'eau de mer rejaillissait sur le pont et les gens étaient sans doute rentrés pour commencer à faire leurs bagages. J'ai glissé ma main dans ma poche, comme un foutu adolescent. Si, il était bien là! Salut, mon pote!

J'ai fermé les yeux. Comment ce serait d'embrasser la bouche prognathe de Wilma? Serait-ce comme dans les films de Hollywood, où il semblait toujours y avoir une sorte de déphasage, si bien que quatre lèvres ne se rencontraient jamais vraiment? Allait-elle... oh...

Une déferlante m'a soudain envoyé une rincée d'eau glacée, comme on lance un seau d'eau sur un chien en rut. J'ai lâché le plat-bord pour me réfugier du côté de la porte.

À travers un hublot, j'ai vu le cuisinier russe en train de hacher des légumes, la jambe enroulée autour d'un pied de sa table de travail pour garder l'équilibre. Sa bouche bougeait bien qu'il soit seul dans la cuisine, je suppose qu'il était en train de chanter. Certains n'ont pas le temps de s'adonner à des fantasmes lubriques ! Irina est arrivée dans la cuisine, les deux bras chargés d'une pile d'assiettes. Il s'est tout de suite retourné et a glissé sa main dans son décolleté, et comme elle ne pouvait pas l'en empêcher sans lâcher les assiettes, elle l'a laissé faire. Et elle n'avait pas l'air d'être spécialement embêtée.

J'ai poursuivi mon chemin jusqu'au cabinet médical pour chercher les affaires que j'y avais laissées. Sven était là et il m'a souri.

— Dans l'ensemble, tu es un cas intéressant, Tomas ! Hier tu restais à fixer le mur et à être désagréable avec tout le monde. Aujourd'hui tu as pris cinq centimètres parce que tu as redressé l'échine et on a presque l'impression que tu souris. Hier j'aurais pris ça pour des spasmes nerveux.

Je crois que j'ai un peu rougi. Puis je lui ai parlé des symptômes de guérison que je venais de déceler en moi, que j'avais tout à coup eu envie de draguer toute femme à portée de main. Comment voyait-il cela, d'un point de vue médical ? Il a ri, un rire polisson et heureux.

— La guérison soudaine d'une dépression est décrite à plein d'endroits dans la littérature scientifique. Des patients en parlent comme le réveil d'un mauvais rêve. Un beau jour le nuage noir est parti, comme s'il n'avait jamais existé. Ce n'est pas fréquent, mais ça arrive, souvent sans explication apparente. Rien de particulier ne s'est passé, on sait seulement que l'ombre s'est envolée. Et la preuve la plus sûre que la joie de vivre est de retour, c'est – eh bien, à ton avis ? Toute notre joie de vivre est fortement liée à notre envie de nous reproduire. Alors, bonne chance, c'est tout ce que je peux te souhaiter !

— Je me demandais… ai-je murmuré. Je veux dire, cette maladie de Wilma…

Ma question l'a fait franchement rire.

— Tu ne peux pas lui faire de mal, la maladie de Parkinson ne la rend pas vulnérable sur ce point ! Ça ne va sans doute pas améliorer sa santé, mais… C'est un peu comme de boire un verre de cognac quand on sent venir un gros rhume. Ça ne guérit personne, mais on s'amuse plus en attendant d'être patraque.

J'ai fredonné en retournant à ma cabine pour faire mes bagages. Peter m'a reluqué d'un air gêné quand je suis arrivé, il m'avait peut-être vu, après tout. Je lui ai donné une tape dans le dos et il a rigolé, timidement.

J'ai mis une chemise correcte, puis j'ai rejoint la salle à manger où j'ai guetté Wilma. Mais elle n'y était pas.

ALBA

Ce dernier trajet en haute mer, dans le passage de Drake, a été assez pénible, même si d'après Sven ça aurait pu être bien pire. Comme la plupart des passagers étaient amarinés maintenant, ils le prenaient à la rigolade quand ils titubaient et se bousculaient dans les couloirs, comme des petits pois qui roulent. J'étais un peu inquiète de ne pas avoir vu Wilma au dîner, et Tomas avait l'air de guetter la porte sans arrêt. De temps en temps il se levait et allait jeter un œil dans l'autre salle à manger, mais elle n'y était pas non plus.

J'ai pensé aller voir après le dîner si elle était dans la cabine, mais j'ai d'abord suivi Sven sur le pont un instant. Il fume un cigarillo en cachette de temps en temps et il ne veut surtout pas que ça se sache, vu que tous les jours dans son boulot, il ne cesse de faire de la prévention contre le tabagisme. Nous sommes montés au pont 5 où nous nous sommes appuyés contre le bastingage. Le temps s'était calmé, le crépuscule commençait à tomber et le ciel étincelait d'étoiles. Le canal Beagle s'étendait comme un trait sur un miroir entre les rivages sombres. Sven a soupiré.

— Ce soir je ferai mes adieux ! C'est mon dernier voyage comme médecin de bord. Et je ne pense pas pouvoir revenir ici par mes propres moyens. Je vais rentrer chez moi, liquider ma retraite et devenir un parasite de la société, je vais vieillir et devenir gâteux et je vais te dire, Alba, ça ne me réjouit pas du tout !

Je réfléchissais. Qu'arrive-t-il aux albatros quand ils ont fini de vivre ? Je pense qu'ils se posent simplement quelque part en mer pour être recyclés par un léopard de mer affamé. Pas forcément si effrayant que ça. J'ai parfois pensé que pour mon corps humain, j'aimerais bien avoir droit à des funérailles célestes tibétaines. J'ai vu ça une fois sur Discovery : ils installent le mort sur une hauteur, puis les vautours arrivent pour s'occuper de la dépouille sous les yeux de la famille. Il y a quelque chose dans cette pratique qui m'attire. Plutôt que d'être incinéré dans un four, où tout le mercure contenu dans l'amalgame dentaire s'échappe par la cheminée du crématoire pour aller semer du désordre dans l'environnement.

— Vieillir, c'est un boulot difficile, ce n'est pas pour les poltrons, ai-je dit. Quand la côte devient plus raide, il convient d'augmenter la cadence avant le sommet. Si on y met tout son cœur, les morceaux du puzzle trouvent leur place, et en récompense on a un aperçu de l'image dans sa totalité. C'est ce que je crois, en tout cas. J'ai même l'impression que je la vois déjà – tu sais, comme une photo dans un bain révélateur.

— Mais c'est un tel gaspillage ! s'est lamenté Sven. Je suis d'accord avec toi, c'est maintenant, sur le tard, qu'on commence à maîtriser cet appareil compliqué qu'est la vie, alors qu'on n'a jamais compris le mode d'emploi quand on était jeune. Et au moment où on a enfin réussi à piger des trucs, on va se mettre à tout oublier ! Je ne veux pas, je te dis ! Aujourd'hui je me suis tout à coup aperçu que je ne me rappelais plus le nom de jeune fille de ma femme ! J'entendais les auteurs de nécrologies aiguiser leurs crayons…

— Mais pourquoi faudrait-il se souvenir de tout ? Moi, je choisis mes souvenirs, seulement les meilleurs, je les polis et les fais briller, j'en rajoute un peu là où c'est nécessaire et je les sors quand j'en ai besoin. Ils me procurent du plaisir tous les jours, je suis heureuse de les avoir rassemblés ! Parfois je me regarde dans la glace avec un éclairage cru en me disant que là, quelque part derrière le visage, mon cerveau a un sourire amusé face à tout cet air que j'ai brassé toute ma vie. Il attend son heure de gloire, comme il l'a toujours fait.

Sven a fait une grimace en me dévisageant.

— Alba ! Tu es poète, ou c'est simplement ton cerveau qui est dérangé ?

— C'est peut-être la même chose. Tu ne trouves pas que ça va faire du bien de lâcher un peu de lest ? Je pense souvent à l'expression qui dit qu'une main plongée dans l'eau ne laisse pas de trou… Tout ne repose pas sur mes épaules, à quelqu'un d'autre de prendre la relève maintenant, ça fait du bien de raisonner comme ça !

Je dis ça, moi qui ai décidé de devenir le premier humain à atteindre cent vingt ans. Mais Sven était en pleine crise d'angoisse de séparation, il avait besoin d'être consolé.

— Qu'est-ce que j'ai donc fabriqué tout au long de ma vie ? a-t-il murmuré. Je pense à ces choses-là au moment de prendre ma retraite. Dois-je me contenter de constater que mes quatre petits-enfants se comportent à peu près correctement ? Je n'y suis pas pour grand-chose, ce sont les femmes de la famille qui s'en sont occupées. Nous avons acheté une jolie maison, nous l'avons aménagée et agrandie, nous avons construit une véranda et une cabane d'invités, puis je l'ai vendue et j'ai emménagé dans un deux pièces. J'ai été actif dans la vie associative, dans des associations qui n'existent plus, la photographie était mon hobby et plus personne ne regarde mes photos. D'accord, j'ai rafistolé des gens et rédigé des ordonnances, et ces dernières années j'ai surtout administré des piqûres contre le mal de mer. Si les gens étaient restés chez eux, ils n'auraient même pas eu besoin de moi ! C'est comme si j'avais passé ma vie à construire des châteaux de sable, qui se sont écroulés les uns après les autres !

— Mais c'est bien pour ça qu'on les construit, pour les voir s'écrouler et ensuite en bâtir d'autres ! C'est construire qui compte ! Tu n'as pas trouvé ça amusant ?

Il a hoché la tête à contrecœur et nous n'avons rien dit pendant un moment.

— Tu sais ce qui me dérange le plus ? s'est-il écrié. Toutes ces listes d'observations d'oiseaux ! Ça fait cinquante ans que je les dresse ! L'activité la plus inutile qui soit ! Personne ne s'intéresse le moins du monde à la liste de quelqu'un d'autre, à part pour lui en boucher un coin avec des observations encore plus remarquables. Même moi, je ne trouve aucun intérêt à mes propres listes, bien que je les aie toutes conservées.

J'ai posé ma main sur son bras.

— Je vais te dire, Sven, si tu avais dit ça au début du voyage, j'aurais été d'accord avec toi. Moi non plus, je n'ai jamais rien compris à ce truc d'observation des oiseaux, je me suis seulement dit que ça doit être plus commode pour les proches. Ils auraient pu collectionner des motos ou des capsules de bières, de l'art, des meubles anciens ou je ne sais quoi de cher et d'encombrant ! Mais hier, j'ai soudain cru comprendre le processus. Je pense que c'est une façon de profiter de la diversité de la vie. J'ai connu autrefois un homme qui répartissait les oiseaux en aigles, moineaux et canards – il trouvait que c'était suffisant comme ça. Tu imagines comme la vie doit être plus riche pour celui qui ne se contente pas de penser « canard » quand il voit un oiseau de mer – mais ouette marine, albatros hurleur, pétrel des neiges, océanite de Wilson…

Silence.

— Évidemment, on peut aussi collectionner des photos de vedettes, ai-je ajouté. Ou des bonsaïs. Ou des blagues.

Sven m'a souri pour la première fois.

Tout à coup il s'est figé et a extirpé ses jumelles de sa poche intérieure. Un oiseau sombre, assez grand, passait devant nous, à moins de cinq mètres du bastingage. Il a pris de la hauteur et a commencé à tournoyer autour du navire. Sven triturait nerveusement la molette de mise au point tout en cherchant l'oiseau à travers les lentilles.

— C'est un *Pterodroma mollis* ! a-t-il dit, tout excité. *Soft-plumaged petrel*, je ne sais pas trop comment on l'appelle en suédois. Très rare ! Je ne l'ai jamais observé, personne à bord n'en a vu, on en parlait hier justement. Il faut que j'aille chercher les autres ! Ah, merde, il s'en va !

L'oiseau a quitté le bateau, s'éloignant sur des ailes puissantes vers la pleine lune orangée qui se levait, immense, au-dessus de la Terre de Feu.

— Exactement ce qu'il me fallait ! a-t-il soupiré d'aise. Ça, c'est un château de sable que personne ne va détruire de sitôt ! Et comme je n'ai réellement pas eu le temps d'avertir les autres, je suis le seul à avoir cette observation…

Au bout d'un moment, deux personnes sont venues s'accouder au bastingage sur le pont en dessous de nous. Je me suis penchée pour voir. C'étaient Peter et Carola Spanderman. Ils se tenaient serrés l'un contre l'autre et leur langage corporel m'a dit qu'ils avaient atteint la phase suivante de la pariade. Carola a montré la lune qui avait eu le temps de devenir un point blanc, plus petit, dans le ciel.

— Dommage qu'ils aient raté le lever de la lune, ai-je dit.

— Je pense qu'ils s'en fichent pas mal, a fait remarquer Sven. Le lever de la lune, c'est pour des gens comme toi et moi, qui savent l'apprécier. Et de toute façon, la lune se lève toujours, à chaque instant, quelque part sur la terre. Ils auront d'autres occasions.

—… contrairement à nous, ai-je ajouté. C'est sans doute pour ça que nous les apprécions plus.

Des fenêtres du bar deux étages plus bas s'échappaient des airs divers chantés en chœur. Certains semblaient interpréter une chanson touchante de marin, tandis que d'autres affectionnaient des horizons plus vastes. J'ai soudain ressenti un grand élan de tendresse pour tout ce petit monde, mais c'était peut-être le gin qui s'exprimait.

Sven s'est tourné vers moi. Ses yeux scintillaient au clair de lune.

— Tu veux qu'on aille faire un tour au sauna, Alba ? a-t-il demandé avec un clin d'œil. Je pense qu'il n'y a personne.

TOMAS

J'ai été surpris d'être aussi déstabilisé de ne pas voir Wilma au dîner. Alors que je suis devenu si gentil! La cible de ma gentillesse n'était pas là! Et je n'avais même pas compris pourquoi elle s'était tant fâchée. J'ai fini par tout raconter à Alba. Elle est tombée des nues.

— Tu es devenu complètement fou, mon garçon? Tu lui as proposé de devenir son infirmier? Tu envisages de porter un petit bonnet blanc aussi? Enfin, cette fille est tellement amoureuse de toi que c'est un tourment pour elle, surtout qu'elle ne le sait pas encore. La dernière chose qu'elle souhaite, c'est bien que tu lui essuies le front d'une main fraîche et que tu lui arranges les oreillers de son lit!

— Que dois-je faire alors?

— Si tu ne le comprends pas de toi-même, tu ne la mérites pas! s'est-elle indignée. Mais si j'étais toi, j'utiliserais l'intelligence la plus utile et la plus fiable qui soit. Tes sentiments, je veux dire. Sonde-toi, essaie de savoir ce que tu veux faire avec elle! Si tu n'as pas réellement envie d'être son infirmier, excuse-toi et essaie de lui expliquer ton raisonnement. Comme ça vous resterez amis. Et si tu sens que tu partages ses sentiments, montre-le-lui sans parlementer et tirer des plans sur la comète. Ça ne donnera peut-être rien en retour, les gens ne sont pas toujours en phase. Mais alors tu pourras toujours retourner à tes projets de suicide !

Elle a souri en me tapotant affectueusement la tête.

Je ne l'ai revue qu'après avoir essayé de dormir quelques heures, sans succès. Je me suis dit qu'un sauna me détendrait l'esprit tout en me décontractant les muscles, et j'y suis allé. Il était allumé malgré l'heure tardive – il était une heure du matin. J'ai ouvert grande la lourde porte.

J'ai vu Alba, et Sven. On dit que le sexe peut se pratiquer même à un âge avancé, je confirme.

J'ai fini par m'endormir par pur épuisement. Le lendemain matin, notre dernier jour à bord, j'étais tellement fatigué que je n'arrivais même pas à penser, et ça a été ma chance. Après le petit-déjeuner, je suis allé trouver Wilma et je l'ai prise par le bras, elle s'était installée dans l'autre salle à manger. Elle n'a pas pipé mot quand je l'ai fait sortir sur le pont avant. Il faisait un temps magnifique, des oiseaux tournoyaient au-dessus du navire et des dauphins jouaient dans l'écume de l'étrave, et nous, on n'en avait rien à cirer.

Je me suis assis sur un banc, j'ai ouvert mon épaisse parka orange et fait signe à Wilma. Sans façon, elle a grimpé sur mes genoux et j'ai remonté la fermeture éclair. Nous sommes restés sans rien dire un long moment, à seulement profiter de la chaleur l'un de l'autre.

— Je ne voulais pas dire gueule de bouledogue, ai-je dit. Ce que je vois, c'est un petit chiot boxer qui veut jouer. Ce sont mes chiens préférés, on en avait un quand j'étais petit.

Elle a souri.

— Tu sais, les cabines sont équipées de miroirs, et j'ai vérifié. Je suis prognathe, c'est comme ça, pas la peine de prétendre autre chose. Mais merci quand même, c'était bien tenté.

— Il s'appelait Rudolf. Je l'adorais.

Ce n'était pas ce que j'avais envie de dire, mais je ne savais pas par quoi commencer.

— Je veux bien te croire. Les chiots boxers ont une mâchoire inférieure adorable.

— Tu n'as pas dit que tes parents t'ont baptisée d'après cette star du sprint, Wilma Rudolph? Tu vois, Wilma – et mon Rudolf. Nous deux, on va ensemble en quelque sorte.

Elle s'est esclaffée et m'a tapoté la joue avec sa main gantée.

— Un peu tiré par les cheveux, mais pas mal quand même! J'imagine que tu as passé un moment avant de trouver ça?

Les ornithologues ont commencé à affluer sur le pont. Ils nous ont jeté un regard intrigué avant de reprendre leurs positions avec les jumelles le long du bastingage. Nous étions parfaitement visibles de tous les côtés, de la passerelle aussi, et on s'en fichait complètement. Quelque chose avait changé et nous ne ressentions même pas le besoin d'en parler. Je me suis penché et l'ai embrassée sur la joue.

— Tu devrais savoir que ce n'est pas la mâchoire inférieure qui détermine ce qu'on ressent pour quelqu'un. Tu aurais été toi, même avec un menton en pelle mécanique. Parce que tu es une femme joyeuse, tendre et appréciée de tous, avec qui les gens se sentent à l'aise. Je le sais depuis le début. Je suis un peu fiérot que tu aies passé tant de temps avec moi, alors que tout le monde recherche ta compagnie.

— Je suis assez sociable. Mais je ne compte pas sur une popularité grandissante à l'avenir. Quand je vais me mettre à trembler et être déprimée et à peine pouvoir marcher.

— C'est vrai que les déprimés ne sont pas toujours très marrants, je suis d'accord avec toi. Je ne comprends pas comment tu as fait pour supporter mes jérémiades et mes vacheries.

— Je ne les ai pas supportées ! Parfois je t'ai tellement remonté les bretelles que j'ai eu peur que tu te jettes à la mer. C'est drôle, on dirait que ça fait partie du passé maintenant !

— Oui. Je ne sais pas pourquoi, mais Sven dit que ça arrive parfois. On peut sortir d'un seul coup d'une dépression et avoir l'impression de se retrouver, de redevenir celui qu'on était avant. Je ne suis pas du tout ce personnage qui s'est soûlé pour adresser ses dernières paroles à un manchot, sans penser à ce que mes enfants… bref, tu vois ce que je veux dire. On en parlera une autre fois, mais dans longtemps. Je veux qu'on parle de toi maintenant. Et pas un mot sur des rampes pour handicapés !

Elle a levé la tête et m'a interrogé du regard.

— Qu'est-ce que tu vas faire en rentrant? ai-je poursuivi.

— Je vais continuer à travailler aussi longtemps que possible. Et quand je ne le pourrai plus, quand les trous de mémoire vont arriver, je prendrai le vieux fusil de chasse de papa et j'irai dans la forêt.

— Mais enfin, Wilma, c'est toi qui dramatises maintenant. Où est passée Pollyanna?

— Il est temps que tu me dises qui c'est! Une ancienne maîtresse, ou quoi?

Je le lui ai dit. Elle a ri et a posé sa tête contre mon épaule.

— C'est tout à fait moi, ça. Mais tu es loin de te douter du prix que je dois payer. Et elle n'a jamais eu Parkinson, Pollyanna ; quand on l'a, on ne joue pas au jeu du contentement.

— Bon, mais Shackleton, alors? Ce n'est pas toi qui allais former un nouveau groupe écolo fonceur qui s'activerait bien qu'il n'y ait plus guère d'espoir? Comment est-ce que tu sais que la recherche génétique ne va pas soudain trouver un remède contre Parkinson? À l'époque, qui croyait qu'on allait savoir guérir la syphilis et la peste et la variole? Croise donc tes pouces tremblants pour que ça n'arrive pas trop tard, parce qu'une chose est sûre, c'est que ça va arriver!

Elle a soupiré.

— Les cellules qui ont déjà commencé à se dégrader, elles sont irrécupérables.

— "… *when all hope is lost, get down on your knees and pray for Shackleton*"! ai-je dit en citant un des coéquipiers de l'explorateur. Mais en fait ce n'est pas ça que je voulais te dire. J'ai une nouvelle proposition. De *drama queen* à *drama queen*.

Je l'ai serrée plus près de moi et elle a enfoui son nez dans le creux de mon cou. C'était merveilleux.

— Toi et tes propositions ! Il faut que tu saches que j'ai trouvé celle d'hier carrément honteuse. Sans doute parce que je ne veux pas affronter la réalité. C'est quoi cette fois ? Tu vas faire de moi ton prochain sujet d'investigation journalistique ?

Je me suis levé en la mettant debout aussi. Puis je l'ai embrassée, elle et sa mâchoire prognathe et c'était génial. Effectivement un peu comme dans un film de Hollywood, un léger déphasage, mais je vais m'y faire rapidement, et quand j'ai dit que j'adorais Rudolf, c'était la vérité. Vive le prognathisme !

Les ornithologues se sont retournés et nous ont regardés, en souriant. Du coin de l'œil, j'ai aperçu Mirja et Bengt derrière la fenêtre panoramique de la passerelle, ils nous ont fait de grands signes avec les mains avant de faire une ola à deux.

Ensuite, je lui ai fait ma nouvelle proposition.

MONA ALVENBERG – GÖRAN ALVENBERG

*C'était le dernier soir à bord de l'*Orlovsky, Captain's dinner *avec menu de gala, du champagne
au bar et récapitulation de tout le voyage avec les
accompagnateurs, et on leur a fait un cadeau, on a
chanté en leur honneur et des trucs comme ça. Les
gens se déplaçaient entre les tables pour échanger
leurs adresses, mais Göran a déclaré que pour sa
part, ce ne serait pas nécessaire, c'était déjà assez
fâcheux qu'ils aient collecté nos adresses mail pour
en faire un listing. La nôtre, goran.alvenberg@
telia.se y figurait aussi, c'est moi qui l'avais don-
née. Il leur a demandé de l'enlever de la liste, et
du coup moi aussi j'ai été supprimée, parce que je
n'ai pas d'adresse mail perso. Normal, c'est l'ordinateur de Göran, quoique j'aurais pu écrire des
mails au boulot.*

*Göran a dit qu'il ne donnait pas cher de ce genre
de cordialité affectée qui se produit pendant des
voyages organisés, et il n'avait certainement pas de
temps pour les inepties de cinquante étrangers qui
inonderaient sa boîte mail. Peu de nos compagnons
de voyage trouvaient grâce à ses yeux, et quand j'ai
commencé à sympathiser avec les autres voyageurs,*

il a été encore plus désagréable que d'habitude. En général, je le trouve assez drôle quand il se lâche comme ça, il est plein d'esprit et assez éloquent, mais je ne sais pas pourquoi, cette fois ça n'est pas passé. Quand il a inventé des noms d'animaux aux gens, il s'est mis à appeler Sven l'Éléphant de mer et Wilma la petite Brabançonne et le jeune Peter Sneaky Fucker, après avoir entendu les guides utiliser cette expression, seulement parce qu'il fait la cour à Carola. Je pense qu'il a trouvé des noms à pratiquement tous ceux à qui j'ai adressé la parole. J'ai ri, sinon il aurait boudé, mais en réalité j'aurais bien aimé échanger des photos sur le Net. Nous n'avons pas fait beaucoup de photos nous-mêmes, et je ne pense pas que je figure sur une seule d'entre elles. Tu les auras tous oubliés en moins d'une semaine, dit Göran, c'est ce qui se passe toujours avec les voyages organisés, quel que soit le nombre d'adresses qu'on note.

Bon, quoi qu'il en soit, ce dernier soir, Ulla et Margareta ont voulu qu'on mange à leur table avec quelques-uns des hommes qui voyagent seuls et dont je ne connais pas les noms. On s'est installés, on était au moins huit autour de la table et on a enchaîné les cocktails, puisque tout le monde voulait offrir sa tournée. Moi aussi, bien que Göran m'ait donné un coup de pied au tibia sous la table, assez fort même.

— Je pense que c'est le dernier grand voyage que je fais, a dit Verner, qui est prof de biologie à Eskilstuna et qui a une immense culture générale. Je trouve difficile de faire abstraction de la quantité de CO_2 que nous avons produite en prenant l'avion pour venir ici, et c'est valable pour nous tous. Je ne veux pas contribuer à faire disparaître le krill et à faire fondre tout ce continent ! Désormais je me contenterai de voyager en train.

Il y a eu des hurlements de protestation et des claquements de langue désapprobateurs. Tous abordaient leur troisième verre, au moins, et parlaient du fond du cœur.

— Quel pète-sec, celui-là ! a crié Margareta. Alors tu trouves qu'on ferait mieux de rougir de honte ?

La discussion a été houleuse. Certains étaient d'accord avec Verner, d'autres avec Margareta. Göran n'a rien dit pour commencer, mais au bout d'un moment, il s'est éclairci la gorge. C'est le signe qu'il a l'intention de s'exprimer et je me suis un peu inquiétée. Göran agit souvent comme ça, il écoute les deux partis, puis il fait un résumé et explique ce qu'il en est réellement, comme s'il détenait la solution. Tout le monde n'apprécie pas. Mais il a eu du mal à se faire entendre parmi ces gens, personne n'a fait attention à ses raclements de gorge, tous ont continué à rire et à crier. Il a fini par être obligé d'utiliser sa pire voix de prof.

— Bientôt, on ne va plus avoir à s'inquiéter de ça, Verner ! Quelques années agitées peut-être jusqu'à ce qu'on ait pu généraliser le nucléaire. Et alors on aura accès à une énergie propre illimitée, ce qui aurait été le cas dès aujourd'hui, si tous ces énergumènes fumeux avec des fleurs dans les cheveux n'avaient pas mis des bâtons dans les

293

roues de la recherche. Il faut considérer que c'est leur faute si le niveau de la mer monte d'un mètre, voire plus.

Je ne peux pas dire que ce soit la première fois que je l'entends parler ainsi. Il a affirmé la même chose dans différentes moutures depuis qu'on s'est rencontrés à l'époque où j'étais membre de « Non à l'énergie nucléaire ». Il m'a persuadée de quitter le mouvement, et je ne le contredis plus sur cette question. Parfois il faut savoir avaler des couleuvres, pour la paix des ménages.

C'est peut-être tous les verres que j'ai bus plus le champagne et le vin au dîner qui m'ont soudain poussée à intervenir. Je me suis tournée vers lui en disant sur un ton catégorique :

— Je suis désolée, mais ce n'est pas tout à fait vrai, Göran. Le nucléaire ne représente que trois pour cent de la consommation d'énergie dans le monde et il nous faudrait construire au moins trois fois plus de réacteurs que ceux qui existent déjà pour induire une différence. La construction elle-même va émettre un tas de CO_2, et ensuite il y a l'extraction et l'enrichissement de l'uranium, la gestion et le transport des déchets... C'est seulement dans leur phase d'exploitation que les centrales nucléaires n'émettent pas de gaz à effet de serre...

Ce n'est pas parce que je n'aborde pas le sujet avec Göran que j'ai cessé de lire les journaux pour autant.

Ça lui en a bouché un coin et il m'a dévisagée, comme si les chips devant lui avaient sauté pour le mordre. Ses mâchoires remuaient dans le vide.

— De plus, ce n'est pas le CO_2, le problème, a renchéri Verner de mon autre côté. C'est le réchauffement de la biosphère qu'il entraîne. Et les centrales nucléaires, elles réchauffent les mers et des quantités effarantes d'eau tout à fait inutilement ! On va bientôt être face à une pénurie de fleuves pour les refroidir. Il y a quelques années, la France et l'Espagne ont frôlé le désastre, ils ont été obligés d'arrêter leurs centrales. L'énergie nucléaire est terriblement inefficace aussi, deux tiers se transforment en chaleur perdue et c'est la dernière chose dont la biosphère a besoin...

Göran s'est levé, hors de lui. J'ai essayé de le calmer en posant ma main sur son bras, mais il l'a repoussée.

— Je pense que je vais me retirer. Si l'un de ces messieurs avait l'amabilité de transporter mon épouse ivre à la cabine 412, elle lui en serait sûrement reconnaissante !

Il est parti à grandes enjambées et j'ai fixé la table. Un ange est passé.

— Quel con ! a hoqueté Maggan, qui elle, était assez ivre. Comment fais-tu, Mona ?

Je n'ai pas répondu. Autour de moi, la discussion a repris, des mots tels que « gestion des déchets » et « prolifération de l'arme nucléaire » fusaient dans l'air. J'ai été un peu réconfortée de constater que la plupart semblaient être de mon côté sur la question du nucléaire. L'autre question par contre est restée suspendue, et j'ai tout à coup compris, comme si quelqu'un avait ouvert un rideau, que je serais obligée de l'affronter.

Comment je tiens le coup ? Et pourquoi je tiens le coup ?

Quand je suis revenue dans la cabine une heure plus tard, il a immédiatement démarré ses analyses. Il travaille comme critique littéraire pour plusieurs journaux locaux, et il aime à prétendre qu'il est connu pour être « incisif ». Plutôt railleur et méchant, à mon avis. Il s'abat sur des broutilles et trouve des défauts partout et il réussit ainsi à se placer en quelque sorte au-dessus des auteurs, laissant entendre qu'il aurait su faire bien mieux, alors qu'il n'a jamais essayé. Comme si c'était plouc de montrer de l'enthousiasme, comme si la raillerie le rendait sérieux et érudit... Mais le pire, c'est qu'il a pris l'habitude de critiquer les personnes autour de nous aussi, de la même manière narquoise. Toujours après coup, quand ils ne peuvent pas se défendre. De toutes ses manies, c'est celle que j'ai le plus de mal à encaisser. Souvent je fais la sourde oreille, mais ce soir, c'est à Verner qu'il s'en est pris, sur le même ton que ses critiques de livres, « le petit prof de biologie avec son balai de chiotte sur la tête qui s'est avéré être un enfant du flower-power... »

Je l'ai interrompu net.

— Et toi, tu trouves que tu es qui, Göran ?

Il a été tellement pris au dépourvu qu'il a répondu à ma question. Il avait l'air un peu inquiet, comme s'il valait mieux plaisanter.

— Je crois que j'ai développé la sagesse du manchot. J'ai sacrifié mes ailes pour pouvoir aller au fond de...

— Es-tu sûr que tu n'as pas tout simplement perdu la capacité de voler et que tu as commencé à t'enterrer ? Tu as peut-être subi une déformation professionnelle en tant que critique ? Tu sais ce que disait Sibelius ? « Aucune statue n'a jamais été élevée à un critique. »

Göran m'a dévisagée, bouche bée. J'ai grimpé dans la couchette supérieure et tiré les rideaux.

WILMA

— Tiens ! Je te donne ma vie, je n'en ai pas besoin ! avait-il dit dans le cabinet de Sven et ça avait
sonné comme une offense. Mais entre ça, puis sa
Proposition Altruiste de devenir mon infirmier et
cette dernière offre, il y avait un glissement, la personne était différente, même si le contexte n'avait
pas changé. Et sur le principe, l'offre était identique.

Quand je me suis blottie sur les genoux de Tomas,
ça m'a paru la seule bonne chose à faire. Ni l'un
ni l'autre n'a su comment ça s'est fait, c'est arrivé,
tout simplement. J'aurais dû être surprise, en général je finis en salut-Wilmer-une-tape-dans-le-dos
aux yeux des hommes avec qui j'ai eu une relation.
L'un d'eux, que j'ai même emmené chez moi dans
le Bergslagen une fois, soupirait : « J'ai des copains
pédés qui sont plus féminins que toi. » Mais je crois
qu'il a dit ça uniquement parce que je tirais mieux
à la carabine que lui. Therese, mon premier amour,
avait l'habitude de cligner lentement d'un œil et
de dire qu'il n'y avait pas tant de différence que
ça entre faire l'amour avec un homme et avec une
femme. Et elle savait de quoi elle parlait.

Mais Tomas. Il ne va jamais me voir comme un
copain pédé. Ce baiser s'est prolongé jusque dans

les orteils – et on les a loin à l'autre bout du corps, tous les deux. On s'est flairés comme des animaux pour sentir nos odeurs respectives et on a aimé ce qu'on a trouvé. Aucune erreur possible. Amis, on l'était déjà.

Pourquoi faut-il toujours que je me déprécie ? Que je parle de mon prognathisme et de mes jambes en poteaux ? Je déteste quand d'autres femmes le font, quand elles se tiennent devant le miroir, toutes belles, et se plaignent de leurs cils et de leurs seins… Je sais bien que ce n'est pas ça, le plus important, que ce serait une injure à Tomas de croire qu'il se détournerait de dégoût de toute femme qui n'est pas siliconée, avec des lèvres de canard bourrées de collagène et des cheveux en barbe à papa.

Non, je crois que Tomas et moi, on aurait pu devenir un couple, avec le temps. Mais il ne peut pas être en couple avec madame Parkinson. C'est la première chose que j'ai ressentie, immédiatement et impitoyablement, quand il m'a fait sa drôle de proposition.

— Je n'ai rien vers quoi revenir ! a-t-il dit. Tout ce que je possédais est vendu, même ma maison. Je ne suis le salarié de personne, et les enfants, les vestiges de ma famille, sont en Californie, mais tu sais déjà tout ça. Je n'ai jamais été aussi libre. Je peux déménager où je veux, travailler comme je veux. Tout ce dont j'ai besoin, c'est une raison de continuer à vivre.

Il s'est tu et m'a regardée, plein d'espoir. Je l'avoue – je n'avais aucune idée de ce qui allait venir.

— Une sorte de sens, a-t-il ajouté.

Lentement la lumière s'est faite en moi.

— Qu'est-ce que tu essaies de dire ?

— Je veux m'installer chez toi. Je peux tout aussi bien habiter là ! Bosser, voyager, bien sûr, mais entretemps, vivre avec toi. Je me fous de la forme, c'est toi qui décides. Si tu veux répandre des pétales de rose sur une allée d'église…

— Waouh, stop, stop ! ai-je crié. Comment as-tu fait pour passer aussi vite de zéro aux pétales de rose ? Et comment tu vois ça ? Je ne peux pas vivre avec quelqu'un, en tout cas pas quelqu'un qui ne serait pas une aide à domicile rémunérée par les services sociaux ! Sven t'a pourtant expliqué en quoi consiste ma maladie. Je vais devenir de plus en plus raide et ça peut aller vite. Ne m'oblige pas à te dire tout sur les tremblements, la dépression et la démence précoce, je ne veux même pas y penser moi-même. Laisse tomber, Tomas, ne gâche pas encore une belle journée !

— Tu penses que je ne suis pas sincère ? Évidemment que j'ai pensé à tout ça ! J'ai l'intention de profiter de toi de la manière la plus honteuse – exploiter le fait que tu vas t'affaiblir, seulement pour essayer de trouver un sens à ma propre vie, en étant Tomas le Magnifique qui se mobilise ! Tu peux toujours voir les choses comme ça, si tu préfères.

— C'est comme ça que je les vois. Et je pense que tu es sincère, en ce moment, dans une phase maniaque juste après une tentative de suicide. Et un divorce difficile. Et faute d'autres choix. Je te pardonne. Et maintenant on n'en parle plus, sinon dans un instant, on ne sera peut-être plus amis.

— Ta maladie, c'est un vrai casse-tête, a-t-il dit, calmement. Si je cherchais uniquement quelqu'un à protéger pour me sentir noble et généreux, je n'aurais qu'à aller piocher dans n'importe quel foyer pour malades chroniques. Tu sais parfaitement qu'il n'est pas question de ça. Je me sens bien avec toi, comme jamais avant avec personne, j'aurais l'impression d'avoir gagné le gros lot si tu devenais mon partenaire ou quel que soit le mot que tu veux utiliser. Femme, maîtresse, compagne, colocataire, sœur adoptive – cousine, pourquoi pas ! Je suis preneur. Parce que je veux être avec toi. Et ne l'oublie pas – c'est toi qui as pitié de moi, pas le contraire !

— Maîtresse… ai-je murmuré. Tu me veux comme vibromasseur ? Je vais trembler pas mal !

On n'a pas pu s'empêcher de rire.

— Il n'y a que toi, Wilma, pour dire des choses pareilles.

Il m'a embrassé sur la joue, si doucement que j'ai eu envie de pleurer. Il fallait que je me sorte de ce piège.

— La maladie de Parkinson n'est pas héréditaire, a-t-il dit.

Famille, enfants, la totale ? Oh que non.

— Arrête maintenant. Ce n'est pas négociable. Mais tu peux déménager tout près de moi, je ne veux pas te perdre non plus, tu t'en es très bien rendu compte. Et au fait, tu ne crois pas que tu aurais besoin d'une infirmière, toi ?

— Wilma. Sans toi, je serais en train de barboter dans le ventre d'un éléphant de mer, avec le krill. Ou j'aurais été dépecé par un volatile. J'ai tout à gagner, et mes attentes sont énormes. Et toi, qu'est-ce que tu as à perdre ? Nous n'aurons peut-être que quelques années, s'ils prennent trop de temps avec leurs recherches génétiques. Ça ne vaudrait donc rien pour toi ? De quoi tu as peur ?

J'ai réfléchi. Mais ça m'a seulement rendue nerveuse. De nouveau j'ai eu l'impression que ma tête était un aéroport sans tour de contrôle. Je le lui ai dit, tout en me rendant compte que je ressemblais à une demoiselle rougissante du XIXᵉ siècle. Avoir une relation amoureuse avec quelqu'un qui est déjà un bon ami, devenir si proches ? Ne serait-ce pas effrayant, ça ?

Et quand il m'a mise debout et m'a embrassée, c'était comme à la télé. La question était de savoir s'il s'agissait d'une comédie (*La croisière s'amuse*, saison 10) ou d'un documentaire farfelu.

Il a eu la sagesse de me laisser tranquille ensuite. Comme dans un rêve, j'ai fait ma valise en laissant la moitié de mes affaires dans la cabine. En réalité, on n'a pas besoin de grand-chose, et Irina avait très envie de reprendre les nombreux shampooings, crèmes solaires et pulls dont je m'étais encombrée.

La dernière nuit qu'on a passée dans la cabine, j'ai tout raconté à Alba.

— Ben oui ! a-t-elle dit. Ça me semble un bon marché. Ne décline jamais une proposition qui peut se révéler une chouette expérience… à moins que ça nuise à quelqu'un, s'est-elle dépêchée d'ajouter, mais ce n'est pas votre cas !

— Et ensuite, quand il sera obligé de me retourner dans le lit et de vider les pots de chambre ?

— Ce n'est pas pour tout de suite, et Sven dit que ça ne t'arrivera pas forcément. La recherche fait des progrès tout le temps. Si j'étais toi, j'obligerais Tomas à signer un contrat dans lequel il promet de te quitter le jour où tu seras devenue un fardeau pour lui. Ce ne sera jamais légal, mais tu te sentirais peut-être mieux. Souviens-toi que l'amour peut prendre toutes sortes de facettes. Tu ne peux pas le détecter en passant une radio. Des couples parfaits, sans le moindre défaut, divorcent parfois un an seulement après... le mariage romantique... à l'église...

Elle parlait de plus en plus lentement et sa respiration s'était faite lourde. Bientôt elle dormait, et moi aussi.

On allait passer un seul jour à Ushuaia et on a voulu profiter de chaque seconde. C'est peut-être grâce au singulier esprit de colon qui régnait dans la ville que je n'ai pas du tout trouvé incongru de tourner et retourner dans ma tête la proposition de Tomas.

Ushuaia, la ville la plus australe du monde. Surplombée de hautes montagnes enneigées, fondée comme colonie pénitentiaire pour les pires scélérats dont l'Argentine voulait se débarrasser. Et ils s'y sont créé une nouvelle vie, sont devenus des colons et ont bâti une ville autour de la prison au fur et à mesure qu'ils étaient libérés. Des maisons rigolotes de toutes les couleurs et formes, construites avec du bois qu'ils coupaient eux-mêmes, et un chemin de fer qu'on appelle Tren del Fin del Mundo, « le train du bout du monde ». C'était la ville parfaite pour ouvrir son esprit, pour prendre de nouvelles décisions, une ville d'espoir contre tout espoir.

— Une ville avec beaucoup de Shackleton, a dit Tomas. Et autre chose ! Rappelle-toi que des bateaux partent d'ici en permanence, vers tous les ports du monde ! Et la prison a été démolie !

ULLA BÅVÉN – MARGARETA KNUTSSON

Ça aurait pu très mal se terminer. Si nous avions eu vingt-cinq ans de moins, je pense que Maggan et moi, on aurait rompu toute communication. Mais la liste de nos priorités change d'aspect au fil des ans, il y en a qui montent et d'autres qui descendent, certaines choses sont plus importantes à cinquante ans qu'à vingt-cinq. En tout cas pour Maggan et moi.

Ce qui s'est passé, c'est que j'ai soudain senti que j'étais en train de perdre tout intérêt pour Lasse et de développer un faible pour Verner. Ça roulait comme sur des rails pour nous quatre, on mangeait toujours ensemble, souvent avec quelqu'un d'autre de la bande d'ornithologues, et le soir on faisait la nouba au bar. Maggan et moi, on a déjà fait un tas de voyages organisés, on sait parfaitement comment et à quel moment on s'arrange pour s'asseoir à côté d'un tel, comment on se retrouve deux par deux pendant les excursions et dans les musées, les bars, etc. Et jusque-là, ça avait été Lasse et moi.

Mais c'était devenu de plus en plus fatigant de le fréquenter. Le problème n'était pas les chionis et les pétrels, c'était sa femme. Sa défunte femme.

Elle s'appelait Ulla, comme moi ! Et il n'arrêtait pas de découvrir des ressemblances entre elle et moi, des ressemblances que je n'étais pas sûre de vouloir assumer. L'épouse Ulla avait été une créature fragile, sensible et un peu éparpillée, pas spécialement intéressée par les oiseaux, exactement comme moi ! A-t-il dit. On était accoudés au bastingage, j'ai fixé l'écume en bas en me disant si tu savais, Lasse, je suis une dame de fer, pas plus éparpillée que les cours de la Bourse. Ce truc avec les oiseaux, ça collait, c'est vrai, d'ailleurs j'ai arrêté d'essayer de mémoriser leurs noms, il semblait plus apprécier quand je me trompais pour pouvoir me reprendre. Et je n'avais pas l'impression que madame Ulla ait été « sensible », elle se laissait attendrir, plutôt, par des chats abandonnés et des bouvreuils affamés, mais tant pis pour les SDF, ils n'avaient à s'en prendre qu'à eux-mêmes, disait-elle. Je n'ai pas réussi à saisir ce que Lasse en pensait.

Verner était beaucoup plus intéressant. Érudit et engagé dans plusieurs domaines, et sa femme n'était pas morte et déclarée sainte, il ne parlait jamais d'elle. Ses cheveux poivre et sel étaient épais et bouclés, et il avait de l'humour !

Lasse n'avait pas d'humour. Il racontait des blagues.

En général, je ne suis pas tendre avec moi-même, je n'y vais pas de main morte pour savoir comment je me positionne réellement. Il a très vite été clair pour moi que rien que l'idée de voir Lasse arriver avec ses meubles et ses bibelots pour emménager chez moi me soulevait le cœur.

Je n'avais sans doute pas remarqué que j'avais commencé à m'intéresser à Verner avant que Margareta me le dise. On n'a jamais été rivales jusqu'ici, et en général on n'a pas du tout les mêmes goûts, mais là, elle m'a tout simplement fait savoir que si je continuais à flirter de façon aussi éhontée avec Verner, on ne se verrait probablement pas beaucoup à l'avenir, elle et moi. Je l'ai dévisagée. Maggan et moi, ça date, on est amies depuis nos premiers mariages. Nos maris étaient collègues, nos deux familles se sont vues pendant des années et nos enfants étaient copains. Je ne pense pas que les maris aient gardé le contact, mais Maggan et moi, on est des amies proches depuis. Elle est mon divan de thérapie et je suis le sien, si on ne peut pas se voir un jour, on se parle au téléphone, je ne peux pas imaginer l'existence sans elle.

J'ai cessé de roucouler avec Verner séance tenante. Je ne pouvais quand même pas sacrifier Maggan pour un homme que je connaissais à peine – il avait peut-être des côtés insupportables, jouait de la flûte la nuit ou avait tabassé son ex-femme ? Même s'il était réellement aussi cool qu'il paraissait, ça ne valait pas le coup. Tout change quand on n'est plus en âge d'avoir des enfants, on est toujours intéressé par les hommes, mais pour de tout autres raisons. On se suffit en quelque sorte à soi-même. C'est bien s'ils sont capables de bricoler un peu et s'ils savent bidouiller un ordinateur, mais on ne parle véritablement qu'à une amie. Les hommes aussi, ils nous veulent pour être aux petits soins avec eux et les écouter à tout jamais, les hommes âgés peuvent être assez ennuyeux, surtout s'ils sont à la retraite et qu'ils n'ont plus personne à diriger. En fait, on peut très bien vivre les uns sans les autres, c'est plus une sorte de bonus de bien-être si ça colle. J'ai soupiré un peu, je l'avoue. Il n'y aurait pas de bien-être avec Lasse de Västerås, je l'ai senti, et il était trop tard pour commencer à collectionner l'une des autres assiettes décoratives, la mayonnaise n'aurait pas le temps de prendre.

On venait de laisser la péninsule antarctique derrière nous et on était entrés dans le passage de Drake. Ces eaux-là sont parmi les plus agitées du monde et j'ai eu un tel mal de mer que je voulais seulement mourir. Moi, qui n'avais rien senti pendant tout le voyage ! Et c'est Maggan qui m'a aidée.

Tout ça s'est terminé de façon inattendue et un peu cuisante. Au moment de quitter le navire et de débarquer dans la ville la plus au sud du monde, Ushuaia, on l'a vue, Maggan et moi.

Mona, celle qui est mariée à l'insupportable kéké du pont 4 – elle n'a pas débarqué avec son mari. Elle et Verner marchaient ensemble et ils avaient une discussion intense et engagée, ils hochaient la tête et se regardaient et échangeaient des brochures, ils riaient et minaudaient. Le kéké marchait derrière eux en portant leurs valises, il essayait de faire comme si tout était normal. De temps en temps il l'appelait, elle ne l'entendait même pas, ou alors elle faisait la sourde oreille.

Maggan et moi, on s'est regardées, puis on a haussé les épaules.

Un voyage aussi cher – et pour tout souvenir durable, quelques pauvres photos d'éléphants de mer et une casquette en forme de pingouin...

ALBA

L'heure était venue de me débarrasser de mon carnet *La ruine des espèces*.

Voici ma dernière note :

> La ruine des espèces
>
> C'est un vulgaire malentendu de croire qu'il n'existe qu'une sorte de manchots, ou qu'une sorte d'humains. Ils peuvent être de grande taille, fiers, guindés, courageux ou bien petits, coléreux, curieux et peureux, dans toutes les combinaisons possibles. Ils sont voleurs et ils aiment et ils sont fidèles ou infidèles, mais la plupart du temps, ils ont une chose en commun : ils œuvrent pour la survie de leur espèce. Les humains diffèrent cependant des autres espèces animales : les mâles humains maltraitent et tuent parfois leurs propres femelles. C'est pourquoi l'expression « les hommes sont des animaux » est une offense aussi bien envers les manchots que les autres espèces animales.

L'*Orlovsky* entrait dans le port d'Ushuaia. Il était environ dix heures du matin et nous avions pris notre dernier petit-déjeuner au buffet à bord et dit au revoir au personnel. Je suis allée à l'arrière du navire et j'ai commencé à arracher les pages de *La ruine*, les unes après les autres. Puis j'ai posé un léger baiser sur la couverture avant de la laisser rejoindre les pages dans l'eau. Je m'étais lassée du jeu de comparaison des comportements, mais tout au long de ce voyage, il avait aiguisé ma capacité d'observation. Le carnet avait rempli ses fonctions. Et mon observation la plus importante n'y avait pas sa place.

Tous les humains sont des icebergs. Il faut se souvenir que neuf dixièmes de nous sont invisibles sous la surface. C'est ce qui rend l'existence si intéressante.

C'est une habitude chez moi. Je choisis un angle d'attaque pour chaque nouvelle aventure, je note soigneusement mes observations jusqu'à ce que j'en aie marre. Je ne conserve jamais les carnets, qui en voudrait ? J'ai déjà jeté *Mode d'emploi des langues mortes*, *Du coin de l'œil* et *Comptines pour ex et futurs*, pour n'en mentionner que quelques-uns. Et bientôt j'en commencerai un autre.

Nous avons débarqué et nous sommes montés dans le bus qui allait nous conduire au parc national Tierra del Fuego. Des cascades, des forêts, des montagnes, des glaciers et des animaux : guanaco, renard et castor, des condors et des lapins. Nous avons vu les traces laissées par les castors, ils avaient été introduits dans cette nature, causant de gros dégâts, nous a raconté Bengt.

Linda Borkmeyer marchait derrière moi. Elle a reniflé.

— Pftt, quelques arbres abattus ! Alors que cette fourrure précieuse…

Petit Krill marchait vingt mètres derrière elle. Elles n'étaient même pas assises côte à côte dans le bus.

Tomas et Wilma se tenaient devant une énorme pancarte annonçant qu'ici commençait la Panamerican Highway qui va de la Terre de Feu jusqu'en Alaska.

— Alba, prends une photo de nous ici !

Tomas m'a tendu l'appareil de Wilma. Je crois comprendre son raisonnement. Ils ont un long chemin devant eux et personne ne sait s'ils vont atteindre le bout, mais ils croiseront bon nombre de jolis panoramas en route.

L'avion pour Buenos Aires ne devait décoller que le soir. Nous sommes retournés à Ushuaia et avions quartier libre dans cette petite ville animée. Nous nous sommes éparpillés entre les petits restaurants et les boutiques de souvenirs. Wilma a pris Tomas par le bras et l'a entraîné dans une téléboutique, je veux dire un de ces endroits d'où on peut téléphoner.

— Il est onze heures du matin en Californie et on est dimanche, les enfants sont sûrement à la maison ! a-t-elle dit.

— Je parie que Musclor s'est mis à les traîner dans une de ces églises créationnistes où ils ne croient pas à Darwin… a-t-il murmuré, mais il n'a opposé aucune résistance.

Sven et moi avons visité le petit musée de l'histoire de la Terre de Feu. Nous y avons découvert la terrible mais fascinante histoire des Indiens qui maintenaient des feux tout au long de la côte pour se protéger du froid, nus comme ils l'étaient dans ce climat frisquet. Ils entretenaient même des feux dans leurs canoës, des braises sur des lits de sable au fond des bateaux. Les femmes amarraient les canoës à des herbes marines longues et sinueuses, puis elles plongeaient pour ramasser des moules dont tout le monde se délectait. D'énormes quantités de coquilles de moules s'entassaient entre les huttes. Et au large se trouvaient les conquistadors, le Portugais Magellan et d'autres, qui guettaient la plage du pays qu'ils appelaient la Terre de Feu, croyant que les Indiens leur tendaient des pièges entre les brasiers. Et quand les conquérants eurent fini par débarquer et exterminer presque tous les animaux qui servaient de troc aux Indiens, les Indiens s'étaient mis à chasser les moutons des colons – et ainsi ils sont eux-mêmes devenus du gibier à abattre. Des nantis de Buenos Aires venaient en safari pour tuer des Indiens…

— Je suis content de ne pas avoir vécu là à l'époque, a dit Sven. J'aurais très bien pu être l'un de ces chasseurs de Buenos Aires, me persuadant que les Indiens étaient des animaux nuisibles.

— Moi, j'aurais pu. Je m'imagine très bien vivre toute nue près de feux de camp, pagayer dans un canoë incandescent et plonger pêcher des moules quand j'ai faim, ai-je répliqué. Et peindre des rayures sur mon corps de temps en temps et danser au clair de lune.

— Moi aussi, a pouffé une voix familière derrière moi.

La petite Brittmari et son Lennart vigilant avaient aussi trouvé le chemin du musée. Elle s'est mise à danser dans la pièce, entourée de ses bras et fredonnant un air sud-américain enflammé. Lennart la tirait par la manche, en vain.

Nous les avons laissés là pour aller flâner le long du quai. De gros navires blancs entraient au port ou en sortaient. On a croisé Margareta et Ulla, chargées de gros sacs de souvenirs et pour une fois sans leur escorte de garçons phoques. Eux, nous les avons vus un peu plus tard, béatement calés devant de gigantesques chopes de bière dans un pub.

La journée avait eu le temps de devenir chaude et ensoleillée. Un restaurant sur la rue principale avait engagé un orchestre avec un accordéon et deux trompettes. Deux danseurs professionnels exécutaient un tango élégant, relevant les genoux dans l'entrejambe l'un de l'autre, s'inclinant en arrière jusqu'à avoir les cheveux qui balaient la chaussée et faisant un demi-tour brusque sur place pour repartir dans l'autre sens. Des vêtements de soie scintillaient, des yeux étincelaient, des nez se rencontraient et la sueur tombait goutte à goutte. C'était très beau.

De l'autre côté de la rue, Tomas et Wilma les regardaient aussi. Tomas s'est penché vers Wilma et a chuchoté quelque chose. Elle a secoué la tête, mais il l'a entraînée dans la rue, l'a entourée de son bras et a commencé à danser le tango avec elle. Et il s'y connaissait manifestement ! Les spectateurs ont ri et applaudi. Wilma affichait un sourire timide, alors qu'elle avait des problèmes d'équilibre, je pouvais le voir. Il l'a soutenue quand elle chancelait, aussi discrètement qu'on aurait dit qu'elle planait au-dessus du sol toute seule. Comme si elle avait des ailes invisibles.

Et tout à coup, le titre m'est venu, celui de mon prochain carnet. Je crois qu'il va traiter de toutes les trouvailles qu'on peut faire dans la vie, au hasard et sans ligne directrice. Des choses qui valent la peine d'être gardées, et la manière de leur donner une seconde vie.

Ailes d'ange et autres récoltes.

BABEL

Extrait du catalogue

OUVRAGE RÉALISÉ
PAR L'ATELIER GRAPHIQUE ACTES SUD
REPRODUIT ET ACHEVÉ D'IMPRIMER
EN DÉCEMBRE 2017
PAR NOVOPRINT
À BARCELONE
SUR PAPIER FABRIQUÉ À PARTIR DE BOIS PROVENANT
DE FORÊTS GÉRÉES DURABLEMENT
POUR LE COMPTE DES ÉDITIONS
ACTES SUD
LE MÉJAN
PLACE NINA-BERBEROVA
13200 ARLES

DÉPÔT LÉGAL
1re ÉDITION : NOVEMBRE 2016
(Imprimé en Espagne)